Raue See

Ralph Westerhoff wurde 1964 in Norddeutschland geboren. Nach dem Abitur 1984 in Unna studierte er Rechts- und Wirtschaftswissenschaften in München, Freiburg und Hagen. Danach machte er sich in München als Rechtsanwalt selbstständig. 2004 kehrte er ins Rheinland zurück, wo er zunächst als Anwalt und juristischer Dozent tätig war. Seit 2012 ist Ralph Westerhoff Professor für Wirtschafts- und Arbeitsrecht. Er lebt mit seiner Familie in der Nähe von Linz (Rheinland). Im Emons Verlag erschien »Kalte Fluten«.

RALPH WESTERHOFF

Raue See

KÜSTEN KRIMI

emons:

Bibliografische Information der Deutschen Bibliothek
Die Deutsche Bibliothek verzeichnet diese Publikation
in der Deutschen Nationalbibliografie; detaillierte bibliografische
Daten sind im Internet über http://dnb.d-nb.de abrufbar.

MIX
Papier aus verantwortungsvollen Quellen
FSC® C083411
FSC
www.fsc.org

Umschlagmotiv: photocase.de/★★★jojo
Umschlaggestaltung: Tobias Doetsch
Druck und Bindung: CPI – Clausen & Bosse, Leck
Satz: César Satz & Grafik GmbH, Köln
Printed in Germany 2013
ISBN 978-3-95451-126-6
Küsten Krimi
Originalausgabe

Meinen Kindern Famara und Maximilian

Prolog

Der Fichtennadelgeruch war allgegenwärtig, und auch das eigenartige, leicht modrige Aroma des Waldbodens liebte sie im Grunde. Auch deswegen ging sie jeden Mittwoch zum Joggen in den Wald. Um die Natur zu erleben, zu riechen und zu schmecken. Jetzt aber erwachte sie mühsam und blickte in das feiste Grinsen eines Gesichtes, das sie nur zu gut kannte. Ihr wurde schlagartig bewusst, in welch bizarrer Lage sie sich befand.

»Du bist nicht dort, wo du glaubst zu sein«, sagte er. »Dort würden sie dich ja suchen.«

Sie war gekreuzigt. Nicht so wie Jesus, denn ihre Hände und Füße waren nicht mit Nägeln auf das Kreuz genagelt worden. Er hatte vielmehr Metallschellen genommen und diese festgeschraubt. Auch lag das Kreuz waagerecht auf dem Boden. Gekreuzigt war sie dennoch.

Das Schlimmste jedoch war, was sie jetzt bemerkte: Sie war völlig nackt.

»Mach mich sofort los!«, brüllte sie. Doch er zeigte keine Angst, keine Ehrfurcht, keinen Respekt. Im Gegenteil: Er schien sich an ihrer entwürdigenden Lage zu ergötzen. Starrte auf ihre Brüste. Fixierte ihre Vagina. Er würde doch wohl nicht … »Du sollst mich losbinden!«, befahl sie erneut.

»Leck mich«, sagte er. Sie sah, wie er ausholte, und spürte gleich darauf seine flache Hand auf ihrer Wange. Er ohrfeigte sie? Wie konnte er so etwas Ungeheuerliches wagen? Wieder klatschte seine Hand in ihr Gesicht. Erst rechts. Dann links. Immer wieder. Sie spürte, wie sie rot anlief. Sie fühlte Schmerz. Doch der war nichts gegen die Demütigung, die sie empfand.

»Bursche, das wird dir leidtun«, drohte sie in alter Gewohnheit. Er lachte hämisch, irgendwie von Sinnen.

»Du solltest dich lieber fragen, was *dir* leidtun wird«, sagte er, während er ihre Brüste durchknetete und dabei in ihre Brustwarzen kniff. »Erinnerst du dich, wie du mich immer festgebunden hast, damit ich mich ›da unten‹ nicht anfasse?«

Natürlich erinnerte sie sich. Sie hatte doch verhindern müssen, dass er so ein Männerschwein wurde wie alle anderen, die nur mit ihrem Schwanz denken konnten.

»Und wie du mir Wäscheklammern an die Hoden geklemmt hast, damit der Schmerz jede Lust verhindert?«

Auch das wusste sie noch – und sie bedauerte es nicht. Männer hatten es nicht anders verdient. Sie hatte es getan, damit kein weiteres Schwein heranwuchs, und sie würde nichts bereuen. Nein, sobald sie befreit war, würde sie ihn windelweich schlagen.

Er begann, ihre Brüste mit Wäscheklammern zu versehen, und sie schrie auf. »So hat sich das angefühlt«, sagte er kalt, während er genussvoll die letzten beiden Klammern auf die Warzen setzte. »Ungefähr jedenfalls.«

Er ließ von ihr ab und setzte sich auf den Futtertrog für Wildtiere. Er beobachtete sie. Es machte nicht den Eindruck, dass er geiferte. Er schien zufrieden zu sein zu sehen, dass sie wie unter Stromschlägen zuckte, weil sie verzweifelt Hände oder Füße freibekommen wollte. Die Wäscheklammern taten höllisch weh, das sah er. Sie litt. Es erfreute ihn.

Sie befanden sich in einem Wald, in einer Winterfutterstation für Wildtiere. Es war nicht ihr Wald, in dem sie ihm heute gegen sechzehn Uhr beim Joggen begegnet war. Ohne Argwohn hatte sie ihn gefragt, was er sich denn erlauben würde, sie bei ihrem Sport zu stören, als sie nur noch dachte: Chloroform.

An mehr erinnerte sie sich nicht.

»Nein, bitte nicht«, flehte sie, als er aufstand, eine Kamera holte und sie von allen Seiten und in Detailaufnahmen fotografierte.

»Erinnerst du dich, wie ich Tante Jolanda beichten musste, dass ich morgens trotzdem immer eine feuchte Hose hatte? Obwohl du mich festgebunden hattest und ich Wäscheklammern an den Hoden hatte? Es war so unendlich peinlich. Du hast mich erniedrigt. Seit ich kein kleines Kind mehr war, hast du mir die Hölle auf Erden bereitet. Ich tue mit dir nur das, was du mich gelehrt hast.«

Irgendwann legte er die Kamera wieder weg, der Film schien voll zu sein. Für Kleinbildkameras gab es ja nur Filme mit maximal sechsunddreißig Aufnahmen. Aber das war schlimm genug. Sechsunddreißig Aufnahmen von ihr. Nackt, hilflos und gequält. Sechsunddreißig Negative, die immer wieder zu Bildern gemacht werden konnten, vorausgesetzt, man hat ein Fotolabor. Wenn nicht ... Sie wollte sich nicht ausmalen, wer die Bilder noch zu Gesicht bekäme, wenn er sie zur Entwicklung und Vervielfältigung zu »Foto Porst« oder in ein anderes Labor geben würde.

»Einmal hatte ich mir heimlich einen Playboy gekauft«, sagte er nach einer Pause. »Du hast ihn gefunden. Was hast du damals mit mir gemacht?« Er interessierte sich überhaupt nicht für ihre Antwort, denn er fuhr ungerührt fort: »Es waren unschuldige Aufnahmen, der Schritt war sogar retuschiert.« Er lachte wie irre. Auf einmal überschlug sich seine Stimme. »Du hast mich mit einer Reitgerte verprügelt. So lange, bis ich überall blutige Striemen hatte. Einige haben sich entzündet. Aber ich durfte nicht zum Arzt. Die Narben habe ich heute noch.« Er riss seinen Pullover hoch und beugte sich über sie. »Siehst du? Das ist dein Werk!«

Mit dem letzten Wort fühlte sie den Hieb einer Peitsche auf ihre Beine niedergehen. Wusste der Teufel, woher er die auf einmal hatte. Unmöglich zu sagen, wie lange er sie quälte. Immer wieder spürte sie die Schläge überall auf ihrer Haut, fühlte, wie die Äderchen platzten, wie das Blut lief, wie sie litt. Aber sie bemühte sich, nichts zu sagen, nicht zu schreien. Sie wollte ihm diesen Triumph nicht gönnen. Wenn das hier vorbei war, würde sie ihn nicht nur verprügeln, sondern gleich kastrieren.

Als er endlich fertig war, rückte er wieder in ihr Blickfeld – lässig am Futtertrog lehnend und zufrieden sein Werk betrachtend. In aller Ruhe zündete er sich nun auch noch eine Zigarette an. Nachdem er einige Züge genommen hatte, kam er zu ihr. Er zog an der Zigarette, inhalierte den Rauch und blies ihn ihr ins Gesicht. Sie wusste, dass er auch das nur tat, um sie zu quälen. Sie verabscheute den Geruch von Tabakqualm. Er war ihr zuwider. Sie versuchte nicht zu atmen, doch irgendwann blieb ihr nichts anderes übrig, als die verqualmte, stinkende, verpestete Luft in ihre Lungen zu lassen. Sie hustete, würgte und übergab sich schließlich. Die Kippe danach in ihrem Bauchnabel auszudrücken, schien ihm besondere Freude zu machen. Er stand auf und nestelte an seinem Hosenbund.

»Du wolltest immer, dass ich das nicht kann«, sagte er, als er sein erigiertes Glied in ihre Vagina rammte. »Ich beweise dir, dass du versagt hast.«

»Du kannst doch nicht …«, presste sie zwischen zusammengebissenen Zähnen hervor. Sex an sich war ihr schon zuwider. Aber Geschlechtsverkehr zwischen Verwandten? Was für einen Perversling hatte sie da zur Welt gebracht? Wie sollte sie mit dieser Schande weiterleben?

»Was kann ich nicht? Meine Mutter ficken?«, fragte er hämisch. »Das tue ich nicht. Ich ficke eine miese kleine Schlampe.«

Während er sich abmühte, versuchte sie, an irgendetwas anderes zu denken. Aber sie konnte nicht verhindern, dass sie Ekel und Schmerz empfand, genau wie früher als Kind. Sie wusste nicht, welches von diesen beiden Gefühlen das schlimmere war. Nicht nur, dass ihr Scheißvater fast jede Nacht zu ihr gekommen war, um zu »kuscheln«, wie er das nannte. Sie hatte alle möglichen perversen Dinge machen müssen, damit er sie wenigstens für ein paar Tage nicht mehr schlug.

Niemals Männer, hatte sie sich geschworen. Bis ihr dieses Arschloch eines Tages eröffnet hatte, dass sie nur Erbin würde, wenn sie einen männlichen Nachkommen zur Welt brächte. Er würde doch nicht einer Frau sein mühsam erworbenes Vermögen überlassen. Also hatte sie sich einen Mann gesucht und es »freiwillig« getan. Das Ergebnis dieser Bemühungen vergewaltigte sie gerade.

Es hatte sich jedoch gelohnt für sie. Ein paar Jahre nach der Geburt ihres Sohnes war ihr Vater gestorben. Der Hausarzt hatte auf dem Totenschein, ohne zu zögern, »Natürlicher Tod« angekreuzt. Die Einstichstelle am Rücken war ja auch ausgesprochen unauffällig gewesen, und warum sollte ein übergewichtiger stadtbekannter Säufer nicht plötzlich sterben?

Ihr Sohn stöhnte und brüllte: »Nimm das, du Schlampe!« Sie zwang sich, ihre Gedanken weiter auf die Vergangenheit zu lenken.

Sie hatte ihren Mann zwingen können, sich »schuldig scheiden« zu lassen. Damals hatte immer einer der Schuldige sein müssen. Sich einfach so zu trennen, war vom Gesetz nicht vorgesehen. Der Nachteil war, dass sie den Jungen hatte erziehen müssen. Das war 1974 ebenfalls Gesetz gewesen. Heute wäre das anders gelaufen. Dabei war es erst acht Jahre her.

»Nimm das«, brüllte er wieder. Sie spürte, wie er sich in ihr entlud. Er war fertig. Endlich.

»Du hast, was du wolltest«, sagte sie unter Aufbringung all ihrer verbliebenen Kräfte. »Jetzt bind mich los.«

»So siehst du aus«, sagte er, während er die Hose hochzog, den Gürtel schloss und sich dann mit der Hand durch sein verschwitztes Gesicht fuhr. »Du würdest mir doch die Eier abschneiden, wenn ich dich freiließe.«

Er holte sein Kampfmesser und stach wie im Rausch auf sie ein. Jeder Stich eine Befreiung. Jeder Hieb ein Schrei. Ihr vor Schmerz zu einer bizarren Fratze entstelltes Gesicht hatte eine befreiende Wirkung auf ihn. Ihre Schreie waren Genugtuung für alles, was sie ihm angetan hatte. Doch irgendwann hörte sie auf zu schreien. Ihr Körper zuckte nicht mehr, die Ströme von hellem Blut versiegten. Es war vollbracht.

Er fing wieder an, rational zu denken. Der Hass war weg. Ein ganz anderes Gefühl machte sich in ihm breit. Von der Vorfreude, die er in der Planungsphase empfunden hatte, war nichts geblieben. Ihn beschlich Angst. Vielleicht würde man ihn erwischen. Das musste er verhindern.

Er hatte unterschätzt, wie schwer eine Leiche zu transportieren war. Dass er Spuren hinterlassen könnte, obwohl er die gesamte Winterfutterstation mit dicker Malerfolie ausgelegt hatte. Was sollte er der Polizei sagen, wenn sie die Leiche doch fänden? Die Angst mutierte zu Panik. Auch eine Zigarette konnte ihn nicht beruhigen.

Als er schon weglaufen wollte, kam ihm die rettende Idee. Es gab jemanden, der ihm helfen konnte. Jemanden, der ihn verstand. Wie einfach das Leben doch sein konnte.

EINS

Er schrie wie am Spieß. Er wälzte sich von links nach rechts. Diese Qual dauerte schon über eine Stunde. Die Spieluhr konnte noch so oft »La, le, lu« leiern, Jonas wollte sich einfach nicht beruhigen. Hunger hatte der sechs Monate alte Säugling nicht, denn Wiebke hatte schon mehrfach erfolglos versucht, ihm die Brust zu geben. Eigentlich ein Wundermittel, das aber heute völlig versagte.

»Vielleicht sitzt ihm nur ein Furz quer«, versuchte sich Günter in Humor.

»Wenn du's besser kannst, kümmere du dich doch um ihn«, fauchte sie.

»Dann würde er verhungern«, sagte er mit einem Fingerzeig auf seine Brust.

»Du willst mir doch wohl nicht vorwerfen, dass ich mich für das Stillen entschieden habe?« Wiebkes Stimme hatte einen gefährlichen Unterton.

»Ich wiederhole nur, was Frau Dr. Steinmeier bei der letzten Untersuchung gesagt hat. Ab diesem Alter ist Stillen nur noch Vitamin ›L‹.«

»Hä? Was soll sie gesagt haben?«

»Sie sagte, das Stillen sei in der Entwicklungsstufe, in der sich Jonas befindet, nur Vitamin Liebe. Eine Notwendigkeit würde nicht bestehen.«

»Du musst es ja wissen.«

»Ich wiederhole nur die Meinung unserer Kinderärztin.«

»Die wissen auch nicht immer alles.«

Günter kapitulierte. Es war sinnlos, dieses Thema zu vertiefen. »Es ist jetzt jedenfalls drei Uhr, und ich habe morgen Sitzungstag. Ich muss schlafen«, merkte er an.

»Meinst du, ich nicht?«

»Du kannst dich morgen irgendwann hinlegen.«

»Du glaubst auch, ich sitze den ganzen Tag faul rum, während du dir den Hintern abarbeitest.«

»Das habe ich nicht gesagt.«

»Aber gemeint.«

Jonas, der nur kurz verstummt war, um neue Kraft für die nächste Unmutsbekundung zu sammeln, unterbrach die Auseinandersetzung mit einem neuerlichen Schreianfall. Wiebke nahm ihn auf den Arm und wiegte ihn zärtlich. Sein Atem beruhigte sich ein wenig. Günter beobachtete die Szene argwöhnisch. Er spürte, dass ihm dieses kleine Wesen zunehmend seine Frau wegnahm. Eigentlich hatte Jonas schon vor seiner Geburt damit angefangen. Günter begann insgeheim, dem Kind Vorwürfe zu machen, und schämte sich gleichzeitig für die Lächerlichkeit dieses Gefühls.

»Du hättest ja auch in die Elternzeit gehen können«, sagte Wiebke jetzt leise, aber schnippisch. Jonas war zwar noch wach, schrie aber wenigstens nicht mehr. Sie legte ihn ab und schaukelte sanft die Wiege. Günter merkte, wie sehr sie sich beherrschen musste, um ihn nicht anzubrüllen.

»Wir haben uns doch beide für das Kind entschieden«, erwiderte er bewusst sachlich. »Wir waren beide gegen eine Nanny von der ersten Woche an. Und es wäre ökonomischer Unsinn gewesen, wenn ich mit A 16 in die Elternzeit gegangen wäre und wir mit deinem A 11 auskommen müssten.«

»Ah, typisch: Jetzt kehrt der Herr Oberstaatsanwalt wieder seinen Dienstgrad raus.«

»Das habe ich nicht gesagt.«

»Aber gemeint.«

»Schluss jetzt«, sagte er. »Ich gehe ins Bett. Weil ich schlafen muss. Ende der Debatte.«

»Ende ist irgendwie ein gutes Stichwort«, nuschelte Wiebke.

»Was hast du gesagt?«

»Nichts!«, zischte sie.

An Schlaf war nicht zu denken. Er wälzte sich im Bett hin und her, zerrissen von den widersprüchlichen Gefühlen, die in ihm arbeiteten. Ja, er liebte diese Frau, und wie er es einschätzte, sie ihn auch. Aber seit einer gefühlten Ewigkeit stritten sie sich nur noch. Die Anlässe waren kaum der Rede wert, Nichtigkeiten, die zum Funken wurden und das gesammelte Dynamit in ihrer Beziehungskrise mit einem Schlag zur Explosion brachten.

Die Druckwellen hatten zerstörerische Kraft. Es war, so fürchtete er, wohl nur eine Frage der Zeit, bis von ihrer Beziehung nur noch rauchende Ruinen übrig sein würden.

Traurigkeit übermannte ihn angesichts des drohenden Verlustes. Er hatte nie geglaubt, dass er einmal eine Frau haben würde, mit der er alles teilen konnte, bei der er so sein durfte, wie er war, mit der er sich vorstellen konnte, alt zu werden. All das verkörperte Wiebke, die er jahrelang nur angeschmachtet hatte, bis das Schicksal sie zusammenführte.

Dieses Glück schien nun wegen vollgeschissener Windeln und durchwachter Nächte zu zerfallen. Er hörte, wie Wiebke aus dem Badezimmer kam, ihre Schritte näherten sich dem Schlafzimmer. Jonas schien endlich eingeschlafen zu sein.

Er stellte sich schlafend, um einer erneuten Diskussion aus dem Weg zu gehen, und spürte, wie sie sich neben ihn legte. Lang war es her, dass sie ihm in einer solchen Situation noch über den Rücken gestreichelt oder einen zärtlichen Kuss in den Nacken gegeben hatte.

Irgendwann war die Müdigkeit stärker als der Frust. Er schlief ein, und nach wenigen, viel zu kurzen Stunden riss ihn der Wecker aus dem Tiefschlaf. Übernächtigt und mit dem Gefühl, nach durchzechter Nacht einen Kater zu haben, machte er sich frisch. Wiebke schlief noch tief und fest, als er sich auf den Weg zum Gericht begab.

Die Arbeit würde ihn ablenken, und vermutlich würde er heute ein paar Überstunden machen.

***

Yvonne war nervös wie eine Sechzehnjährige. Sie musste über sich selbst lachen, als sie zum x-ten Mal ihre Handtasche öffnete, den kleinen Schminkspiegel hervorkramte und ihr Make-up überprüfte. Ja, du bist schön genug.

Mit viel Willenskraft unterdrückte sie den Impuls, sich eine Zigarette anzuzünden. Sie wollte bei ihrem ersten Rendezvous nicht riechen wie ein Aschenbecher.

»Marcus R.« nannte er sich bei DateYourLove.de. Schon das zeichnete ihn aus. Er benutzte nicht so dämliche Pseudonyme wie diese vielen Idioten, mit denen sie schon gechattet hatte. Oft reagierte sie gar nicht mehr auf deren dämliches »Anstupsen«. Wer sich virtuell »chuck norris« nannte, war doch unter Garantie eher ein einen Meter fünfundsechzig großer, schmächtiger Hanswurst mit Profilneurose. Und »Schmusebär102« suchte vermutlich einen Ersatz für seine Mutter. Welcher Psychopath sich hinter »hengst04« versteckte, wollte sie lieber gar nicht wissen.

Marcus war ganz anders. Und wie der Computer bei der Analyse ihrer Profile herausgefunden hatte, war bei ihnen beiden eine siebenundachtzigprozentige Übereinstimmung zu finden.

Wochenlang hatten sie gechattet. Fast täglich. Yvonne hatte vorher immer geglaubt, sich online zu verlieben sei etwas für kommunikationsscheue Eigenbrötler, Soziopathen, die im wahren Leben keinen einzigen Satz unfallfrei hinbekommen. Doch das stimmte nicht.

Wie sollte sie denn auch sonst jemanden kennenlernen? Sie war Anwaltsgehilfin in einer der vielen großen Kanzleien, die hier in Frankfurt die Bürotürme bevölkerten. Für eine Affäre mit einem der Anwälte war sie sich zu schade. Zumal sie den dort vorherrschenden Typus des gelackten Workaholics, der lieber mit Akten als mit Frauen ins Bett zu gehen schien, nicht besonders attraktiv fand.

Die Zeiten, in denen sie sich in einer Diskothek anbaggern ließ, waren definitiv vorbei. Die Jäger wurden immer jünger, musste sie sich eingestehen. Und wer auf eine Ü-30-Party ging, konnte sich gleich ein Schild umhängen, auf dem stand: »Frustrierte Alte sucht dringend Lover.« Außerdem, mal ehrlich. Auf diesen Jahrmärkten der Eitelkeiten verkaufte man doch nur seine Haut. Um den Menschen ging es nicht.

Das Internet machte es viel einfacher. Man konnte sich erst mal beschnuppern, gucken, ob man ähnliche Interessen hat, sich sympathisch findet. Dann konnte man Fotos austauschen und sich schließlich verabreden.

Sie blickte auf die Uhr. Wo blieb er? Er würde sie doch nicht versetzen? Es war sein Vorschlag gewesen, dass er sie hier am Campus Westend der Universität abholte. Das sei in der Nähe seines Büros, hatte er gesagt. Von dort könne man ja sehen, wo es hinginge. Er hätte da schon eine gute Idee. Sie hatte unbedingt wissen wollen, wohin es denn gehen würde. »Nein«, hat er geantwortet, »das soll eine kleine Überraschung werden.«

Hinter ihr erhob sich das neoklassizistische Gebäude, das mal als Hauptsitz der IG Farben errichtet worden war. Irgendwann in den Neunzigern hatte es die Universität gekauft. Heute diente es der Forschung und Lehre, wie sie dem Schild am Gebäude entnommen hatte. Normalerweise wuselten deshalb unzählige Studenten über das parkähnliche Gelände. Doch jetzt, an einem Freitag um neunzehn Uhr, huschten nur noch wenige aus dem majestätischen Gebäude in Richtung Wochenende.

Sie richtete ihren Blick auf das Haupttor. Er musste zu Fuß kommen, denn das Gelände durften nur Professoren befahren. Und das war ihr Marcus nun nicht. Exportleiter sei er, hatte er geschrieben. Was und wofür das auch immer war.

Ein Taxi hielt vor dem Haupteingang. Ob er sie damit abholte? Der Fahrer stieg aus, sah sich suchend um und kam auf sie zu. Der Mann war ihr auf den ersten Blick unsympathisch. Seine Haare wirkten fettig, und seine Kleidung war unmodern.

»Entschuldigung«, sagte der Mann. »Sie sind doch Yvonne, oder?«

»Ja«, antwortete sie. »Warum?«

Der Mann zeigte ihr ein Foto. Das war das Bild, das sie Marcus geschickt hatte. Was machte dieser schmierige Fahrer damit?

»Woher haben Sie das?«, fragte sie in einer Stimmlage irgendwo zwischen Verwirrung und Verärgerung.

Der Mann lächelte. »Einen schönen Gruß von Marcus Ringier«, sagte er und gab ihr eine Visitenkarte, die sie automatisch nahm. »Sein Flieger hat ausgerechnet heute vier Stunden Verspätung. Er landet erst in einer Viertelstunde, wollte Sie aber nicht versetzen. Also hat er Ihr Foto an sein Büro gemailt. Seine Sekretärin hat es ausgedruckt und mich angerufen, damit ich Sie hier abhole. Ich soll Sie dorthin bringen, wohin er Sie entführen wollte. Wenn er erst vom Flughafen herkäme, um Sie selbst abzuholen, würde es viel zu spät werden. Das soll ich Ihnen ausrichten.«

Yvonne war verunsichert. Doch die Geschichte hatte Hand und Fuß. Woher sollte der Taxifahrer sonst die Karte und das Foto haben, wenn nicht von Marcus? Außerdem war es doch richtig süß, wie er sich bemühte. Jetzt versau's nicht gleich beim ersten Date, dachte sie und gab sich einen Ruck. Mit einem Nicken in Richtung des Fahrers ging sie auf das Taxi zu. »Dann mal los«, sagte sie und lächelte.

Der Fahrer öffnete die Tür zum Fond des Mercedes, und Yvonne nahm Platz. Wie aus dem Nichts hielt ihr der Fahrer etwas vor die Nase. Chloroform, dachte sie noch, dann wurde ihr schwarz vor Augen.

Der Pförtner öffnete dem Taxi freundlich grüßend die Schranke. Der Mann gab lächelnd Gas. Der Taxitrick war gut. Allerdings konnte er ihn nicht so oft anwenden. Er musste dafür jedes Mal einen Fahrer betäuben. Der wurde dann irgendwann wach, und man suchte das Taxi. Wenn das in ein und derselben Stadt zu häufig vorkam, wurde die Polizei aufmerksam.

Aber auch ohne den Taxitrick hatte er es recht bequem. Das Internet hatte es für ihn in den letzten Jahren viel einfacher gemacht. Früher hatte er wochenlang die Wege des Opfers auskundschaften, ihm auflauern und es hinterrücks überwältigen müssen, immer in der Gefahr, dabei erwischt zu werden. Er hatte immer Glück gehabt, aber jetzt war das ganze Prozedere nicht mehr notwendig. Er konnte ganz in Ruhe mit seinen Opfern plaudern, bis sie Vertrauen gewonnen hatten. Besonders stolz war er auf seine Fotomasche. Immer wollten sie irgendwann ein Foto. Und da waren alle gleich. Sie wollten einen Mann, der aussah wie George Clooney, reich war wie Rockefeller, intelligent wie Einstein, durchsetzungskräftig wie ein Bataillon, verständnisvoll wie ein Psychologe und dabei potent wie ein Pornodarsteller. Er war nichts davon. Doch mittels Photoshop konnte er Fotos von solchen Männern so verändern, dass sie niemandem mehr ähnlich, aber immer noch begehrenswert waren.

Er musste sich beeilen. Der Fahrer dieses Taxis würde bald das Bewusstsein wiedererlangen. Er fuhr zu dem Waldstück, in dem er sein Auto abgestellt hatte, und lud seine Fracht um. Damit sie während der sechs Stunden, die er bis zur Ostsee brauchte, nicht wach wurde, spritzte er ihr ein starkes Sedativum. Dann wuchtete er sie in den Kofferraum seines Wagens und deckte sie sorgfältig ab, damit man sie bei einer Kontrolle nicht entdeckte. Man konnte nicht vorsichtig genug sein. Gründlich wischte er alles, was er im Taxi angefasst hatte, ab. Die Polizei sollte keine Spur von ihm finden – wenn sie sich denn überhaupt die Mühe machen sollte, den Wagen nach Fingerabdrücken zu untersuchen.

Als er losfuhr, malte er sich aus, was er alles mit der Frau machen würde, wenn er erst wieder an der See war. Die Vorfreude ließ ihn beschwingt die Lieder, die HR 1 in den Äther sandte, mitsummen. An der nächsten Raststätte entsorgte er das Handy der Frau. Jetzt konnte niemand mehr ihre Spur verfolgen. Jetzt war sie sein Eigentum. Und niemand würde sie je wiederfinden.

***

»Ich will mich aber nicht beruhigen«, echauffierte sich Eva Neuber. »Ich will, dass Sie Ihren Arsch bewegen und anfangen, meine Tochter zu suchen. Das habe ich unten Ihren uniformierten Kollegen auch schon gesagt. Die haben mir überhaupt nicht richtig zugehört. Nur weil ich darauf bestanden habe, mit einem Kommissar zu reden, bin ich überhaupt hier. Aber Sie scheinen sich ja ebenfalls nicht besonders für ein Menschenleben einsetzen zu wollen.«

Jens Bender ignorierte die Beleidigung und sagte begütigend: »Die meisten Vermissten tauchen nach einer Weile wieder auf. Es kommt vor, dass junge Menschen sich für ein paar Tage davonstehlen.«

»Meine Tochter ist siebenunddreißig und nicht siebzehn«, sagte die resolute Zweiundsechzigjährige aufgebracht. »Und sie ist nicht seit ein paar Stunden weg, sondern seit Freitag. Heute ist Donnerstag.«

»Vielleicht ist sie spontan in Urlaub gefahren oder bei einer Freundin oder einem Freund?«, mutmaßte Bender. Durch das Fenster im schmucklosen Büro des Polizeipräsidiums in Frankfurt konnte man auf den Verkehr auf der Eschersheimer Landstraße blicken.

Eva Neuber winkte ab. »Habe ich alle angerufen. Sie ist wie vom Erdboden verschluckt. Seit sie ihr erstes Date mit dieser Onlinebekanntschaft hatte. Letzten Freitag, wie gesagt.«

»Sagen Sie das noch mal«, forderte Jens Bender. Sein ganzes Phlegma war auf einmal weg. Es kam in letzter Zeit zu oft vor, dass Menschen sich in grenzenloser Naivität online verabredeten und dann in gefährliche, bisweilen tödliche Fallen tappten.

»Ich sagte, sie ist seit Freitag weg, seit sie sich mit einem gewissen Marcus R. getroffen hat.«

»Das wissen sie genau?«

Eva Neuber nickte heftig und holte aus ihrer Tasche ein Notebook. Ohne weiter zu fragen, fuhr sie den Rechner hoch, tippte das Passwort ein und rief den Explorer auf. Doch das Gerät war nicht mit dem Netz verbunden.

»Entschuldigen Sie«, sagte sie. »Haben Sie hier WLAN?«

»Sie kennen sich gut aus.«

»Nur weil ich alt und eine Frau bin, bin ich nicht von gestern«, meinte sie schnippisch.

»Ja, ja«, sagte Bender. »Wir haben hier WLAN.« Er ließ sich telefonisch ein Passwort geben und diktierte es ihr.

Eva Neuber rief die Website www.DateYourLove.de auf und gab erneut ein Passwort ein; kurz drauf drehte sie den Rechner zu ihm hin.

»Woher kennen Sie die Passwörter Ihrer Tochter?«, fragte Bender, während er anfing, die Kommunikation von Yvonne Neuber mit diesem gewissen Marcus R. zu lesen.

»Ich kenne meine Tochter. Sie hat nur ein einziges Passwort: ›Charlotte‹. So hieß das Pferd, das sie als Jugendliche hatte.«

»Gut«, meinte er schließlich, nachdem er die Kommunikation überflogen hatte. »Ich kümmere mich darum.«

»Wie?«, wollte Eva Neuber wissen.

»Da Ihre Tochter ausgerechnet an dem Tag, an dem sie mit einem Unbekannten ein Date vereinbart hatte, verschwand, erwirke ich zunächst einen richterlichen Beschluss, damit mir der Betreiber dieser Kuppelbörse die Daten von Marcus R. gibt.«

»Wenn er was mit dem Verschwinden meiner Tochter zu tun hat, wird er wohl kaum seine Anschrift nebst Hausnummer angegeben haben«, entgegnete sie.

»Das vielleicht nicht. Aber der Rechner der Site kennt die IP-Adresse des Nutzers. Und die ist so was wie der elektronische Fingerabdruck des Computers, der für die Kommunikation benutzt wird. Mit ein bisschen Glück wissen wir bald, wer Marcus R. ist und wo er wohnt.«

Eva Neuber schnaubte. »Wie lange wird's dauern?«

»Ein paar Tage. Vielleicht eine Woche.«

Sie wollte protestieren. Aber sie besann sich eines Besseren. Mehr, als sie erreicht hatte, war im Moment nicht zu schaffen.

Und vielleicht hatte der Beamte ja recht, und Yvonne tauchte in ein paar Tagen braun gebrannt wieder auf und stellte ihr ihre große Liebe vor.

ZWEI

Polizeirat Eberhard Zielkow blickte auf seine Uhr. Es war kurz nach fünf Uhr. Er nahm sich die Zeitung und blätterte direkt zum Sportteil. Es war gerade Europameisterschaft in Polen und der Ukraine, und fast ganz Deutschland befand sich im Ausnahmezustand. Heute, am Mittwoch, dem 13. Juni, stand das Spiel gegen die Niederlande an. Diese Begegnung war bei internationalen Turnieren immer etwas Besonderes für Deutsche wie Holländer gleichermaßen. Davon abgesehen dachte Zielkow – wie wohl alle Fußballfans –, dass das Erreichen des Finales bloße Formsache war. Also weg mit den Holländern. Das Läuten seines Telefons ließ ihn die Zeitung wieder beiseitelegen.

»Ja?«, brummte er ins Telefon. Das, was er hörte, ließ ihn augenblicklich hellwach werden. Unwillkürlich setzte er sich aufrecht hin. »Ich komme sofort. Und ich bringe den Doc mit«, sagte er und legte auf. Dann rief er Dr. Streicher in der Gerichtsmedizin an. Der war zwar nicht begeistert, so kurz vor Feierabend noch in eine Besprechung beordert zu werden, versprach aber zu kommen.

Zielkow griff sich sein über dem ledernen Chefsessel hängendes Jackett und lief zwei Stockwerke tiefer. Er öffnete die Tür zu dem Büro, auf dessen Türschild immer noch »Wiebke Sollich – Hauptkommissarin« stand. Er war ziemlich verärgert gewesen, als sie ihm kurz nach der Beförderung eröffnet hatte, sie sei jetzt schwanger und würde für zwei Jahre in die Elternzeit gehen. Aber in der heutigen Zeit durfte man ja nichts sagen. Und schon gar nicht als Mann. Ihren vorübergehend verwaisten Platz in der Mordkommission hatte Carsten Franck eingenommen. Ein junger Beamter im Rang eines Polizeikommissars, der mit seinen achtundzwanzig Jahren sicher noch überfordert war. Aber woher sollte er einen Beamten mit Erfahrung nehmen, der einen Job ausfüllen würde, den er in zwei Jahren wieder an eine Kollegin abtreten musste?

Carsten Franck hatte auf einem Beistelltisch einen Fernseher nebst DVD-Player aufgebaut. Er war blass, geradezu bleich. Nach dem, was er ihm am Telefon gesagt hatte, war das auch kein Wunder. Zielkow gab ihm die Hand.

»Kommt Dr. Streicher noch?«, fragte Franck.

Zielkow nickte. »Er ist auf dem Weg.«

»Das ist gut. Er kann uns vielleicht sagen, ob das echt ist.«

»Wir warten, bis er da ist«, sagte Zielkow, während er sich setzte.

Es dauerte ein paar Minuten, bis Dr. Streicher an die Tür klopfte und, ohne eine Antwort abzuwarten, in den Raum trat.

»Da bin ich«, sagte er. »Ich hoffe, es ist wichtig, denn meine Überstunden stellen inzwischen eine ernste Gefahr für meine Ehe dar.«

»Erzählen Sie ihm, was Sie mir am Telefon gesagt haben, Herr Franck«, forderte Zielkow.

»Also.« Carsten Franck räusperte sich. »Vor etwa zwei Stunden gab jemand diesen Umschlag beim Pförtner ab.« Er hielt einen stabilen Briefumschlag im DIN-A4-Format in die Höhe. »Adressiert ist er an die Kollegin Sollich, die sich im Erziehungsurlaub befindet.«

»Beeindruckend«, knurrte Streicher, der immer noch nicht begriff, warum Zielkow ihm den Feierabend versaute.

»Nun werden Sie mal deutlich«, befahl Zielkow.

Carsten Franck zuckte zusammen. »Nun gut«, begann er. Zielkow hatte den Eindruck, als würde er sich für das, was er gleich sagen würde, vorab entschuldigen wollen. »Adressiert ist eigentlich auch der falsche Ausdruck. Lesen Sie doch bitte selbst, was auf dem Umschlag steht.«

Streicher nahm das Kuvert in die Hand und las: »An die blonde Schlampe, die im dritten Stock des Polizeipräsidiums in der Blücherstraße in Rostock die Mordkommission geleitet hat.«

»Das ist nicht nett«, sagte Streicher. »Aber dass Polizisten gelegentlich beleidigende Briefe bekommen, ist doch nicht ungewöhnlich.«

»Nein, sicher nicht«, bestätigte Franck. »Aber im Umschlag war ein Zettel mit einem Gedicht.«

»Gedicht? Was für ein Gedicht?«

»Lesen Sie es uns vor, Franck.«

Carsten Franck räusperte sich erneut.

»Ach, was muss man oft von bösen
Buben hören oder lesen.
Wie zum Beispiel hier von diesen,
Welche Max und Moritz hießen.

Auf den Pfaden dieser beiden
Woll'n wir uns an Qualen waiden
Und die Blonde sehen lassen,
Was Max und Moritz wirklich hassen.

Unser Spiel wird nun beginnen,
Daraus gibt es kein Entrinnen.
Holt sie her, die dumme Kuh,
Vorher geben wir nicht Ruh.

Aber es ist uns einerlei,
Was da tut die Polizei.
Wissen wir doch ganz genau:
Niemals fängt uns eine Frau.

Dieses ist der erste Streich,
Doch der zweite folgt sogleich.
Das Sogleich ist eine Frist,
die genau zwei Wochen ist.«

»Wilhelm Busch?«, sinnierte Streicher. »Aber was meint er denn mit ›auf den Pfaden dieser beiden‹?«

»Das da«, sagte Carsten Franck und hantierte mit den beiden Fernbedienungen für Fernseher und DVD-Player. »Diese DVD war nämlich auch in dem Umschlag.«

Zielkow und Streicher waren hartgesotten. Doch was sie sahen, war selbst für Polizisten mit jahrzehntelanger Erfahrung starker Tobak. Ein durch Verpixelung völlig unkenntlich gemachter, nur in seinen Umrissen erkennbarer Mann hielt die Ausgabe der »Norddeutschen Neuesten Nachrichten« vom vergangenen Samstag in die Kamera. Dann legte er die Zeitung beiseite. Die Frau, der er sich nun zuwandte, war nicht verpixelt. Bis auf das Gesicht. Es war nur als graues Loch zu erahnen. Sie war völlig nackt. Ihre Arme und

Beine waren mit Schellen an einem überdimensionalen hölzernen Kreuz befestigt. Der Mann quälte die Frau mit allem, was seine Folterkammer bereithielt: Peitschen, Nadeln und Zangen, die der Mann an einer Schweißflamme bis zur Röte erglühen ließ, um dann damit in ihr Fleisch zu kneifen. Allein das Zuschauen erzeugte Schmerz. Wie musste die Frau gelitten haben.

Unwillkürlich wünschte Zielkow ihr, dass sie bewusstlos würde. Doch sie warf ihren Kopf hin und her, rüttelte an den Schellen um ihre Extremitäten, schrie. Der Film war ohne Ton, doch sie erlebte die unmenschliche Tortur offensichtlich bei vollem Bewusstsein.

»Okay, ich hab genug gesehen«, sagte Streicher irgendwann.

»Haben Sie nicht«, widersprach Carsten Franck. Wenig später wussten Streicher und Zielkow, was er meinte. Sie beobachteten, wie der Mann die Frau auf brutale Weise vergewaltigte, um dann wie besessen mit einem Messer auf sie einzustechen. Sie sahen das Blut spritzen, bis irgendwann ihr Herz aufhörte zu schlagen und das Zucken des Leibes endete.

Carsten Franck drückte eine Taste auf der Fernbedienung, und der Bildschirm wurde schwarz.

Nach quälenden Minuten betretenen Schweigens räusperte sich Streicher. »Was wollen Sie nun von mir, Zielkow?«, fragte er.

»Als mich der Kollege Franck vorhin telefonisch über einen gefilmten Mord informierte, hatte ich sofort einen Gedanken. Dazu will ich Ihre Meinung.«

»Welchen Gedanken?«

»Kann das ein schlechter Scherz sein? Ich meine: Der Film könnte doch eine Szene aus einem Horrorfilm und der Brief nebst Gedicht eine an die Kollegin Menn gerichtete geschmacklose Provokation sein?«

Streicher kratzte sich am Kinn. »Nicht völlig ausgeschlossen. Dann muss es aber, verzeihen Sie die Wortwahl, eine verdammt gut gemachte Kopie sein. Für mich sieht das alles ziemlich echt aus. Ein Experte könnte das rauskriegen. Ich kenne da jemanden beim LKA.«

»Bitte beauftragen Sie ihn«, ordnete Zielkow an. »Sie, Herr Franck, machen eine, ich betone: *eine* Kopie dieser DVD, die Sie persönlich an Herrn Dr. Streicher zur weiteren Verwendung übergeben. Sie lassen außerdem den Brief nebst Umschlag und die Original-DVD auf Fingerabdrücke und sonstige Spuren untersuchen. Alles bitte topsecret. Bis auf Weiteres bleibt die Sache unter uns.«

»Sie wollen Frau Menn nicht informieren?«, fragte Streicher überrascht.

»Ich bin doch nicht verrückt«, meinte Zielkow und tippte sich an die Stirn. »Am Ende stellt sich raus, dass das alles nur eine bodenlose Geschmacklosigkeit war. Dann habe ich eine junge Mutter grundlos aus ihrem Erziehungsurlaub geholt und sie ohne Anlass völlig verängstigt. Da könnte ich ja gleich auf den Knien um Gnade winselnd zur Gleichstellungsbeauftragten kriechen.«

»Auch wieder wahr«, sagte Streicher. »Könnte ich jetzt trotz allem noch die Reste meiner Ehe kitten?«

»Kein Fußball heute Abend?«, fragte Zielkow.

»Da sehen Sie mal, welchen Preis ich zu zahlen bereit bin«, antwortete Streicher säuerlich.

Sie gaben sich die Hand. Vielleicht war ja alles doch nur ein böser Scherz.

***

Günter plagte sein Gewissen. Es war Freitagnachmittag, er war auf der Autobahn, und das Radio dudelte. Ein langes Wochenende lag vor ihm, frei von Verpflichtungen, doch er war nicht sicher, ob er das Richtige tat. Nicht dass es falsch war, mal ein Wochenende mit einem Kumpel zu verbringen. Das machten tausende Männer so, warum also nicht auch er? Das Schlimme an der Sache war, dass sein Kumpel Carolyn hieß, zweiunddreißig Jahre und damit gute achtzehn Jahre jünger war als er – und vor allem, dass Wiebke das alles nicht wusste. Im Gegenteil: Er hatte sie regelrecht angelogen und ihr die Geschichte von einem alten Studienkollegen, den er in Köln besuchen wollte, aufgetischt.

Dass er polygam war, wusste sie. Und sie war bis zu der vermaledeiten Schwangerschaft auch kein Kostverächter gewesen. Sie hatten diese Lust auf fremde Haut bisher gemeinsam und nach dem Motto »Bekannt fremdgehen« ausgelebt. Sie waren als Gäste in einem Swingerklub oft auf der Suche nach dem Kick gewesen. Aber da ging es um Sex, nie um Gefühle.

Mit Carolyn war das anders. Günter hatte sie in einem Strafverfahren kennengelernt. Er war der Staatsanwalt, sie die Verteidigerin gewesen. Am Ende des Verfahrens hatte sie ihn gefragt, ob er sie mit in die Gerichtskantine nehmen würde. Sie habe ohne behördliche Begleitung ja nicht das Recht dazu und wolle verhindern, dass er sie dann wegen Betruges anklagen müsse. Dann hatte sie ihn mit einem unnachahmlichen Blick angeschaut. Sie hatte glasklare blaue Augen und Wimpern, die auch ohne Tusche jedes Männerherz augenblicklich im Sturm erobern konnten. Es war Sympathie auf den ersten Blick.

Sie hatten zusammen gegessen und geplaudert. Carolyn stammte aus Wismar und hatte nach dem Abitur in Rostock Jura studiert. Letztlich nur, weil ihr nichts Besseres eingefallen war. Doch da ihr Vater in Wismar einen gut gehenden Elektroinstallationsbetrieb hatte, sei ihr der erste Mandant ihrer eigenen Kanzlei ja praktisch schon in die Wiege gelegt worden. Am Ende des Gespräches hatten sie sich bereits geduzt und zum Abschied Visitenkarten ausgetauscht.

Dann hatte sie etwas Verhängnisvolles gesagt: »Adde mich doch bei Facebook. Dann können wir in Kontakt bleiben.« Er hatte es getan, und seitdem war sein Leben nicht mehr dasselbe.

Er konnte mit ihr plaudern, auch wenn sie sich nicht sahen. Sie hatten ein richtiges Vertrauensverhältnis aufgebaut. Er erzählte ihr, dass es in seiner Ehe kriselte, was sie nicht verwunderte, wie sie schrieb, und sie malten sich aus, wie es wohl wäre, wenn sie mal viel Zeit »in echt« miteinander verbringen würden. Ein paarmal war der Versuch im Ansatz stecken geblieben, doch jetzt war es so weit. Er fuhr nach Wismar und ließ, wie er sich selbst vorwarf, Frau und Kind zurück. Er wollte Wiebke nicht verlassen. Doch er brauchte eine Auszeit.

Außerdem fühlte er sich abgewiesen, wenn sie seine fordernden Hände, die sie früher so geschätzt hatte, schroff beiseiteschob. »Jetzt nicht, Schatz«, sagte sie oft. Wann denn überhaupt?, dachte er dann immer. Er musste sich eingestehen, dass er Zweifel an seiner Attraktivität, seiner Männlichkeit bekam. Er sagte ihr jedoch nichts, denn tief in seinem Inneren wusste er, dass es nur wieder Krach geben würde. Dass sie ihm vielleicht sagen würde, er solle aufhören, nur »mit dem Ding da unten« zu denken. Dass es schon wieder werden würde und er aufhören solle, Druck zu machen. Und überhaupt.

Es war nicht richtig, was er tat, und es war völlig falsch, wie er es tat. Er fing an, ein Doppelleben zu führen, denn dass es mit Carolyn bei diesem einen Mal bleiben würde, konnte er sich nicht einmal selbst einreden. Wie sollte das gehen?

Sie wohnte in der Altstadt in Wismar, mitten in der Fußgängerzone. Deshalb parkte er den Mondeo auf einem Parkplatz außerhalb der City. Er überlegte, ob er seine Reisetasche nicht besser erst einmal im Auto lassen sollte. Irgendwie war es ihm auf einmal peinlich, mit einer für die Übernachtung gepackten Tasche bei einer Frau zu erscheinen, mit der er, wenn er ehrlich war, persönlich nur einmal geredet hatte. Doch dann gab er sich einen Ruck, dachte: auch egal, und marschierte los.

***

Wiebke hatte Günter die Story mit dem Freund, den er in Köln besuchen wollte, nur zum Schein abgenommen. Als sie ihn verabschiedet hatte, war alles in ihr verkrampft. Sie war sich nämlich sicher, dass er irgendwo was am Laufen hatte. Anders waren die vielen Überstunden, die er früher doch auch nicht gemacht hatte, gar nicht zu erklären. Außerdem war sie Frau genug, um zu wissen, wie Männer tickten. Ihr tat es ja auch leid, dass sie auf Sex im Moment keine Lust hatte. Zumal dieser »Moment« nun schon über ein Jahr andauerte. Aber sie konnte und wollte nichts vorspielen, was sie nicht empfand. Sie verstand, dass er sich nicht gut fühlte, wenn sie ihn immer wieder abwies. Aber darüber konnte sie nicht mit ihm reden. Zwar fuhr er ab und zu allein in den Swingerklub, den sie sonst gemeinsam besuchten. Doch es schien für ihn nicht der Ausgleich zu sein, den er brauchte. Er suchte wohl nach Bestätigung. Und die gab es weder im Klub noch im Puff. Letzteres wäre, wie sie sich eingestand, auch eine auf Dauer ruinöse Alternative. Er musste also eine Geliebte haben. Aber wen?

Sie suchte nach Beweisen. Doch die geschulte Durchsuchung sämtlicher Kleidungsstücke und Taschen brachte nichts Verwertbares zum Vorschein. Warum machte sie das eigentlich? Ihr fiel der Spruch »Eifersucht ist eine Leidenschaft, die mit Eifer sucht, was Leiden schafft« ein. War es Eifersucht? Sicher auch das. Aber es war vor allem ihr tief verwurzeltes Bedürfnis nach Klarheit. Der Wunsch, nicht hintergangen, ach was, verarscht zu werden. Doch wo waren die Beweise? Ob sie Streicher eine gebrauchte Unterhose von Günter geben und ihn bitten sollte, dort nach weiblicher DNA, die nicht ihre war, zu suchen?

Sie stellte sich das Gesicht von Herbert Streicher vor, wenn sie ihn um diesen Gefallen bat, und verwarf den Gedanken. Ihre Probleme würde sie schon allein lösen. Sie dachte nach. Weit kam sie nicht, denn Jonas wachte auf und begann augenblicklich, herzzerreißend zu brüllen. Vielleicht hatte er schlecht geträumt, die Hose voll, war noch müde oder hatte Hunger. Wiebke befürchtete, dass es alles zugleich war. Sie nahm den Kleinen aus der Wiege, roch an der Windel, unterdrückte den Ekel und wickelte ihn erst einmal.

***

Günter war schon länger nicht mehr hier gewesen. Wismar und Rostock verbanden die gemeinsame Hansevergangenheit, die Lage an der Ostseeküste und vierzig Jahre gemeinsame DDR-Geschichte.

Doch Wismar war irgendwie mehr stehen geblieben als Rostock. Die Innenstadt wirkte so, als wäre sie unter Auslassung von mehreren Jahrhunderten einfach in die Jetztzeit verpflanzt worden. Kein Wunder, dass die Wismarer Altstadt ein Weltkulturerbe der UNESCO ist, dachte Günter.

Er ging am Stammhaus von Karstadt vorbei. Hier hatte irgendwann im 19. Jahrhundert ein gewisser Rudolph Karstadt die Idee gehabt, einen Tuchhandel zu eröffnen. Der Rest war Wirtschaftsgeschichte mit einem unrühmlichen Ende.

Er ging noch ein paar Meter weiter und erreichte ihr Haus. Das Herz klopfte ihm bis zum Hals. Er wusste, dass er vor seinem persönlichen Rubikon stand. Würde er jetzt schellen und sie ihm öffnen, gäbe es kein Zurück mehr. Ein Fluchtreflex packte ihn. Los, verschwinde! Fahr zurück nach Rostock.

***

Jonas schlief, Gott sei Dank, wieder friedlich, und Wiebke konnte sich in aller Ruhe ihrer Recherche widmen. Ich bin immerhin Polizistin, dachte sie. Da werde ich doch wohl in der Lage sein, meinem eigenen Mann den Seitensprung zu beweisen. Fieberhaft überlegte sie, wie sich die Männer üblicherweise verrieten. Quittungen von irgendwelchen billigen Hotels hatte sie ebenso wenig gefunden wie Restaurantrechnungen mit zwei Essen nebst Champagner. Auch keine blonden Haare auf seiner Kleidung.

Wieso eigentlich blond?, fragte sie sich auf einmal. Irgendwie war Günters Geliebte in ihrer Phantasie blond. Aber sie könnte doch auch kastanienbraunes oder rötliches oder schwarzes Haar haben. Zumal sie ja selbst blond war.

***

Günter drückte den Knopf, auf dem »Carolyn Angermüller« stand. Es summte, und er trat ins Treppenhaus. Er hatte den Fluss überschritten. Als er ihr die Blumen, die er gekauft hatte, übergab, kam er sich ungeheuer albern vor. Aber Carolyn schien sich zu freuen.

»Komm rein«, sagte sie lächelnd. »Schön, dass du da bist.« Sie küsste ihn links und rechts auf die Wange. Günter stand unschlüssig in der neu renovierten Altbauwohnung herum.

»Schön hast du es hier«, bemerkte er, weil ihm nichts Besseres einfiel. Aus der Küche, in der sie offenbar nach einer Vase für die Blumen suchte, schallte es zurück: »Ja, ganz nett. War früher das Büro der Dresdner Bank. Nachdem die raus sind, wurde alles komplett umgemodelt.«

Mit der Vase in der Hand kam sie zurück in den Flur.

»Willst du hier Wurzeln schlagen?« Sie lächelte und deutete auf die Tür zum Wohnzimmer. Günter trat ein und bemerkte, dass hier eins zum anderen passte. Es war perfekt, ohne dass es steril wirkte.

Auf dem Couchtisch brannten in silbernen Kandelabern Kerzen. Rotwein funkelte im Glas, und auf einer Platte luden italienische Antipasti zum Dinner ein.

Sie sah seinen Blick und verstand sofort.

»Keine Sorge, ich habe mich nicht in der Küche versucht. Die Sachen sind von meinem Stammitaliener. Und dass es hier so aussieht, liegt daran, dass ich eine Putzfrau habe, die mehr als ihr Geld wert ist.«

Endlich setzte sich Günter. Sie nahm im rechten Winkel versetzt Platz. Sie stießen an. Es drohte ein peinliches Schweigen aufzukommen.

»Hör mal«, sagte sie. Günter blickte fasziniert in ihr Gesicht. Er sah den tadellosen Teint, die sinnlichen Lippen und die großen, ausdrucksvollen Augen, die ihn fixierten. »Wir kennen uns, wenn auch so gut wie nur virtuell. Aber wir sind uns nah. Das weißt du, das weiß ich.« Sie nahm seine Hand und drückte sie zärtlich. »Mir ist auch klar, dass du verheiratet und gerade Vater geworden bist, dass du also nicht mir nichts, dir nichts die Fronten wechseln wirst. Aber was da zwischen uns ist, kann man auch nicht ignorieren. Also lassen wir es auf uns zukommen.« Mit diesen Worten legte sie eine Hand in Günters Nacken, zog ihn zu sich heran und begann, ihn zu küssen.

Erst zögerlich, dann immer fordernder erwiderte er ihren Kuss. Er wechselte auf ihr Sofa, und ihre Hände spielten mit dem Körper des anderen. Sie rissen sich förmlich die Kleidung vom Leib. Einer Raubkatze nicht unähnlich drückte sie ihn auf das Sofa, schwang sich auf ihn und begann einen wilden, leidenschaftlichen Ritt. Keuchend kam sie und wenig später auch er.

Danach saßen sie nackt auf dem Rolf-Benz-Sofa. Sie legte ihren Kopf auf seinen Bauch, und er streichelte ihr Haar. Jetzt ist es passiert, dachte er. Jetzt habe ich sie betrogen. Mit einer Frau, die fast meine Tochter sein könnte. Aber hatte er den Betrug nicht schon viel früher begangen? In dem Moment, in dem er sich Carolyn anvertraut und mit ihr Dinge besprochen hatte, die er mit Wiebke hätte besprechen müssen? Es war sinnlos, darüber nachzudenken. Es war passiert, und wenn er ehrlich war, hatte es ihm auch gut gefallen.

***

Die Buchstaben auf dem Bildschirm tanzten vor ihren Augen. Das ganze Bild war verschwommen. Als würde Wiebke sich selbst quälen wollen, las sie immer wieder von vorn, was sich Günter und diese Schlampe Carolyn geschrieben hatten. Neben dem

Rechner stand eine bedenklich geleerte Flasche Grappa. Der Alkohol hatte eine verheerende Wirkung auf Wiebke, die seit ihrer Schwangerschaft keinen Tropfen mehr angerührt hatte und deshalb Alkohol nicht mehr gewöhnt war.

Es war nicht der Umstand, dass er heute mit einer anderen schlief, der wehtat. Es war der Vertrauensbruch, dieses Hintergehen seit Monaten, in denen er mit einer anderen Frau sein Leben geteilt hatte. War sie ihm wirklich so wenig wert? War ein heimlicher Fick mit einer jüngeren und, wie die von ihr geposteten Bilder bewiesen, sehr gut aussehenden Rechtsanwältin das Risiko wert, dass ihre Ehe, ihre Familie, ihr kleines Glück scheiterten?

Sie fühlte sich benutzt. Ausgenutzt und missbraucht. Es war das Ende. Nach zwei weiteren Grappas fasste sie einen folgenschweren Entschluss und arbeitete die ganze Nacht durch. Als sie fertig war, wartete sie nur noch auf Günters Rückkehr am Montag.

DREI

Jens Bender las gerade ein Vernehmungsprotokoll in einer Körperverletzungssache. Es sah darin auf den ersten Blick nach einer typischen Schlägerei zwischen jungen Deutschen und Türken aus. Doch der Fall kam ihm komisch vor. Vor allem die Aussage der jungen Türkin war voller Widersprüche, und er suchte nach dem entscheidenden Hinweis. Siebzig Prozent der Polizeiarbeit bestanden eben im Papierkram, im Lesen von Akten, Untersuchungsergebnissen und Protokollen. Mit dem, was im Fernsehen gezeigt wurde, hatte das wenig zu tun. Bender genoss aber das Image, das durch diese Fiktion auf sein manchmal wenig spannendes Berufsleben übertragen wurde. Das schrille Läuten des Telefons riss ihn aus seinen Gedanken. Geistesabwesend nahm er den Hörer und meldete sich.

»Bender.«

»Guten Tag, Herr Kollege. Polizeimeister Schubert hier.«

»Tag, Kollege. Was gibt es?«

»Sie bearbeiten doch die Vermisstensache Neuber. Yvonne Neuber.«

»Ja, warum?«

»Wir haben ihr Handy gefunden.«

Bender setzte sich mit einem Ruck auf. »Sie haben was?«

»Wir, das heißt Kollege Jungblut und ich, sind Streife gefahren. Mittags sind wir zur Raststätte Medenbach an der A 66. Der Pächter sprach uns an. Er habe zufällig beim Leeren einer auf dem Gelände gelegenen Mülltonne ein Handy gefunden. Da es sich um ein fast neues Apple iPhone 4S handelte, kam ihm die Sache komisch vor. Er wollte gerade die Polizei anrufen, als wir dort auftauchten.«

»Und woher wissen Sie, dass es sich um Yvonne Neubers Handy handelt?«, wollte Bender wissen.

»Hab ich ermittelt«, sagte Schubert mit nicht zu überhörendem Stolz in der Stimme.

»Wie?«

»Ich habe es eingeschaltet. Es war nicht durch ein Passwort

gesichert. Deshalb konnte ich die Nummer identifizieren und beim Anbieter den Namen erfragen.«

»Danke, Kollege. Gute Arbeit! Bringen Sie mir das Handy in mein Büro und fertigen Sie bitte ein kurzes Protokoll an.«

»Geht klar.«

Bender legte auf und überlegte. Das Handy von Yvonne Neuber, die seit zehn Tagen vermisst wurde, hatte im Müll gelegen. Das bedeutete nichts Gutes. Er griff erneut zum Telefon und schilderte die Sachlage seinem Vorgesetzten, der so dachte wie er. Nun war schnelles Handeln erforderlich. Sein Chef kümmerte sich um die notwendigen richterlichen Beschlüsse, die tatsächlich auch nach nicht einmal zwei Stunden vorlagen. Unterdessen begann eine Hundertschaft, die Gegend um die Raststätte Medenbach mit Hunden abzusuchen.

Der Betreiber der Website www.DateYourLove.de reagierte nun gezwungenermaßen kooperativ. Natürlich hatte Bender sofort Kontakt aufgenommen, nachdem Yvonnes Mutter letzten Donnerstag bei ihm gewesen war. Aber ohne Beschluss, beschied man ihn, gebe es keine Information. Dem Richter war die Sache jedoch genauso wenig eilbedürftig erschienen wie, wenn er ehrlich war, ihm selbst. Man konnte schließlich nicht immer gleich die ganze Maschinerie in Gang setzen. Jetzt, nach dem Fund des Handys, war es etwas anderes.

Nach einer Stunde Wartezeit hatten sie Bestätigung: Yvonne Neuber hatte im Chat der Online-Kontaktbörse zuletzt fast ausschließlich mit einem Rechner kommuniziert, dessen ID einem gewissen Marcus Ringier in Wiesbaden gehörte.

Mit einem weiteren Durchsuchungsbeschluss bewaffnet, begaben sich Bender und sein Chef nach Wiesbaden. Die Kollegen der Spurensicherung waren informiert und ebenfalls auf dem Weg.

Sie trafen den Gesuchten in seiner Wohnung an. Marcus Ringier reagierte wie die meisten in einer solchen Situation. Völlig überfordert blickte er auf den Durchsuchungsbeschluss, ohne ihn zu lesen, geschweige denn zu verstehen. Minuten später war seine geschmackvoll eingerichtete Wohnung von einer Unzahl von Polizisten bevölkert, die seine geliebte Ordnung systematisch zerstörten.

Langsam fand er wieder zu sich. »Hör mal, Bulle«, sagte er zu

Bender. »Ich weiß zwar nicht, was ihr hier sucht, aber ihr bringt das wieder in Ordnung, dass das klar ist.«

»Den Bullen nehmen Sie besser zurück«, gab Bender gelassen zurück. »Und glauben Sie mir, die Unordnung in Ihrer Bude ist gerade Ihr geringstes Problem.«

»Worum geht es eigentlich?«, fragte Ringier.

»Die Fragen stelle ich«, sagte Bender. »Wo waren Sie am Freitag, dem 1. Juni 2012, sagen wir ab siebzehn, achtzehn Uhr?«

»Das weiß ich doch jetzt nicht mehr«, antwortete Ringier trotzig.

»Kennen Sie eine Yvonne Neuber?«

»Yvonne? Nie gehört.«

»Sie haben sich also an jenem Freitag nicht mit dieser Yvonne am Campus Westend zu einem Rendezvous verabredet?«

»Hör mal, Bulle, das letzte Mal, dass ich mich für Titten interessiert habe, war als Baby, als ich Hunger hatte.«

Bender musterte den Mann. Zugegeben. Das Netzshirt wirkte wenig hetero. »Sie haben sich aber über die Site www.DateYourLove.de mit einer ›Yvonne_13‹ einen heißen Onlineflirt geliefert.«

»Ich weiß zwar nicht, was für Drogen Sie nehmen. Aber wenn Sie meinen Rat wollen: Hören Sie damit auf.«

»Herr Bender!«, hörte Bender jemanden aus einem der Zimmer rufen. »Kommen Sie bitte mal?«

»Sie bleiben hier«, sagte er zu Ringier und verständigte sich mit den umstehenden uniformierten Kollegen per Blickkontakt.

»Ich habe heute ohnehin nichts Besseres vor«, antwortete Ringier schnippisch.

Im Schlafzimmer stand ein Schreibtisch. Auf diesem befand sich Ringiers Laptop, der mit einem Netzwerkkabel verbunden war.

»Leider passwortgeschützt«, sagte der Kollege der Spurensicherung. »Das kann dauern, bis wir den geknackt haben. Soll ich ihn mitnehmen oder versuchen, an Ort und Stelle in den Computer reinzukommen?«

»Was geht denn am schnellsten?«

Der Mann lächelte. »An Ort und Stelle, aber nur, wenn er uns das Passwort verrät.«

»Warten Sie«, raunte Bender.

Er ging zurück ins Wohnzimmer, wo Ringier rauchend in einem Sessel saß. Er musterte ihn argwöhnisch.

»Ist keine Kneipe hier«, meinte Ringier. »Rauchen daher erlaubt.«

Bender winkte ab. »Passen Sie auf: Seit zehn Tagen ist eine siebenunddreißigjährige Frau verschwunden. Wir haben ihr Handy gefunden. Weggeworfen auf einer Autobahnraststätte. Sie hatte ein Date mit einem ›Marcus R.‹, dessen Rechner in Ihrem Schlafzimmer steht. Ihre IP-Adresse wurde also verwendet, um mit dieser Frau besagtes Date zu vereinbaren, und Sie wissen angeblich nicht mehr, wo sie vorletzten Freitag waren. Damit unterschreibt mir jeder Richter einen Haftbefehl.«

Ringier wurde bleich. »Ehrlich, Bulle. Ich hab nix damit zu tun.«

»Dann dürfen wir also Ihren Rechner inspizieren?«

Ringier tat das, was er für das Beste hielt. »Ja, dürfen Sie.«

»Darf ich dann um das Passwort bitten?« Bender schob ihm einen Zettel und einen Kugelschreiber zu.

Mürrisch schrieb Ringier das Passwort auf.

Bender ging zurück ins Schlafzimmer. »Hier, Kollege.« Er gab dem Beamten der Spurensicherung den Zettel mit dem Passwort. Der Kollege tippte sofort wilde Befehlsfolgen in das Gerät.

»Was tun Sie da?« fragte Bender.

»Ich prüfe, ob dieser Rechner tatsächlich benutzt wurde, um die Kommunikation mit der Website zu führen.«

»Das wissen wir doch schon durch die ID.«

»Sicher ist sicher«, sagte der Mann. Wenig später nickte er. »Der Verlauf des Explorers wurde zwar gelöscht, das konnte ich aber wiederherstellen. Mit diesem Rechner wurde regelmäßig die besagte Website aufgerufen. Wann, wie oft und zu welcher Uhrzeit, ermittle ich im Labor.«

Bender ging zurück ins Wohnzimmer und legte Ringier Handschellen an.

»Mann, ich hab damit nichts zu tun.« Ringiers Stimme hatte all ihre Aggression verloren.

»Da ist Ihr Computer aber anderer Meinung«, entgegnete Bender.

»Scheiße, Mann. Ich weiß nichts von dieser fucking Website, nichts von einer Yvonne, ich weiß von gar nichts.«

»Vor allem wissen Sie nicht, was Sie am Freitag, dem 1. Juni, ab etwa siebzehn Uhr gemacht haben.«

»Ich war zu Hause, vermutlich«, sagte Ringier. »Da bin ich meistens.«

»Und Zeugen haben Sie dafür sicher auch.«

»Nein«, gab Ringier tonlos zurück.

»Wie wär's dann mit einem Geständnis?«

»Zum Mitschreiben: Ich habe nichts zu gestehen!«

»Abführen«, sagte Bender. An Ringier gerichtet, fügte er hinzu: »Wir unterhalten uns morgen.«

Bender wusste, dass die Gesprächsbereitschaft der meisten Menschen nach einer Nacht in Untersuchungshaft stark stieg. Und eines war ihm inzwischen auch so schmerzlich klar: Lebend würden sie Yvonne Neuber nicht mehr finden.

***

Der Himmel über München war so weiß-blau wie die Farben der Stadt. Die Sonne lachte, und gut gelaunt bestellte sich Dr. Annegret Schleibohm bei der freundlichen Kellnerin im Café Roma an der Maximilianstraße ein Wasser. Sie warf einen flüchtigen Blick auf ihre Cartier. Es war Montagnachmittag, Viertel vor vier, und damit war sie fast fünfundvierzig Minuten zu früh dran.

Sie war Wirtschaftsprüferin und sah auch so aus. Ihr Kostüm war so konservativ wie ihre Weltanschauung und ihre Frisur so eintönig wie ihr Privatleben. Letzteres gab es für die Neununddreißigjährige seit ihrer Studienzeit praktisch nicht mehr. Mit Disziplin, Ehrgeiz und ehernem Willen hatte sie ihr BWL-Studium in Rekordzeit als eine der Besten ihres Jahrgangs durchgezogen und nach nur weiteren achtzehn Monaten ihre Dissertation vorgelegt. Danach hatte sie als Assistentin bei einer der »Big Five«, einer der großen Wirtschaftsprüfungsgesellschaften, angefangen. Natürlich schaffte sie den Steuerberater und nach zwei weiteren Jahren auch die Prüfung zur Wirtschaftsprüferin mit Auszeichnung. Vor drei Jahren war sie dann Partnerin ihrer Gesellschaft geworden.

Einen Mann oder gar Kinder hatte ihr Lebensentwurf bisher

nicht vorgesehen. Das sollte jetzt aber anders werden. Sie hatte natürlich auch hier nichts dem Zufall überlassen wollen und war »Premium Member« bei DateYourLove.de geworden. Ein wenig schmunzelte sie schon bei dem Spruch, mit dem man dort warb: »Bei uns finden Akademiker und anspruchsvolle Singles den richtigen Partner.« Er klang ein wenig so, als wenn Akademiker wenig anspruchsvoll wären. Aber sie wusste ja, was die damit meinten.

Und es hatte funktioniert. Nach nur wenigen Wochen hatte sie ihn gefunden: Tobias. Ein Rechtsanwalt in einer der führenden Münchener Kanzleien. Das war ganz wichtig, dass er ebenfalls einen Beruf hatte, der ihn ausfüllte. Nichts wäre schlimmer für sie, als einen Freund zu haben, der von ihr Zeit einforderte, die sie nicht hatte. Welche Kanzlei das war, hatte Tobias zunächst nicht verraten. Aber auf das, was er erzählte, konnte sie sich einen Reim machen. Es war »Morris & Kling«, eine ursprünglich deutsche Kanzlei, die früher natürlich auch einen deutschen Namen gehabt hatte. Aber seit der Fusion mit einer amerikanischen Kanzlei hießen sie eben »Morris & Kling«. Letzte Zweifel, ob Tobias Zimmerer auch wirklich jener Dr. Tobias Zimmerer MBA, Partner von Morris & Kling, war, hatten sich in Luft aufgelöst, als sie vor ein paar Tagen sein Foto per Mail erhielt. Sie verglich das Foto mit der Website der Kanzlei. Tatsächlich: An ihrer Angel hing der goldene Fisch.

***

Sie war eine Herausforderung. Er war kein Jurist, hatte sich aber als Anwalt ausgegeben. Denn er hatte unbedingt eine Akademikerin haben wollen. Er wollte sich beweisen, dass er auch diese Frauen beherrschen konnte. Im »Focus« hatte er einen Artikel über diese komische Kanzlei mit dem amerikanischen Namen gelesen, in dem es unter anderem auch um Dr. Tobias Zimmerer ging. Daraufhin hatte er im Netz recherchiert und sich dessen Lebenslauf zusammenreimen können. Selbst ein Foto lieferte ihm das Netz frei Haus.

Der Rest war Routine: Er gab sich so, wie sie es von einem Anwalt und Kanzlei-Partner vermutlich erwartete. Zurückhaltend, höflich, gebildet. Sie biss an und wollte ein Date. Na bitte: ging doch. Und dieses Date war heute.

Die dunkelblaue Siebener-Limousine rollte sanft über den Asphalt, wie schwebend. Das Interieur war aus feinstem Leder gefertigt, das Auto war so gut wie neu. Es gehörte zur Flotte der Sixt Autovermietung. Das Einzige, was er noch hatte tun müssen, war, alles zu entfernen, was auf die Autovermietung hinwies.

Er trug einen dunklen Anzug. So einen, wie ihn Chauffeure trugen. Bei einer Wirtschaftsprüferin würde der Taxitrick nicht funktionieren, fürchtete er. Aber der Chauffeurtrick war auch klasse, vor allem bei arroganten Businesszicken. Die fühlten sich ganz wichtig, wenn eine edle Karosse vorfuhr und der Fahrer ihnen eröffnete, der Herr Direktor – oder für wen auch immer er zu arbeiten vorgab – lasse sich entschuldigen, denn bei seinem Privatjet müsse noch das Triebwerk überprüft werden. Sollten sie doch. Es war ohnehin das letzte Mal in ihrem Leben.

Er parkte in zweiter Reihe auf der Höhe des Cafés, in dem sie sich verabredet hatten, und schaltete den Warnblinker an. Dann nahm er das Foto der Frau und die Visitenkarte von Tobias Zimmerer, die er am PC gebastelt und dann auf edlem handgeschöpftem Papier ausgedruckt hatte, und scannte die Besucher im Außenbereich. Bald schon hatte er sie entdeckt. Er stieg aus.

»Frau Dr. Schleibohm?«, fragte er mit der notwendigen Dosis Unterwürfigkeit.

»Ja, bitte?«, sagte sie verwirrt.

»Ich bin Jens Kugler, Chauffeur bei ›Morris & Kling‹.« Er deutete auf die Limousine.

»Und?«, fragte Annegret.

»Herr Dr. Zimmerer schickt mich. Ein Mandantengespräch hat unvorhersehbar länger gedauert, weswegen er den Flieger verpasst hat. Er wird gleich landen. Ich soll Sie abholen und zum Flughafen fahren, um Sie dann gemeinsam – ach, das soll ich Ihnen ja noch nicht verraten, was er sich für Sie ausgedacht hat.« Er überreichte ihr die Visitenkarte, und Annegret Schleibohm nickte verständnisvoll. Sicher kannte sie das nur zu gut. Anwälte waren doch in gewisser Weise auch nur die Sklaven ihrer Mandanten. Gut bezahlte Leibeigene, die zu springen hatten, wenn der Mandant rief.

»Einverstanden«, sagte sie. »Ich bezahle nur noch.«

»Gestatten Sie, dass ich das übernehme?«

Sie verstand erst nicht, was er meinte.

»Keine Sorge«, sagte er lächelnd. »Diese Auslagen wird mir Herr Dr. Zimmerer ersetzen.« Er winkte die Kellnerin heran und bezahlte.

Annegret Schleibohm wirkte beeindruckt und schien voller Vorfreude zu sein. Das galt auch für ihn. Er hielt ihr die Tür des Autos auf, sie nahm Platz und schnallte sich an. Noch bevor der Gurt eingerastet war, presste er das chloroformgetränkte Tuch auf ihr Gesicht, und sie verlor das Bewusstsein.

In aller Ruhe steuerte er den einsamen Parkplatz in der Nähe von Feldmoching an, auf dem er sein Auto geparkt hatte. Anders als beim Taxitrick würde die Limousine niemand suchen. Er hatte sie unter Vorlage falscher Papiere angemietet und würde sie pünktlich zum Ende der Mietdauer auf dem Hof der Autovermietung abstellen.

Er lud seine Fracht um und verabreichte ihr ein Sedativum. Er musste vorsichtig sein. Es durfte nicht zu wenig sein, damit sie nicht zu früh aufwachte. Aber auch zu viel wäre gefährlich. Vor einiger Zeit war es ihm passiert, dass seine neueste Errungenschaft schon tot war, als sie an der Ostsee ankamen. Das war schade gewesen und sollte ihm nicht noch einmal passieren.

Er brachte den BMW zurück zum Vermieter, ließ sich danach mit einem Taxi in die Nähe des Standortes seines Autos bringen, lief die letzten zwei Kilometer und fuhr in Ruhe auf die A 9. Kurz vor Allershausen entsorgte er auf der Raststätte Fürholzen das Handy der Frau. Mit jedem Kilometer, den er sich danach seinem Ziel näherte, fühlte er sich sicherer. Jede Spur von ihr war nun vom Antlitz dieser Erde getilgt, und er konnte mit ihr tun und lassen, was er wollte.

***

Als er die Tür zur Wohnung aufschloss und in den Flur trat, wusste Günter, dass alles Leugnen zwecklos, jede Entschuldigung sinnlos und jedes Wort überflüssig sein würde.

Er blickte auf drei Umzugskartons und mehrere Koffer. Er

ging ins Wohnzimmer. Sein Herz schlug ihm bis zum Hals. Er hatte einen trockenen Mund, als wenn er stundenlang durch eine Wüste gegangen wäre.

»Du weißt es?«, fragte er Wiebke, die äußerlich ruhig auf dem Sofa saß und ihn offensichtlich erwartet hatte.

»Du hast eine Polizistin geheiratet, schon vergessen?«, erwiderte sie.

Er traute sich nicht einmal, sich zu setzen. Er fühlte sich wie ein ertappter Schuljunge, und in gewisser Weise war es ja auch so. Sie hatte ihn erwischt.

»Versuche besser nie, ein Verbrechen zu begehen«, fuhr sie fort. »Wie hättest du mich denn überzeugen wollen, über tausendzweihundert Kilometer nach Köln und zurück gefahren zu sein, ohne entsprechende Quittungen zu haben, Herr Oberstaatsanwalt, hmmm?«

Günter zuckte mit den Schultern.

»Jetzt nimm deine Sachen und fahr zurück nach Wismar zu dieser Anwältin. Dann könnt ihr gemeinsam Jura machen«, frotzelte sie, um ihn dann in einer plötzlichen Eruption all ihrer aufgestauten Emotionen anzubrüllen: »Hau bloß ab und geh zu deiner Schlampe. Ich will dich nie, hörst du: niemals wiedersehen. Raus hier, und mach schnell!«

Er wollte etwas sagen, befürchtete aber, alles nur noch schlimmer zu machen. Wortlos machte er kehrt und begann, die Sachen in sein Auto zu laden. Wiebke legte Jonas in die Wiege und sah Günter dann mit gefährlich funkelnden Augen an. Sie hatte sich wieder im Griff und sprach ruhig und gefasst. Günter fröstelte fast angesichts der Kälte, mit der sie die nächsten Worte aussprach.

»Geh mir aus den Augen. Je eher, desto besser. Den Rest regeln wir über unsere Anwälte. Du hast ja schon eine.«

Günter musste ein paarmal laufen. Er ignorierte die neugierigen Blicke der Nachbarn, die wohl ahnten, dass sich im Hause Menn gerade ein Familiendrama abgespielt haben musste. Nach gut zwanzig Minuten hatte er alles verstaut. Er warf einen letzten Blick in die Wohnung, die ihre gemeinsame gewesen war, und zog die Tür hinter sich zu.

Wohin?, dachte er, als er den Zündschlüssel drehte und den Motor anließ. Auf keinen Fall wollte er zu Carolyn. Auch wenn das Wochenende schön, ja sogar wunderschön gewesen war. Tauchte er jetzt bei ihr auf, würde er nicht nur mit der Tür, sondern gleich mit der gesamten ganzen Fassade ins Haus fallen. Außerdem: Selbst wenn sie ihn aufnähme, hieße das, vollendete Tatsachen zu schaffen. Danach wäre jeder Weg zurück zu Wiebke verbaut. Ob es überhaupt einen geben würde, war fraglich genug. Doch zöge er jetzt bei Carolyn ein, wäre die Trennung ein für alle Mal endgültig.

Er lächelte bitter. Obdachlose Oberstaatsanwälte gab es sicher nicht viele. Da kam ihm der rettende Gedanke. Er legte den ersten Gang ein und fuhr los.

»Mensch, das ist ja eine Überraschung«, sagte Randolph Sollich, als Günter bei ihm vorfuhr und aus dem Wagen stieg. »Was machst du denn hier, an einem Montagnachmittag?« Er legte den Rasentrimmer, mit dem er gerade arbeitete, an die Seite, ging zum Gartentor seines großen Datscha-Grundstücks, auf dem er seit seiner Pensionierung lebte, und öffnete es. Als er Günters Hand schüttelte, konnte er an dessen Gesicht deutlich erkennen, dass der Grund für den Besuch seines Quasischwiegersohns kein erfreulicher war. »Du siehst aus, als wenn du einen ordentlichen Schluck russischen Landwein vertragen könntest.«

Randolph war siebenundsiebzig und Wiebkes einziger noch lebender näherer Verwandter. Er war ihr Onkel und Ziehvater, um genau zu sein, denn Randolphs Bruder war schon 1974 bei einem Betriebsunfall ums Leben gekommen, als Wiebke noch ein kleines Mädchen gewesen war.

Günter nickte und folgte Randolph in die Datscha. Wiebkes Onkel holte zwei Gläser und eine Flasche Wodka, goss ein und prostete Günter zu. »Dann mal los! Wo brennt's denn?«

Günters Beichte war unverhohlen. Er versuchte nichts zu beschönigen, ließ nichts weg, dichtete nichts hinzu. Der alte Mann, der jedem, der ihn als solchen bezeichnete, eine Tracht Prügel androhte, hörte aufmerksam zu.

»Schöne Scheiße, in die du dich da geritten hast«, sagte er, als Günter fertig war. »Klar, dass du erst mal bei mir wohnst«, fügte er hinzu, ohne dass Günter diese Bitte aussprechen musste. »Und dann sehen wir weiter.«

»Danke«, antwortete Günter. Randolph reagierte mit einer abwehrenden Handbewegung. Mehr musste nicht gesagt werden.

Die nächsten drei Stunden waren die Männer damit beschäftigt, die Sachen, die Wiebke eingepackt hatte, wieder auszupacken. Günter hatte eine neue Bleibe gefunden. Wenigstens etwas.

VIER

»Was haben Sie rausbekommen, Dr. Streicher?«, fragte Eberhard Zielkow, als er am Mittwoch den Besprechungsraum betrat. »War es nun ein schlechter Scherz?«

»Leider nein. Das, was da gefilmt wurde, ist echt. Irrtum ausgeschlossen. Mein Kollege beim LKA ist sich zu hundert Prozent sicher: Die Frau wurde wirklich gequält und umgebracht.«

Zielkow setzte sich mit einem Seufzen. »So ein Mist. Also gut, was können Sie uns noch sagen? Die Untersuchung des Filmmaterials hat ja lange genug gedauert.« Eine ganze Woche hatte sich nichts getan, und das hatte ihm täglich mehr Sorgen bereitet.

»Bei der Frau handelt es sich um eine Dreißig- bis Vierzigjährige. Aufgrund von Hautfarbe und Körperbau tippe ich auf Mitteleuropäerin. Der Mann ist um die vierzig. Mutmaßlich ebenfalls Europäer, ist aber nicht sicher. Mehr konnten wir dem Film nicht entlocken. Ich schätze, dass das so beabsichtigt war.«

»Herr Franck«, sagte Zielkow und wandte sich an seinen jungen Untergebenen. »Hat die Spurenanalyse der Sendung etwas ergeben?«

Carsten Franck schüttelte den Kopf. »Negativ. Auf dem Umschlag waren zwar diverse Fingerabdrücke. Aber sie sind nicht registriert. Außerdem wurde der Umschlag hier in der Dienststelle abgegeben. So haben ihn mindestens der Kollege an der Pforte, die Leute von der Poststelle und ich ohne Handschuhe angefasst. Auf dem Zettel selbst sind Fingerabdrücke von drei unterschiedlichen Personen. Es liegt ziemlich nahe, dass dies meine und die von Ihnen beiden sind.«

»Sehe ich genauso«, sagte Zielkow. »Trotzdem checken Sie das und nehmen Abdrücke von mir, dem Kollegen an der Pforte und von Herrn Dr. Streicher. Sie sind doch einverstanden, Herr Dr. Streicher?«

Streicher nickte.

»Warum bringt jemand eine Frau um und schickt die DVD an Kollegin Sollich?«, fragte sich Zielkow laut.

»Menn«, korrigierte Streicher. »Sie heißt seit ihrer Hochzeit mit dem Oberstaatsanwalt Menn.«

»Natürlich.«

»Vielleicht ist es ein gar nicht selbst erstellter Snuff-Film, den der Absender für irgendwas Krankes benutzen will«, mutmaßte Franck.

»Snuff-Film?«, fragte Zielkow.

»Snuff-Filme zeigen reale Morde, die zur Unterhaltung des Publikums begangen und illegal verbreitet werden. Reale Morde, an denen sich der Zuschauer ergötzt«, erläuterte Franck. »Im Gegensatz zu Filmen über aus ganz anderen Motiven heraus begangene Morde, wie zum Beispiel …«

»Genug!«, unterbrach ihn Zielkow. Er fürchtete, irgendwie zu alt für diesen Beruf geworden zu sein. Oder zu weich. Oder vielleicht beides. »Selbst wenn es sich um so einen widerlichen Snuff-Film handeln sollte, wäre es ein Mord, von dem wir nun Kenntnis haben und den wir aufklären müssen. *Wir* und nicht Kollegin Menn. Ich denke aber, dass wir uns Hilfe holen sollten.«

»Hätten Sie eine Idee?«, fragte Carsten Franck, der sehr dankbar zu sein schien, dass sein Chef ihm nicht allein diesen Fall übertrug.

Zielkow nickte. »Ich muss die Sache aber vorher mit dem Innenminister abklären. Der Kollege ist nämlich beim LKA in Kiel und müsste abgestellt werden.« Er stand auf, nahm sich die Akte und verabschiedete sich mit den Worten: »Aber wenn ich dem Minister das hier gezeigt habe, werde ich schon kriegen, was ich brauche.«

***

»Wie meinen S' das«, fragte der Polizist mit bayerischer Sprachfärbung. »Ihre Kollegin ist verschwunden?«

»Na so, wie ich es gesagt habe«, antwortete Hans-Werner Sinn. »Sie ist seit Montag spurlos verschwunden. Wir machen uns Sorgen. Sie müssen sie suchen.«

Sinn war genervt. Es schien die Polizei nicht im Geringsten zu interessieren, dass Annegret am Dienstag einfach nicht zur Arbeit erschienen war. Ohnehin schätzte er die Atmosphäre im Polizeipräsidium in der Ettstraße nicht sonderlich. Immer mal wieder kam es vor, besonders nach Insolvenzen, dass der zweiundsechzigjährige Wirtschaftsprüfer hier als Zeuge vernommen wurde. Stets schwebte dabei das Damoklesschwert über ihm, das aus dem »sachverständigen Zeugen Dr. Sinn« mit ein bisschen Pech eines Tages den »Beschuldigten Dr. Sinn« werden ließ, der bei den diversen Konkursstraftaten seines Mandanten nicht nur nicht richtig hingesehen, sondern angeblich tatkräftig unterstützt haben sollte. »Beihilfe« hieß das im unschönen Juristendeutsch. Mit einem Satz: Sinn schätzte die Kripo in etwa so sehr wie der gemeine Autofahrer die uniformierte Polizei.

Aber nachdem seine Kollegin jetzt schon den dritten Tag fehlte, ohne sich krankgemeldet oder Urlaub mit ihm abgesprochen zu haben, machte er sich Sorgen. Er hatte mehrmals versucht, sie auf ihrem Handy zu erreichen, doch da meldete sich nur die Mailbox. Auch beim Festnetzanschluss hatte er immer wieder nur den Anrufbeantworter erreicht.

Verwandte hatte sie, wie er wusste, nicht. Sie war ein Einzelkind, und ihre Eltern hatten sich, nachdem Annegrets Vater in Frühpension gegangen war, entschieden, nach Neuseeland auszuwandern. Zu den »hohen Feiertagen«, wie Annegret Ostern und Weihnachten nannte, flog sie sie besuchen. Darüber hinaus war Annegret Single. Was sie in ihrer Freizeit machte, wusste er nicht, ebenso wenig, mit wem. So eng war das persönliche Verhältnis zwischen ihnen nicht, auch wenn sie schon seit vierzehn Jahren zusammenarbeiteten.

»Ich sag Ihnen mal was.« Max-Xaver Mayr war die Ruhe selbst. »Jeden Tag werden in Deutschland fast zweihundert Personen vermisst gemeldet. Die meisten tauchen nach ein paar Tagen wieder auf. Hatten Liebeskummer, Stress oder was weiß ich. Außerdem: Bei der Dame handelt es sich doch um eine Volljährige, oder?«

»Frau Dr. Annegret Schleibohm ist neununddreißig Jahre alt und im Vollbesitz ihrer geistigen Kräfte«, antwortete Sinn gereizt.

»Sehen S', und deswegen darf sie auch frei entscheiden, wo sie leben will. Polizeilich gilt eine Person erst dann als vermisst, wenn sie erstens ihren gewohnten Lebensbereich verlassen hat, zweitens ihr derzeitiger Aufenthaltsort unbekannt ist …«

»Das ist ja wohl gegeben«, regte sich Hans-Werner Sinn auf. Er hatte kein Verständnis für die Gelassenheit, die der Beamte an den Tag legte.

»Lassen S' mich doch erst mal ausreden. Drittens muss eine Gefahr für Leib und Leben bestehen. Dafür gibt es momentan aber keinerlei Anhaltspunkte.«

»Was werden Sie also tun?«

»Ich nehme die Daten der Dame auf und pflege sie in unser Computersystem ein. Darauf haben alle Polizeidienststellen Zugriff. Taucht sie irgendwo auf, kann man sie fragen, ob sie freiwillig dort ist. Ist dies der Fall, ist die Sache erledigt. Wenn nicht, wird dem nachgegangen. Ohne einen Hinweis auf eine Gefahr für Leib und Leben können wir bei zweihundert Fällen am Tag aber unmöglich jedes Mal Hubschrauber, Hundertschaften und die Hundestaffel losschicken.«

»Und wie lange suchen sie mit Hilfe dieses Systems?«, wollte Sinn wissen.

»Siebenundneunzig Prozent aller Vermisstenfälle sind bereits nach einem Jahr aufgeklärt. Bei den anderen wird nach dreißig Jahren die Suche eingestellt und der Eintrag bei INPOL gelöscht«, erklärte Mayr. Dann übergab er Hans-Werner Sinn eine Broschüre des Bundeskriminalamtes mit dem Titel: *Die polizeiliche Bearbeitung von Vermisstenfällen in Deutschland.* »Da steht alles drin, was Sie wissen müssen.«

»Aha«, sagte Sinn tonlos. »Dann mal vielen Dank.«

»Gern geschehen, und einen schönen Tag noch«, wünschte Mayr. Während Sinn sorgenvoll kopfschüttelnd das Büro verließ, lehnte er sich in seinem Schreibtischstuhl zurück. Er hatte sich nichts vorzuwerfen. Erst kürzlich war ein Anwalt wiederaufgetaucht, der fast ein Jahr verschwunden gewesen war. Einfach so. Kein Brief, kein Hinweis, nichts. Sie hatten ermitteln können, dass er mit dem Flugzeug in den Fernen Osten geflogen war. Dort verlor sich seine Spur. Er benutzte ein Jahr lang keine Kreditkarte, kein Handy, keinen Reisepass. Alle waren sich sicher, dass er tot war. Denn er lebte ja von nichts. Von wegen. Es hatte sich herausgestellt, dass ihm hier alles über den Kopf gewachsen war und er sich ein paar Monate in ein Kloster in Tibet zurückgezogen hatte. Die Dame würde genauso wiederauftauchen. War ja fast immer so.

***

Bedrückt oder eigentlich eher verärgert kehrte Bender in sein Büro zurück. Er hatte sich, zusammen mit seinem Chef, einen Rüffel vom Staatsanwalt eingefangen, der sich gewaschen hatte.

Seit ein paar Stunden war Marcus Ringier wieder auf freiem Fuß. In der Befragung hatte sich Ringier, der sich einen Anwalt genommen hatte, auf sein Recht zu schweigen berufen. Deshalb war im Haftprüfungstermin zunächst auch die Untersuchungshaft angeordnet worden. Doch heute hatten sie und damit der Staatsanwalt richtig klein beigeben müssen. »Kein hinreichender Tatverdacht«, so lautete die offizielle Begründung. »Erwiesene Unschuld« wäre richtiger gewesen.

Die Spezialisten vom LKA hatten zwar bestätigt, dass der Rechner von Marcus Ringier für die Kommunikation mit Yvonne Neuber benutzt worden war, allerdings nicht *von* Marcus Ringier.

Sie hatten in der Software einen speziellen Computerwurm gefunden, der es dem, der ihn dorthin verpflanzt hatte, gestattete, den infizierten Computer von praktisch jedem an das Netz angeschlossenen Rechner aus zu benutzen. Marcus Ringier hatte nicht einmal bemerkt, dass jemand seinen Rechner benutzte.

Zu allem Überfluss war noch ein weiterer Schädling auf Ringiers Computer identifiziert worden. Einer, der sämtliche Daten, die auf dem Rechner gespeichert waren, für den Eindringling sichtbar machte. Das Leben von Marcus Ringier war ein offenes Buch für die Person, die in seinem Namen mit Yvonne Neuber kommuniziert hatte. Bender schluckte bei dem Gedanken, aber es war wohl die schreckliche Wahrheit: für den Täter.

Denn Marcus Ringier war zwar ein begeisterter Nutzer sozialer Netzwerke. Allein seine Facebook-Gemeinde umfasste eintausendzweihundertfünfunddreißig »Freunde«. Hinzu kamen Kontakte auf Twitter, Xing und einigen weiteren kleineren Plattformen. Womit er aber nie etwas zu tun gehabt hatte, das konnte zweifelsfrei festgestellt werden, war DateYourLove.de.

Der angeforderte Einzelverbindungsnachweis für Ringiers Festnetztelefon hatte heute Morgen schließlich auch den allerletzten Rest eines Verdachtes zerstreut. Zum Zeitpunkt von Yvonne Neubers Verschwinden hatte Ringier mehrere Telefonate geführt. Er hätte nie und nimmer die Gelegenheit gehabt, die Taten zu begehen.

Was den Staatsanwalt wütend gemacht hatte, war jedoch nicht der Umstand, dass sie das alles erst nach und nach ermitteln konnten. Sondern der, dass Marcus Ringier beziehungsweise der, der vorgab, Ringier zu sein, in dem Account bei DateYourLove.de Fotos von sich gespeichert hatte. Selbst der sprichwörtliche Blinde hätte erkannt, dass es sich bei dem Menschen dort nicht um den echten Marcus Ringier handelte.

Leider konnten sie es aber vergessen, mit Hilfe dieser Fotos nach dem wahren Täter zu fahnden. Es handelte sich bei den vermeintlichen Fotos nämlich um gut gemorphte Bilder des Schauspielers Brad Pitt und des jüngeren Richard Gere. Erstaunlich, was heute mit ein paar Mausklicks und den entsprechenden Programmen möglich war.

Langsam verrauchte Benders Groll auf sich selbst. Er blätterte noch mal durch die Akte. Die Kollegen vom SEK hatten zwar eine weitere groß angelegte Suchaktion durchgeführt. Aber es war nichts dabei herausgekommen.

Ohne Leiche keine Tat. Ohne Tat kein Täter. Auf diese simple Gleichung ließ sich die Polizeiarbeit manchmal reduzieren. Wenn sie nicht bald Yvonne Neubers Leiche fänden, würde dieser Fall zu den unaufgeklärten Vermisstenfällen zählen.

FÜNF

Nachdem Zielkow dem Innenminister am Freitag den Brief und die DVD gezeigt und ihm glaubhaft versichert hatte, dass es sich bei dem Film nicht um einen geschmacklosen Witz handelte, war alles ganz schnell gegangen. Der Minister höchstselbst hatte mit Zielkows Kollegen in Kiel telefoniert. Dieser bewilligte im Rahmen der Amtshilfe, dass Reinhard Bergmüller ab Mittwoch seinen derzeitigen Dienstort wechseln und die Rostocker Kriminalpolizei bei der Aufklärung des Falls unterstützen sollte.

Zielkow hatte mit dem Minister auch über die Frage gesprochen, ob man die Kollegin Wiebke Menn aus dem Erziehungsurlaub holen sollte. Genauso wie er war der Minister aber der Meinung, dass dafür keinerlei Anlass bestünde. Zielkow meinte sich sogar zu erinnern, dass er so etwas wie »um Gottes willen« gesagt hatte.

Zielkow hatte also den Mann, den er brauchte. Er kannte ihn gut. Beide waren vor gut zwanzig Jahren, Anfang der Neunziger, nach Rostock gekommen, als junge, ehrgeizige und sehr erfolgreiche Ermittler. Was Bergmüller damals schon auszeichnete, war seine Fähigkeit, Täterprofile zu erstellen. Gerade in verzwickten Fällen halfen seine Einschätzungen, welcher Menschentyp das Verbrechen begangen haben könnte, oftmals den entscheidenden Schritt weiter.

Üblicherweise arbeiteten die Kollegen, die auf diese Art der »operativen Fallanalyse«, wie das Profiling im Bürokratendeutsch genannt wurde, spezialisiert waren, bei den Landeskriminalämtern oder beim Bundeskriminalamt. So war 1992 das LKA in Kiel auf ihn aufmerksam geworden, und Bergmüller hatte das Bundesland gewechselt. Das war ihm vor allem deswegen leichtgefallen, weil er ursprünglich aus Schleswig-Holstein stammte.

Bergmüllers Weg kannte seitdem nur eine Richtung: nach oben. Letztlich war es egal, wo ein Täterprofil benötigt wurde. Wenn man konnte, zog man ihn zurate – insbesondere im Bereich der Tötungsdelikte.

Zielkow war in Rostock geblieben und schließlich Leiter der

Kriminalpolizei geworden. Nach Jahren sahen sich die Kollegen nun in der Blücherstraße wieder.

»Mensch, Reinhard«, begrüßte Zielkow seinen Kollegen überschwänglich und klopfte ihm auf die Schulter. »Gut siehst du aus!« Das war nicht nur eine Höflichkeitsfloskel. Reinhard Bergmüller war wie Eberhard Zielkow Mitte fünfzig. Er war sogar ein Jahr älter. Während sich Zielkow aber durch Kurzatmigkeit, Blässe und leichtes Übergewicht auszeichnete, wirkte Bergmüller trainiert, braun gebrannt und drahtig.

»Eberhard, ich grüße dich«, lachte ihn Reinhard Bergmüller an. »Echt, ich freu mich wirklich, mal wieder hier zu sein.«

»Wann warst du denn das letzte Mal in unserer schönen Hansestadt?«

»Hmm …« Bergmüller überlegte. »Anfang '93 bin ich nach Kiel. Da war ich wegen meines Segelbootes etwa zwei Jahre lang noch oft am Wochenende und im Urlaub hier. Später hab ich dann den Liegeplatz in der Eckernförder Bucht gekriegt, da hörte das auf. Bis mein Vater vor elf Jahren in einer Seniorenresidenz hier in der Nähe seinen Altersruhesitz bezogen hat. Hin und wieder besuche ich ihn.«

»Warum hier und nicht in Kiel?«, fragte Zielkow.

»Wegen der Kosten. Die Plätze hier sind bei vergleichbarer Leistung einige hundert Euro billiger als in Kiel. Sparsam war mein alter Herr schon immer.«

»Und du bist nie mal bei uns vorbeigekommen?«

»Ach du weißt doch, wie das ist.«

Tatsächlich wusste Zielkow nur zu genau, dass der freundschaftliche Kontakt unter Kollegen nach einer Versetzung meist schnell einschlief. »Und privat?«, fragte er.

»Ich habe nie geheiratet. Ist auch besser so.«

»Wie meinst du das?«

Bergmüller seufzte. »Der Dienst steht einer wirklichen Beziehung doch im Wege. Deshalb ist die Scheidungsrate bei uns auch so hoch. Du kennst das ja. Bei mir ist es besonders schlimm, weil ich ja praktisch überall in Deutschland arbeite. Das wollte ich mir einfach nicht antun. Aber bei dir hängt der Haussegen noch gerade, wie man hört, oder nicht?«

»Doch, doch. Ich hab mich hier in Rostock gut eingelebt

und bin«, Zielkow deutete mit selbstkritischer Geste auf seinen Bauchansatz, »etwas bequem geworden.«

Bergmüller lachte amüsiert, wurde aber gleich wieder ernst. »Du hast mich kommen lassen«, sagte er. »Worum geht es genau?«

Zielkow nickte, griff zu der noch dünnen Akte und reichte sie ihm. »Vor genau zwei Wochen, am 13. Juni, erhielten wir einen Umschlag, adressiert an die Kollegin Menn. Die befindet sich allerdings gerade im Erziehungsurlaub. Wir öffneten das Schreiben und fanden diesen Zettel nebst DVD.«

»Kollegin Menn? Wer ist das?«

»Du kennst sie. Wiebke Sollich. Sie ist inzwischen mit einem Oberstaatsanwalt verheiratet.«

»Ah, Wiebke Sollich, natürlich. Und der Oberstaatsanwalt, den sie geheiratet hat, heißt Menn?«

»Ich kann mich nicht erinnern, dass du beruflich schon mal mit ihm zu tun hattest, aber er kam ungefähr zur gleichen Zeit wie wir aus dem Westen hierher.«

»Stimmt. Aus Köln, glaube ich mich zu erinnern.«

»Genau.«

»Hat sich Wiebke Sollich also nach oben geschlafen, was?« Bergmüller grinste breit.

»Na hör mal!«, rügte ihn Zielkow. »Außerdem: Hast du nicht gehört, was ihr vor zwei Jahren passiert ist?«

»Ach ja, doch ...«, antwortete Bergmüller nach kurzem Überlegen. »Da hat sie doch in dieser üblen Mordserie ermittelt und wäre fast selbst getötet worden.«

»Eben«, sagte Zielkow. »Oberstaatsanwalt Menn und Wiebkes Onkel haben ihr damals in buchstäblich letzter Sekunde das Leben gerettet.«

»Wie romantisch«, ätzte Bergmüller. »Damals habt ihr mich aber nicht geholt.«

»Den Fehler wollte ich diesmal vermeiden«, lobte Zielkow ihn sicherheitshalber schon mal im Voraus.

»Also gut. Zeig mir die DVD.«

Zielkow legte die silbrig glänzende Scheibe in den DVD-Player und startete den Film. Er musste die Szenen nicht noch mal sehen und beobachtete deshalb Bergmüller, der jedoch keine Regung zeigte. Danach gab er ihm das Gedicht. Bergmüller las es nicht nur, sondern sprach es leise vor sich hin. Er wirkte hoch konzentriert.

»Was hältst du davon?«, fragte Zielkow, als er fand, dass Bergmüller genug Zeit zum Nachdenken gehabt hatte. »Könnte es ein Snuff-Film sein, den sich ein Irrer besorgt hat, um Kollegin Menn zu erschrecken?«

»Ist das deine Theorie?«

Zielkow schüttelte den Kopf. »Die eines Kollegen.«

»Eher unwahrscheinlich«, meinte Bergmüller. »Diese Filme sind ein Mythos. Bis heute wurde weltweit nicht ein einziger Fall nachgewiesen. Aber unterstellen wir mal, es gibt sie und das hier ist ein Snuff-Video. So etwas würde mit Sicherheit nur in kleinen, verschwiegenen Zirkeln verhökert. Außerdem würde es ein Vermögen kosten. Wenn der Absender des Schreibens seine Drohung umsetzt, Kollegin Menn sieben derartige Morde zu präsentieren, müsste er ziemlich viel Kohle flüssig haben. Nein, an die Snuff-Theorie glaube ich nicht.«

»Wieso sieben Morde?«, fragte Zielkow verschreckt und fürchtete, nicht schnell genug gehandelt zu haben.

»Max und Moritz haben sieben Streiche begangen. Und der Täter scheint sie sich zum Vorbild nehmen zu wollen.«

Zielkow schämte sich. Darauf hätte er auch selbst kommen können. Schnell fragte er: »Du sprichst von ›ihm‹, nicht von ›ihnen‹. Meinst du, dass es ein einzelner Täter ist?«

»Da bin ich mir sogar ziemlich sicher. Serientäter sind in der Regel psychisch gestörte Soziopathen. Irgendetwas ist in ihrer Sozialisierung schiefgegangen, und im Oberstübchen funktioniert so einiges nicht richtig.« Bergmüller tippte sich vielsagend an die Stirn. »Sie leben in ihrer eigenen Welt, zu der kein anderer Zugang hat, was einen Mittäter sehr unwahrscheinlich macht.«

»Bist du denn überhaupt sicher, dass es sich um einen Serientäter handelt und wir tatsächlich mit sieben Morden rechnen müssen?«

»Keineswegs. Kann gut sein, dass es dabei bleibt und wir ›nur‹ einen Mord aufzuklären haben. Das wäre schlimm genug. Doch die Vorgehensweise passt zu einem Serientäter.«

»Inwiefern?«

»Er spielt mit uns. Er wendet sich von sich aus an die Polizei, weil er zeigen will, dass er klüger ist und wir ihn nicht kriegen werden. Er diktiert die Regeln. Dazu gehört die Forderung, dass die Sollich wieder in den Dienst kommt.«

»Menn.«

»Wie auch immer. Einige Hinweise liefert er uns bewusst, sie gehören zum Spiel. Andere teilt er uns unbewusst mit. Zum Beispiel macht mich die Verwendung des Gedichts von Wilhelm Busch stutzig. Ich will da noch nicht zu viel hineininterpretieren, aber ›Max und Moritz‹ ist geprägt von der Moralvorstellung des 19. Jahrhunderts. Kinder haben brav zu sein. Böse Buben werden bestraft. Eine mögliche Theorie – ich betone: eine Theorie – könnte sein, dass es sich um einen von seiner Mutter unterdrückten Menschen handelt. Er quält und ermordet eine Frau und lehnt sich dadurch sowohl gegen die Frau an sich als auch gegen die von ihr repräsentierten Moralvorstellungen auf.«

»Klingt gut, aber damit haben wir noch keinen Täter«, meinte Zielkow. »Von ihren Müttern schlecht behandelte Jungs gibt's schließlich reihenweise.

Bergmüller holte gerade tief Luft, um zu antworten, als es klopfte. Unwirsch rief Zielkow »Herein« und sagte, als er den Kollegen Franck eintreten sah: »Ich habe jetzt wirklich keine Zeit.«

»Ich glaube doch, Herr Zielkow«, widersprach Carsten Franck mit Grabesmiene, legte eine selbst gebrannte DVD auf Zielkows Schreibtisch und drückte seinem konsternierten Chef einen Zettel in die Hand.

Bleich las Zielkow, was dort geschrieben stand.

»Jedermann im Dorfe kannte
Eine, die sich Wiebke nannte.
Mörder fangen, Spuren lesen,
Leichen finden, die verwesen,
Täterhatz mit SEK,
Dafür war die Wiebke da.

Doch seit vielen Wochen nun
Pflegt sie gar nichts mehr zu tun.
Sitzt herum und kocht stattdessen

Mann und Kind das Mittagessen.
Lässt ihn manchmal Windeln tauschen
Und geht mit and'ren Müttern plauschen,
Um nach diesen Ruhephasen
Ihm gepflegt einen zu blasen.

Max und Moritz daher dachten
Wie wir sie verdrießlich machen.
Kommt sie nicht, wird es ganz heiter,
Dann morden wir halt fröhlich weiter.

Dieses war der zweite Streich,
Doch der dritte folgt sogleich
Das Sogleich ist eine Frist,
Die genau zwei Wochen ist.«

Nach Zielkow las auch Bergmüller den Zettel. Carsten Franck deutete auf die DVD, Zielkow nickte, und wenig später sahen sie einen weiteren bestialischen Mord. Es war wie eine Kopie des ersten. Doch die Hoffnung, dass es sich wirklich um eine Kopie handeln könnte, zerstörte der Täter gleich zu Beginn. Die Kamera war auf die gefesselte, zitternde Frau am Holzkreuz gerichtet. Auf ihrem Bauch lag die Ausgabe der »Norddeutschen Neuesten Nachrichten« vom vergangenen Samstag. Sie sahen also einen zweiten Mord.

»Es tut mir leid, das sagen zu müssen, aber jetzt ist es sicher: Das ist der Anfang einer Serie«, bemerkte Bergmüller.

»Von der wir wissen, dass sie sieben Opfer umfassen wird«, fügte Zielkow mit leichter Verzweiflung in der Stimme hinzu. »Fünf stehen also noch aus. Fünf Menschen, die wir retten müssen. Wir müssen sie warnen. Warnen und beschützen.«

»Warnen, Eberhard? Wen denn?«, fragte Bergmüller. »Willst du die gesamte weibliche Bevölkerung Deutschlands in Schutzhaft nehmen?«

»Die von Rostock reicht doch«, entgegnete Zielkow.

»Woher willst du wissen, dass die Opfer aus Rostock stammen?«, entgegnete Bergmüller.

»Wieso? Das dürfte doch klar sein. Die Zeitung spricht für sich. Der Mord muss hier passiert sein.«

Bergmüller schüttelte den Kopf. Seine ganze Körperhaltung verriet, dass er von den analytischen Fähigkeiten seines Kollegen nicht viel hielt. Zielkow ärgerte das mächtig.

»Einmal muss der Tatort nicht identisch mit dem Ort des Verschwindens der Opfer sein. Davon völlig abgesehen, ist es zwar möglich und auch wahrscheinlich, aber keineswegs sicher, dass er sich überhaupt im Raum Rostock befindet«, dozierte Bergmüller. »Sicher ist nur, dass der Täter sich an die Rostocker Polizei wendet. Das ist, genau wie die Zeitung, zwar ein Indiz dafür, dass der Täter nicht gerade in Garmisch-Partenkirchen mordet. Mehr aber auch nicht. Und selbst wenn es diese Gegend hier ist und sogar die Opfer alle von hier stammen: Auch die Rostocker Frauen kannst du nicht komplett in Schutzhaft nehmen.«

»Aber warnen muss ich sie doch!« Bei Zielkow machte sich Verzweiflung breit.

»Wovor?«, fragte Bergmüller kühl. »Dass ein Irrer sie aufgreifen könnte? Und sie bitte, bitte vorsichtig sein sollen? Mit derartigem Aktionismus kommen wir keinen Schritt weiter.«

»Hast ja recht«, erwiderte Zielkow nun wieder etwas ruhiger. »Was schlägst du stattdessen vor?«

»Wir stellen eine Sonderkommission zusammen. Ich brauche dazu jeden freien Mann, Zugang zu den Labors, Computern und so weiter.«

»Du kriegst alles, was du brauchst«, sagte Zielkow.

»Wie sollen wir die Soko nennen?«, fragte Carsten Franck.

»Liegt nahe«, meinte Zielkow. »Max und Moritz.«

»Wie auch sonst.« Bergmüller blickte Zielkow in die Augen. »Außerdem schlage ich vor, dass du …«

»Ich weiß.« Zielkow seufzte. »Ich muss Kollegin Menn in den Dienst zurückholen.«

»Soll ich das vielleicht machen?«

»Um Gottes willen, nein«, entfuhr es Zielkow. »Ich glaube, das mache besser ich.«

Bergmüller sah ihn nur unverwandt an. »Ach ja, Eberhard, noch was.«

»Was?«

»*Ich* leite die Sonderkommission und nicht Kollegin Menn. Zwei Häuptlinge kann kein Indianerstamm gebrauchen.«

»Natürlich«, antwortete Zielkow und wusste zugleich, dass Wiebke an dieser Kröte lange würde schlucken müssen.

In den nächsten zehn Minuten bekam Zielkow dann noch mit, was Bergmüller unter konsequenter Polizeiarbeit verstand. Das zufällig anwesende erste Mitglied der Soko »Max und Moritz«, der Kollege Carsten Franck, bekam innerhalb kürzester Zeit so viele Aufgaben übertragen, dass ihm – seinem gequälten Gesichtsausdruck nach zu urteilen – schmerzhaft klar wurde, dass bis zur Verhaftung des Täters an Feierabend nicht zu denken war.

»Ach, Eberhard«, sagte Bergmüller, als sich Zielkow verabschiedete. »Die Soko trifft sich morgen um fünfzehn Uhr zum ersten Sondierungsgespräch. Die Zeit drängt, wie du weißt. Bis dahin muss Kollegin Menn an Bord sein.«

»Warum erst am Nachmittag? Die Zeit drängt, wie du selbst sagst.«

»Zum einen benötige ich etwas Zeit, um ein möglichst versiertes Team zusammenzustellen. Und die Kollegen müssen sich auch erst einmal mit den vorhandenen Fakten beschäftigen. Nichts ist ineffektiver als Meetings mit schlecht vorbereiteten Teilnehmern.«

Zielkow nickte und ging. Er überlegte, ob er zuerst den Innenminister und dann Wiebke informieren oder es umgekehrt angehen sollte. Er entschied sich für die einfachere Alternative und fuhr ins Ministerium. Eine Voraussetzung dafür, dass Wiebke wieder in den Dienst zurückkehren konnte, war die Freistellung des Ehemannes, was immer der davon halten mochte. Darüber konnte nur der Minister entscheiden. Morgen, am Donnerstag, würde er dann die Operation »Wiebke Menn« in Angriff nehmen.

***

Mit einer derartigen Beharrlichkeit hatte Max-Xaver Mayr nicht gerechnet. Es gab wohl doch noch so etwas wie Kollegialität. Der Partner der vermissten Annegret Schleibohm, dieser Dr. Hans-Werner Sinn, hatte in den letzten Tagen buchstäblich Himmel und Hölle in Bewegung gesetzt, um etwas über den Verbleib der Wirtschaftsprüferin zu erfahren.

Auf eigene Kosten hatte die Kanzlei in der »Süddeutschen Zeitung«, in den beiden Münchener Boulevardblättern »AZ«

und »TZ« und sogar im Lokalteil der »Bild« eine Suchanzeige veröffentlicht. Sinn musste außerdem einen Draht zur Staatsanwaltschaft haben, denn von dieser hatte Mayr am Montag die Weisung erhalten, nach Frau Dr. Schleibohm zu fahnden.

Die Zeitungsanzeigen waren ein voller Erfolg gewesen. Dutzende von Zeugen hatten sich gemeldet. Inzwischen zeichnete sich folgendes Bild ab: Annegret Schleibohm war zuletzt am Montag vergangener Woche im Café Roma gesehen worden. Die Kellnerin und viele weitere Gäste konnten sich erinnern, dass sie gegen halb fünf von einem Mann abgeholt worden war. Die Beschreibungen dieser Person waren jedoch so vage, dass sie sich nicht für eine Phantomzeichnung oder gar eine vorläufige Festnahme eigneten. Mayr müsste alle Männer zwischen dreißig und fünfzig, die einen Meter fünfundsiebzig bis einen Meter fünfundachtzig groß waren, vernehmen. Also praktisch jeden.

Weiter stand fest, dass die beiden mit einem Auto weggefahren waren, das ein Münchener Kennzeichen gehabt hatte. Damit endeten aber auch schon die Übereinstimmungen der Zeugenaussagen. Die einen meinten, einen Audi A6 oder A8 gesehen zu haben, andere schworen, es sei ein Lexus gewesen. Die Mehrheit hatte zwar einen BMW in Erinnerung, doch etwa die Hälfte dieser Zeugen wollte einen 5er, die anderen einen 7er gesehen haben. Die Farbpalette reichte von schwarz über dunkelblau bis anthrazit, und auch diese Spur erkaltete zusehends.

Die heißeste Spur hatte sich jedoch nicht aus den Zeugenaussagen ergeben, sondern durch die Aufnahme der polizeilichen Ermittlungen. Sie führte zu einem Münchener Rechtsanwalt, einem gewissen Dr. Tobias Zimmerer. Nachdem Mayr nämlich einen Durchsuchungsbeschluss für die Wohnung der vermissten Person erwirkt hatte, befand sich der Laptop von Annegret Schleibohm nun im Besitz der Polizei.

Die Kollegen der KTU hatten einige Zeit gebraucht, um das Passwort zu entschlüsseln, dann aber im Kalender der Vermissten den entscheidenden Eintrag gefunden: Am Montag, dem 18. Juni, war sie um sechzehn Uhr dreißig mit besagtem Dr. Tobias Zimmerer im Café Roma verabredet gewesen.

Dass es in München so einige Männer mit dem Namen Tobias Zimmerer gab, hatte sich bei Mayrs Ermittlungen als das geringste

Problem herausgestellt: Es gab nur einen Tobias Zimmerer mit Doktortitel. Allerdings hatte dieser Rechtsanwalt in der Vernehmung glaubhaft versichert, die Vermisste nicht zu kennen und mit ihr keinen Kontakt gehabt zu haben. Da Zimmerer außerdem nachweisen konnte, dass er in der fraglichen Woche in den USA gewesen war, hatte sich letztlich auch diese Spur als der berühmte Schlag ins Wasser erwiesen.

Die Funkzellenpeilung, also die Ortung des Handys der Vermissten, hatte auch kein Ergebnis gebracht. Für dieses Verfahren müsste das Handy eingeschaltet sein. Dies war, wie sich aus den Aufzeichnungen des Mobilfunkbetreibers ergab, jedoch seit jenem Montag nicht mehr der Fall gewesen. Am Tag ihres Verschwindens war Annegret Schleibohms Handy ausgeschaltet worden, und der Teilnehmer hatte sich seitdem nicht wieder ins Netz eingeloggt. Ihre Kredit- und EC-Karten waren seit ihrem Verschwinden ebenfalls nicht mehr genutzt worden.

Wie er's auch drehte und wendete: Sie konnten nicht mehr tun. Er telefonierte – sicher war sicher – noch einmal mit dem Staatsanwalt. Nach Schilderung der Sachlage stimmte dieser seiner Einschätzung zu. Max-Xaver Mayr verfasste daher einen abschließenden Aktenvermerk und stellte die aktive Ermittlung ein. Vielleicht tauchte sie ja wie dieser Anwalt in einem Jahr einfach wieder auf.

SECHS

Es war kurz nach acht, als es an der Tür schellte. Das Radio in der Küche dudelte. Die Nachrichten waren gerade vorbei, und auf »Ostseewelle Hit-Radio« lief die Sendung »Der Gute Morgen«. Das Moderatorenpaar Uwe Worlitzer und Andrea Sparmann hatte die undankbare Aufgabe, gute Laune zu einer Tageszeit zu verbreiten, die wohl nur gewohnheitsmäßige Frühaufsteher zu schätzen wussten. Wiebke hingegen war damit beschäftigt, Jonas zu wickeln. Sie erwartete niemanden und ließ sich deshalb Zeit. Doch der unangekündigte Besucher hatte offensichtlich wenig Geduld. Immer schneller hintereinander ertönte das »Ding-dong-dong« der Türglocke, diese typische Melodie, die man praktisch in allen modernen Neubauten findet.

Als sie und Günter zusammengefunden hatten, war Wiebke erst einmal zu ihm gezogen. Zu diesem Zeitpunkt hatte sie keine eigene Wohnung mehr gehabt. Sie wohnte in der ihres damaligen Ehemannes. Die Ehe war aber spektakulär gescheitert, sodass sie damals vor der Wahl stand, eine eigene Wohnung zu nehmen oder zu ihrer großen Liebe zu ziehen. Sie hatte sich für Letzteres entschieden.

Als sich überraschend Jonas angekündigt hatte – wer wird denn mit zweiundvierzig schwanger?, fragte sie sich oft –, war es in Günters gemütlicher, aber nur zwei Zimmer umfassenden Singlewohnung endgültig zu klein für sie geworden.

Sie hatten Nägel mit Köpfen gemacht und ein neues, kleines Reiheneinfamilienhaus im Stadtteil Gehlsdorf gekauft. Die Gegend war schön, die Warnow nicht weit, und zu ihren Dienststellen waren es auch nur zehn Autominuten. Vielleicht war der Kauf aber doch ein Fehler gewesen, dachte sie, während sie über das Laminat im Erdgeschoss zur Tür ging. Vielleicht war die Umgebung Günter ja zu spießig? Vielleicht war ihm die bürgerliche Umgebung zu viel geworden? Er hatte nie so gelebt. Ehe, Kind und Haus hatten auch sein Leben völlig verändert – und das mit über fünfzig. Vielleicht hatte sie ihn mit ihrer Vorstellung vom »kleinen Glück« vertrieben? Vielleicht war er aber auch nur ein Arsch.

Als sie die Tür öffnete, war sie sichtlich überrascht, Zielkow vor sich zu haben.

»Chef, was machen Sie denn hier?«, fragte sie zur Begrüßung. Sie war so baff, dass sie sogar vergaß, ihn hereinzubitten. Sie kannte Eberhard Zielkow seit vielen Jahren und mochte ihn so gern, wie man Vorgesetzte eben mag. Mal war er ganz umgänglich, mal ein sturköpfiger alter Esel, dem man nichts recht machen konnte. Aber alles in allem war sie zufrieden mit ihm als Chef. Privat hatte sie mit ihm allerdings noch nie etwas zu tun gehabt. Sie wunderte sich, dass er überhaupt ihre neue Adresse kannte. Nun, die war andererseits auch kein Geheimnis.

»Schönen guten Tag, Frau Menn.« Zielkow lächelte freundlich und hielt ihr die ausgestreckte Hand hin. Sie nahm sie, und sie schüttelten sich die Hände. »Darf ich reinkommen?«, fragte er, nachdem Wiebke keinerlei Anstalten machte, ihn hereinzubitten.

»Aber natürlich!«, sagte Wiebke schnell und lief rot an. »Entschuldigung.«

Sie öffnete die Haustür ganz, Zielkow trat ein und stand im Windfang. Es war ein heißer Sommertag. Er trug keine Jacke oder ein Jackett. Das fliederfarbene Hemd zierte keine Krawatte. So leger hatte sie ihn bisher selten gesehen.

»Gerade durch ins Wohnzimmer, Chef«, sagte Wiebke, die sich inzwischen von ihrer Überraschung erholt hatte. »Darf ich Ihnen einen Kaffee oder ein Wasser anbieten?«

»Gerne beides«, antwortete Zielkow.

»Moment bitte.« Wiebke eilte in die Küche und schaltete die Kaffeemaschine ein, die laut zu mahlen begann.

Minka, Wiebkes weiße Siamkatze, war durch den Lärm wach geworden. Neugierig schaute sie um die Ecke ins Wohnzimmer, erblickte den Besucher und strich um dessen Beine. Zielkow streichelte das Tier, bis Wiebke mit einem Tablett erschien. Sie stellte die Tassen, Gläser und das silberne Zucker-und-Milch-Arrangement, auf dem der Aufkleber »Alessi« prangte, auf den Wohnzimmertisch.

Ich bin doch spießig geworden, dachte sie. Früher war ich unordentlich, es gab sogar Menschen, die mich als Schlampe bezeichneten. Und jetzt? Jetzt muss alles seine Ordnung haben. Ob es damit zusammenhängt, dass mich mein letzter großer Fall fast das Leben gekostet hat? Oder wird man so, wenn man Mutter wird?

Sie nahm Zielkow gegenüber auf dem Sofa Platz. Der rutschte sichtlich nervös auf dem weißen Leder des Klubsessels hin und her.

»Was führt Sie zu mir?«, fragte sie. Sie konnte sich einfach nicht vorstellen, dass er gekommen war, um sich nach dem Befinden der Leiterin der Mordkommission im Erziehungsurlaub zu erkundigen.

Zielkow druckste zuerst herum und kam dann unvermittelt zur Sache: »Sie müssen zurück in den Dienst.«

Wiebke spuckte den Kaffee, den sie gerade im Mund hatte, zurück in die Tasse.

»Was? Wieso? Ich bin im Erziehungsurlaub«, stammelte sie. Natürlich langweilte sie sich gelegentlich. Und sie ärgerte sich über die vielen Mütter, denen sie nicht entgehen konnte, die ihr allen Ernstes weismachen wollten, dass es nichts Erfüllenderes gab, als sich den ganzen lieben langen Tag um den Nachwuchs zu kümmern. Aber in den Dienst zurückzukehren, war im Moment unmöglich. Einen Kitaplatz bekam sie erst, wenn Jonas mindestens ein Jahr alt war. Außerdem wollten sie und Günter ihn ja auch gar nicht früher weggeben. Wobei ... Sie war inzwischen nicht mehr nur eine stillende Mutter im Erziehungsurlaub, sondern auch alleinerziehend. Außerdem war sie schließlich Beamtin.

Zielkow schien ihre Gedanken lesen zu können. »Ich mache das nicht aus Jux und Tollerei, das können Sie mir glauben. Ich weiß, dass Sie einen gesetzlichen Anspruch haben. Aber«, seine Stimme nahm etwas Theatralisches an, »es geht um Leben und Tod.«

Wiebke lachte kurz und trocken. »Mal ehrlich, Chef: Ich bin Leiterin der Mordkommission. Unsere Opfer sind schon tot, wenn wir ins Spiel kommen. Und da Mord bekanntlich nicht verjährt, kann ich die Täter auch dann noch einbuchten, wenn der Kleine in der Kita und gut versorgt ist.«

»Diesmal ist es anders«, hörte sie ihn sagen und sah, wie er in seiner Aktenmappe wühlte. Er holte zwei DIN-A4-Bogen heraus und reichte sie ihr. Als sie die beiden Gedichte las, wurde sie merklich nachdenklich.

»Die Sendungen erreichten uns im Abstand von genau zwei Wochen«, sagte Zielkow. »Und zwei Frauen sind bereits tot. Sie wurden fristgerecht ermordet, könnte man sagen.«

»Wer sind denn die beiden Toten?«, wollte Wiebke wissen.

»Wir haben bisher noch nicht einmal die Leichen«, wehrte Zielkow ab. »Geschweige denn eine Ahnung, welche Identität die Opfer haben.«

»Und woher wissen wir, dass sie tot sind?«, fragte sie und tadelte sich insgeheim, dass sie »wir« und nicht »ihr« gesagt hatte.

»Haben Sie einen DVD-Player, Frau Menn?«

»Natürlich«, sagte Wiebke und deutete zur Wohnzimmerwand. »Unter dem Fernseher.«

Zielkow stand auf und hantierte mit den Geräten und Fernbedienungen herum. Er schonte sie nicht. Er zeigte ihr beide Filme. Danach herrschte minutenlanges Schweigen.

»Wollen Sie denn nicht versuchen zu helfen, den ›dritten Streich‹, den der Täter ankündigt, zu verhindern? Können Sie das verantworten?«

»Natürlich nicht«, entgegnete sie prompt und fügte stotternd hinzu: »Aber ich weiß doch auch nicht. Und außerdem … Was ist mit Jonas? Wie soll das gehen? Ich kann den Kleinen ja schlecht mit ins Präsidium nehmen?«

»Das stimmt. Ich habe deswegen bereits mit dem Innenminister gesprochen«, informierte er sie. »Ihr Mann wird bis auf Weiteres freigestellt. Bei vollen Bezügen. Sie werden selbstverständlich auch bezahlt. Außergewöhnliche Umstände erfordern außergewöhnliche Maßnahmen, sagte der Minister.«

Wieder lachte Wiebke kurz und trocken. »Das geht aber nicht.«

»Wieso nicht?«

»Weil mein Mann und ich uns getrennt haben. Ich bin alleinerziehend.«

»Scheiße«, entfuhr es Zielkow. »Entschuldigung.«

»Außergewöhnliche Situationen rechtfertigen außergewöhnliche Ausdrücke«, sagte Wiebke.

»Kann er sich nicht trotzdem um ihn kümmern?«

»Ich weiß doch noch nicht einmal, wo er jetzt wohnt.«

»Aber seine Handynummer haben Sie noch?«

Wiebke nickte und diktierte sie Zielkow, der die Nummer in sein Mobilfunkgerät eingab.

»Hallo, Herr Oberstaatsanwalt«, hörte sie ihn sagen. »Eberhard Zielkow hier. Wo sind Sie gerade? – Nein, da fahren Sie nicht hin. – Wer das sagt? Ich sage das, und zwar mit höchster Rückendeckung. Schönen Gruß vom Minister. – Nein, ich scherze nicht. Sagen Sie, wo wohnen Sie jetzt? – Ja, das geht mich was an! – Okay, das kenne ich. Sie fahren jetzt dorthin. Das ist eine dienstliche Anweisung des Innenministers. – Nein, das ist wirklich kein verspäteter Aprilscherz. Alles Weitere dort. Auf Wiederhören.«

Als er das Gespräch beendet hatte, sah Wiebke, dass er grinste. Wie alle Polizisten hasste mit Sicherheit auch er die Tatsache, dass sie nach der Strafprozessordnung Hilfsbeamte der Staatsanwaltschaft waren, deren Weisungen sie zu befolgen hatten. Heute war es einmal anders. Das gönnte sie ihm richtig.

»Was hat er gesagt?«, fragte sie.

»Er war auf dem Weg zu einem Termin, fährt jetzt aber zu seiner neuen Wohnung. Er lebt in Hinrichshagen in einer Schrebergartenkolonie. Haben Sie etwa einen Schrebergarten?«

Wiebke lächelte. Auf Randolph war eben Verlass. Sie war zwar wütend auf ihn. Aber dass Günter unter einer Brücke schlafen musste, wollte sie – Arsch hin, Arsch her – nun auch nicht unbedingt. »Wir nicht. Aber mein Onkel lebt dort. Er hat ihn wohl aufgenommen. Mal sehen, wie die beiden gleich reagieren.« Sie konnte ihre diebische Freude kaum unterdrücken. Jetzt war Günter doch noch im Erziehungsurlaub. Auch wenn der Anlass ein dramatischer war, war das schon ein Treppenwitz.

»Dann mal los«, sagte Zielkow. Er stand auf und ging in Richtung Haustür.

»Meinen Sie nicht, Sie haben da was vergessen?«, fragte Wiebke grinsend.

»Ach ja, den Kleinen. Verzeihung.«

Wiebke suchte die notwendigen Dinge für die Betreuung von Jonas zusammen und packte alles in mehrere große Reisetaschen.

»Wenn man mit einem Baby unterwegs ist, sieht es immer ein bisschen so aus wie beim Auszug aus Ägypten«, kommentierte sie einen ungeduldigen Blick ihres Chefs. »Aber ich hab's gleich.«

Sie nahm den noch schlafenden Jonas aus der Wiege und legte ihn in den Maxi-Cosi. »Ich schlage vor, dass Sie die Wiege und den Kinderwagen in Ihrem Wagen transportieren. Ich kriege in mein Auto nur den Kleinen, die Katze und die Taschen.«

Er stimmte zu, half beim Einladen und schien heilfroh, endlich loszukönnen. Obwohl er sich auf das Gespräch mit dem Oberstaatsanwalt, den er quasi vorübergehend zwangspensionieren würde, sicher nicht so sehr freute wie Wiebke.

Sie hatte ja keine Ahnung, dass ihm das seiner Meinung nach Schlimmste noch bevorstand: der Umstand nämlich, Wiebke offenbaren zu müssen, dass sie unter Reinhard Bergmüller arbeiten würde.

***

Wiebke war froh, dass Günter schon da war, als sie schließlich vor dem Gelände, auf dem sich die Datsche ihres Onkels befand, ihren Wagen abstellte. Sie hatte keine Lust, Randolph über ihre Trennung Rede und Antwort zu stehen, zumal er die unangenehme Eigenschaft hatte, immer ihre wunden Punkte zu treffen.

Sie löste den Maxi-Cosi aus dem Sicherheitsgurt und klappte den Tragegriff hoch. Jonas schlief friedlich. Zielkow wartete neben Wiebkes Wagen, sah in das friedliche Gesicht des Kleinen und fragte mit einem seltsamen Glanz in den Augen: »Darf ich?«

Sie verstand erst nicht, was er wollte. Dann begriff sie, und mit einem strahlenden Lächeln übergab sie ihm Jonas. Sie gingen gemeinsam zur Gartentür und schellten. Auf einmal pochte ihr das Herz bis zum Hals. Mein Gott, dachte sie. Du bist fast vierundvierzig und hast nicht das erste Mal Schluss mit einem Freund gemacht. Aber mit Günter war es etwas anderes. Erstens war er immerhin ihr Mann, zweitens hatten sie ein gemeinsames Kind, und drittens … ja, drittens hatte sie immer noch Gefühle für ihn.

Randolph öffnete die Tür zu seinem Wohnhaus, kam lächelnd auf die Gartentür zu und begrüßte sie.

»Hallo, Wiebke«, sagte er und gab ihr einen Kuss auf die Wange. Dann senkte sich sein Blick in den Maxi-Cosi, und er flüsterte, als wenn er ihn nicht wecken wollte: »Hallo, Jonas.« Schließlich streckte er die Hand in Richtung Zielkow aus. Dieser wechselte erst einmal die Tragehand, damit er die Rechte für den Gruß freibekam, und schüttelte Randolph die Hand.

»Mein Name ist Eberhard Zielkow. Ich bin der Chef der Abteilung, in der Ihre Nichte arbeitet.«

»Angenehm«, sagte Randolph. »Ich bin Randolph Sollich und arbeite nicht mehr.«

Sie gingen ins Haus. Günter stand irgendwie verloren im Wohnzimmer. Man sah ihm an, dass er die Situation unangenehm fand. Nach einigem Herumgedruckse schafften Wiebke und er es aber dennoch, sich zu begrüßen.

Nachdem Zielkow ihm die Hand gereicht hatte, platzte es aus Günter heraus: »Sie sind mir eine Erklärung schuldig. Ich habe in meinen fast zwanzig Dienstjahren noch nie einen Termin platzen lassen. Und nun war es gleich einer mit acht geladenen Zeugen. Der Richter kochte vor Wut, als ich ihn anrief und nicht einmal einen richtigen Grund nennen konnte. Ganz ehrlich gesagt steht es mit meiner eigenen Stimmung auch nicht gerade zum Besten!«

»Sie werden gleich verstehen«, sagte Zielkow. »Können Sie, Herr Sollich, das Kind derweil in einen anderen Raum bringen und auf ihn achtgeben?«

»Ich bringe ihn gern in einen anderen Raum, aber ich will wissen, was hier vor sich geht. Das ist immerhin mein Haus«, erwiderte Randolph und erhielt von Zielkow nach kurzem Zögern ein zustimmendes Nicken als Antwort.

Wiebke dachte zwar, dass der Kleine doch ohnehin schlief und auch noch nicht Fernsehen schaute, aber Zielkow hatte sicher recht damit, die unvermeidliche Präsentation der Videos so weit wie möglich von ihm fernzuhalten.

»Ich muss Sie beide bitten, ach, was heißt bitten: auffordern, über alles, was Sie hier hören und sehen, strengstes Stillschweigen zu bewahren«, begann Zielkow, nachdem Randolph Jonas in sein Schlafzimmer gebracht hatte. »Das gilt in vollem Umfang auch für Sie als Privatperson, Herr Sollich.«

»Keine Sorge«, meinte Randolph. »Mit Stillschweigen kenne ich mich bestens aus.«

Zielkow schaute fragend, sagte aber nichts, sondern präsentierte den beiden die Gedichte. Wiebke schmunzelte. Woher sollte Zielkow auch wissen, dass ihr Onkel ein Agent im Ruhestand war? Zu

DDR-Zeiten war er Industriespion gewesen. In der Tarnung eines Kombinatsleiters, der Konsumprodukte in die BRD verkaufte. Seine vielen Westreisen hatten somit stets einen nachvollziehbaren Hintergrund gehabt. Randolphs eigentliche Aufgabe war aber das Beschaffen von geheimen Plänen der westdeutschen Industrie gewesen.

Dann stand Zielkow wortlos auf und startete auf Randolphs Fernseher die beiden Filme. Wiebke musste zum zweiten Mal an diesem Tag die bestialischen Bilder ertragen. Mit einigem Erschrecken stellte sie fest, dass sie jetzt nicht mehr in dem Maße schockiert, ja fast paralysiert war wie noch vor ein paar Stunden. Wahrscheinlich stumpft man ab, dachte sie beschämt.

Günter und Randolph hingegen saßen bleich im Sessel und starrten auf den Bildschirm.

»Die Filme sind echt? Keine Horrorfilme oder so was?«, fragte Günter.

Zielkow schüttelte den Kopf. »Ist geprüft. Die Morde sind echt.«

»Der Typ muss ein Technikfreak sein oder einen solchen kennen«, meinte Randolph nachdenklich.

»Warum?«, fragte Zielkow.

»Nun. Er hat den Film technisch nachbearbeitet. Die handelnde Person ist bis zur Unkenntlichkeit verpixelt, alles andere zum Kotzen eindeutig. Dazu muss man erstens die Software haben und sie zweitens auch bedienen können.«

Zielkow blickte ihn erstaunt an. »Sie kennen sich aus«, sagte er. »Sind Sie vom Fach?«

Randolph schüttelte den Kopf. »Nein, nein. Ich habe als Rentner nur ziemlich viel Zeit. Und um im Oberstübchen nicht einzurosten, beschäftige ich mich eben mit diesem und jenem.«

»Wie dem auch sei.« Zielkow wurde nun auf einmal sehr förmlich. »Herr Oberstaatsanwalt, Sie sehen, dass Ihre Frau im Dienst gebraucht wird. Bis zur Klärung des Falles sind Sie daher von Ihren Aufgaben freigestellt. Wie ich schon am Telefon sagte, ist das mit dem Innenminister abgestimmt. Sie haben gewissermaßen von höchster Stelle die Weisung, sich unter Beibehaltung Ihrer Bezüge um Ihren Sohn zu kümmern. Wie es scheint, haben Sie in Herrn Sollich dabei eine tatkräftige Unterstützung.«

»Die ja bekanntlich auch Zeit hat«, sagte Randolph süffisant. Aber Wiebke wusste, tief in seinem Inneren hasste er es, nichts mehr zu tun zu haben und zum alten Eisen zu zählen.

»Ja, also ... ich, äh ...«, stammelte Günter. Dann fasste er sich. »Ich habe wohl keine Wahl, oder?«

»Nein«, kam es trocken von Zielkow.

Wiebke kramte einige Bücher aus ihrer Tasche, die sie beim Aufbruch vorhin eiligst zusammengekramt hatte. Sämtliche Coverbilder zeigten glücklich lachende, süße kleine Babys.

»Hier habt ihr was zum Lesen«, sagte sie. »Es ist nicht ganz dasselbe, aber stellt es euch einfach wie eine Bedienungsanleitung für ein Gerät vor.«

»Ich, das heißt: wir«, sagte Günter mit leicht beleidigtem Ton, »werden das Kind schon schaukeln. Im wahrsten Sinne des Wortes.«

»Frau Menn«, hob Zielkow mit einem Blick zur Uhr an. »Wir müssen ins Präsidium. Wir laden also jetzt am besten nur meinen Wagen aus. Ihres Wagens, Frau Kollegin, können sich die Herren dann in aller Ruhe annehmen.«

»Denn wir haben ja Zeit ...«, betonte Randolph und erntete einen bösen Blick von Wiebke.

»Sie können Ihren Wagen auch dauerhaft hierlassen, Frau Menn. Sie bekommen natürlich einen Dienstwagen.«

Kurze Zeit später war Zielkows Auto entladen. Bei der Verabschiedung blickte Wiebke Günter in die Augen und sagte mit einiger Genugtuung: »Ach, und wenn er dir nachts den Schlaf raubt, kannst du dich ja tagsüber noch einmal hinlegen.« Sie lächelte zufrieden. Das hatte jetzt noch sein müssen.

Als sie in den Wagen gestiegen waren, sagte Wiebke: »Bevor wir zur Dienststelle fahren, müssen wir aber noch bei meinem Frauenarzt vorbei.«

»Wieso denn das?«, fragte Zielkow genervt.

»Als Milchkuh, die regelmäßig ihre Brüste abpumpen muss, bin ich für den Dienst wohl schlecht geeignet. Natürlich ginge das, ich pumpe ab, fülle um, und eine Streife macht den Milchmann.« Sie schüttelte bei der Vorstellung den Kopf. »Ehrlich, Chef: Ich muss abstillen, und das geht auf die Schnelle nur medikamentös.«

»Dann aber mal los, die Kollegen warten nämlich schon.«

Zielkow bugsierte das mobile Blaulicht auf seinen zivilen Dienstwagen und setzte das Auto in Bewegung, während Günter und Randolph die auf dem Bürgersteig und in Wiebkes Wagen befindlichen Sachen inspizierten und die Babysachen sowie Minka nebst Katzenklo ins Haus schafften. Als sie damit fertig waren, schüttelte Günter den Kopf. Er konnte es irgendwie immer noch nicht fassen.

Randolph klopfte ihm freundschaftlich auf die Schulter. »Sieh's doch mal so: Du bist wahrscheinlich die am besten bezahlte Nanny in ganz Deutschland.«

»Danke, du Arsch«, antwortete Günter.

Dann überlegten die beiden, was ein sechs Monate altes Baby wann und in welcher Menge zu sich nehmen musste. Während Günter bei Jonas blieb, raste Randolph los, um die dringend benötigte Babynahrung einzukaufen. Im Auto lächelte er und sagte zu sich selbst: »Endlich ist hier mal wieder was los!«

***

Zielkow war im Wagen geblieben und wartete dort auf Wiebkes Rückkehr. Sie standen direkt vor der Praxis des Frauenarztes. Natürlich hatten sie auf der Wismarschen Straße keinen Parkplatz gefunden. Wenn man allerdings mit einem Dienstwagen der Polizei unterwegs war, stellten sich solche profanen Fragen nicht.

Nach zwanzig quälend langen Minuten war sie in das Behandlungszimmer gerufen worden und hatte vom Arzt eine erste Packung des Medikaments und ein Folgerezept erhalten. Gestresst, aber auch erleichtert ging sie zurück zum Wagen, öffnete die Tür, nahm auf dem Beifahrersitz Platz und sagte: »Alles in Ordnung. Es kann losgehen.«

»Frau Kollegin, da ist noch etwas«, murmelte Zielkow, nachdem sie den Gurt angelegt hatte.

»Was denn noch?«, keifte Wiebke, die von der Hektik, die Zielkow verbreitete, ziemlich genervt war.

»Sie werden die Ermittlungen nicht selbst leiten.«

»Chef«, sagte sie unter größtmöglicher Anstrengung, einigermaßen ruhig zu bleiben. »Sie haben mich zur Leiterin der Mordkommission gemacht. Und mich aus dem Erziehungsurlaub geholt. Wieso wollen Sie dann die Ermittlungen leiten?«

»Ich leite die Ermittlungen auch nicht.«

»Sondern?«

Zielkow sah aus, als suchte er nach Ausflüchten. »Wissen Sie, Frau Kollegin, nichts gegen Ihre Fähigkeiten und Erfolge. Ich glaube, Sie wissen, wie sehr ich Ihre Arbeit schätze. Aber es besteht die Möglichkeit, dass wir es wieder mit einem Serienmörder zu tun haben. Wie schon vor knapp zwei Jahren, als Sie die Ermittlungen leiteten und …«

»Es reicht wohl nicht, dass ich damals fast draufgegangen wäre«, schnauzte sie ihn an.

»Das soll wirklich keine Kritik sein. Aber damals haben Sie ermittelt, und wenn wir ehrlich sind, waren die Täter, die sie zunächst identifizierten, unschuldig. Wir können uns eine solche Panne nicht noch einmal leisten. Ich habe zwar eine Nachrichtensperre verhängt, aber irgendwann wird die Presse Wind von der Sache bekommen, und …«

»Sie gehen mir mit Ihrer Pressephobie echt auf den Keks, Chef«, maulte sie aufmüpfig. »Erinnern Sie sich bitte mal daran, dass Sie es damals überhaupt erst so schlimm gemacht haben, als Sie Wolfgang Franke suspendierten, obwohl …«

»Ja«, bellte Zielkow zurück. »Als er im Verdacht stand, einen Menschen umgebracht zu haben, war er als Leiter der Mordkommission nicht mehr tragbar. Ich glaube aber, mich zu erinnern, dass Sie es waren, werte Frau Kollegin, die Herrn Franke aufgrund der Ihnen untergeschobenen Indizien verhaftet hat. Also kommen Sie mir jetzt nicht damit.«

»Schon gut«, schnaufte Wiebke. Die Sache damals war wirklich keine Meisterleistung gewesen, das musste sie einräumen. »Und welchen Superbullen haben Sie als Leiter der Sonderkommission auserkoren?«

»Der Name wird nicht gerade wie Musik in Ihren Ohren klingen. Es ist Reinhard Bergmüller«, sagte Zielkow.

Wiebke war enttäuscht. Weniger wegen Bergmüller. Sie kannte ihn von früher, hatte nach der Wende eine Zeit lang unter ihm Dienst geschoben, bis Bergmüller zurück nach Kiel gegangen war und dort als Profiler Karriere gemacht hatte. Er hatte sich ihr, der gebürtigen Ostdeutschen, gegenüber damals ein bisschen überheblich verhalten, wie die meisten Wessis, die Anfang der

Neunziger nach Rostock gekommen waren. Aber das war es nicht. Sie störte sich daran, dass sie ihn jetzt einfach so vor die Nase gesetzt bekam. Sicher, Bergmüller war ein guter Polizist. In ihrer gemeinsamen Zeit hat er bis auf einen Fall alle gelöst. Dass er bisweilen selbstherrlich, arrogant und herablassend war – auch damit würde sie klarkommen. Aber musste er denn jetzt wirklich noch einmal ihr Chef werden?

»Chef, das mache ich nicht«, sagte sie.

»Frau Menn, ich bitte Sie«, meinte Zielkow, während sie vor dem Kriminalkommissariat anhielten. »Ich kann Sie ja verstehen, aber …« Zielkow wurde sofort unterbrochen.

»Gar nichts verstehen Sie«, sagte Wiebke mit Tränen in den Augen.

Zielkow sah sie nachdenklich an. »Verzeihen Sie die direkte Frage, Frau Kollegin, aber hatten Sie beide mal was miteinander, was dann auseinandergegangen ist?«

Wiebke wollte erst etwas Empörtes wie »Unverschämtheit« oder so sagen, erkannte dann aber, dass Zielkow das angesichts ihrer Emotionalität wohl fragen musste. Sie schüttelte den Kopf und sagte: »Nein, jedenfalls nicht richtig.«

»Wie darf ich das verstehen?«

»Ich mochte den Bergmüller von Anfang an nicht besonders. Er ist mir schlicht auf den Geist gegangen. Aber er hat mich ein paarmal zum Essen ausgeführt.«

»Warum sind Sie mitgegangen, wenn Sie ihn eigentlich gar nicht mochten?«

»Eitelkeit, Angst, die Karriere zu beschädigen. Etwas in die Richtung.«

»Und da ist er Ihnen zu nahe getreten.«

»Nein, ganz im Gegenteil. Ich habe ihm eines Abends, es war nach einer Besprechung, in der er für meinen damaligen Geschmack mal wieder zu sehr den Chef und Wessi raushängen ließ, eröffnet, dass ich niemals was mit einem Wessi anfangen würde.«

»Woran Sie sich ja auch gehalten haben«, sagte Zielkow ironisch.

Sie gab ihm recht. Ihre erste Ehe, die so spektakulär scheiterte, war mit einem Wessi gewesen. Und Günter war Anfang der Neunziger aus Köln nach Rostock gekommen. Vielleicht war ihre Einstellung doch richtig gewesen und ihre Wahl falsch.

»Danach war er jedenfalls beleidigt, und ich hab die volle Breitseite abbekommen.«

»Oder Sie haben es nur so empfunden. Ich kannte Reinhard Bergmüller damals ja auch. Wir haben praktisch gleichzeitig hier in Rostock angefangen. Ich kam aus Kassel, er aus Kiel. Er ist ein Superbulle, wie Sie schon sagten. Menschenführung war nicht gerade seine Stärke, zugegeben. Aber das ist doch nun bald zwanzig Jahre her, und vielleicht hat er sich verändert.«

»Und wenn nicht?«, fragte Wiebke.

»Dann müssen Sie das professionell behandeln, Frau Kollegin. Immerhin geht es um ...«

»Ja, ich weiß.« Wiebke nickte schließlich zustimmend. »Aber eine Zumutung ist das schon, was Sie da von mir verlangen.«

»Danke, Frau Kollegin. Ich danke Ihnen«, sagte Zielkow, und Wiebke hatte den Eindruck, dass er es auch so meinte. »Können wir dann?«

»Natürlich.«

Sie stiegen aus und gingen in das Gebäude, wo in einem der Besprechungszimmer bereits die von Bergmüller eiligst gebildete Sonderkommission »Max und Moritz« auf ihr letztes, aber entscheidendes Mitglied wartete, und Wiebke nahm sich vor, mit Reinhard Bergmüller bei der ersten Gelegenheit ein klärendes Gespräch unter vier Augen zu führen. Vielleicht würde dann alles halb so schlimm werden.

Mit einem mulmigen Gefühl betrat sie den Konferenzraum. Das Gemurmel verstummte augenblicklich.

»Hallo zusammen. Ja, äh, da bin ich wieder«, stammelte Wiebke. »Früher als gedacht.« Was für ein blöder Satz, dachte sie und schämte sich, dass ihr nichts Besseres eingefallen war.

»Hallo, Wiebke«, sagte Bergmüller freundlich und ging auf sie zu. Er schüttelte ihr die Hand und lächelte. Sie sah ihn an und stellte fest, dass er sich bis auf das ergraute Haar und ein paar Falten kaum verändert hatte.

Dann wurde Bergmüller offiziell. »Kollegen«, sagte er, »ich begrüße Sie alle in der Sonderkommission ›Max und Moritz‹ und möchte Ihnen, da wir Sie zum Teil aus dem Urlaub geholt haben, für Ihre Flexibilität danken. Besonders natürlich der Kollegin Menn. Sie hat extra für den Dienst ihren Erziehungsurlaub unterbrochen. Im Übrigen: Wundern Sie sich bitte nicht, dass Kollegin Menn und ich uns duzen. Wie einige von Ihnen wissen, habe ich vor vielen Jahren hier in Rostock Dienst geschoben. Frau Menn war damals meine Partnerin, und ich würde es kindisch finden, wenn ich sie jetzt siezte.«

Er hat Partnerin gesagt, dachte Wiebke. Hat er tatsächlich Partnerin gesagt? Sie konnte es kaum glauben. Sie sah Zielkow an, der kaum merklich den Daumen hob. Seine Gesichtszüge wirkten entspannt.

»Kommen wir zur Sache«, fuhr Bergmüller fort. »Die Lage ist ernst. Die meisten von Ihnen haben schon Zeit gehabt, die Akten zu studieren. Damit wir aber alle auf dem gleichen Stand sind, fasse ich die grundlegenden Informationen für Sie zusammen: Am 13. Juni, dem Mittwoch vorletzter Woche, wurde ein anonymes Schreiben, adressiert an die Kollegin Menn, im Präsidium abgegeben. Dieses Schreiben enthielt folgendes Gedicht.« Bergmüller aktivierte den Beamer, der das Schreiben für alle sichtbar an die Wand warf. »Ferner war eine DVD enthalten, die zu sehen ich Ihnen leider nicht ersparen kann.«

Mit der Fernbedienung schaltete er auf eine andere Quelle um, und die Bilder der Mordszene flimmerten auf, für die meisten zum ersten Mal. Es herrschte eine nahezu gespenstische Stille in dem Raum.

»Um jeder Spekulation schon im Vorfeld den Wind aus den Segeln zu nehmen: Das Video ist echt. Das Opfer wurde wirklich getötet. Wie Sie zudem sehen konnten, muss die Tat irgendwann zwischen Samstag, dem 9. Juni, und dem Tag der Zusendung begangen worden sein, vermutlich aber am Samstag selbst. Der Täter hält die Ausgabe der »Norddeutschen Neuesten Nachrichten« von ebenjenem Samstag in die Kamera.«

Zielkow meldete sich zu Wort und sagte: »Liebe Kollegen. Ich denke, Sie sehen, wie wichtig die Sache ist. Auch ich hatte zunächst gehofft, dass es sich um einen bösen Scherz handeln könnte. Aber dass dem nicht so ist, hat spätestens der, wie es unser Täter nennt, ›zweite Streich‹ bewiesen. Wir müssen von dem Beginn einer Serie ausgehen und versuchen, weitere Morde zu verhindern. Ich wünsche Ihnen dazu allen erdenklichen Erfolg. Ich werde mich jetzt ausklinken. Natürlich stehe ich aber bei Fragen und Wünschen jederzeit zur Verfügung. Der Fall hat oberste Priorität.« Er stand auf, schüttelte Bergmüller die Hand, hob sie unter der Tür noch einmal grüßend in Richtung aller Anwesenden und verschwand.

Bergmüller griff das Stichwort auf und erläuterte die näheren Umstände des »zweiten Streichs«, indem er den Kollegen auch dieses Gedicht und die entsprechende DVD zeigte.

»Wie Kollege Zielkow schon sehr richtig sagte, müssen wir vom Beginn einer Serie ausgehen. Deshalb ist es besonders wichtig, dass wir alle schnell, effektiv und unbürokratisch handeln. Ich habe diese Soko mit Hilfe des Kollegen Carsten Franck zusammengestellt, da ich schon lange, es sind fast zwanzig Jahre, nicht mehr in dieser Dienststelle tätig war. Aus demselben Grund möchte ich Sie nunmehr bitten, sich der Reihe nach kurz vorzustellen und darzulegen, warum und wie Sie glauben, in dieser Soko effektiv mitarbeiten zu können.«

Wiebke seufzte leise in sich hinein. Natürlich konnte sie verstehen, dass Bergmüller sich ein Bild über die Fähigkeiten jedes Einzelnen machen wollte. Doch bei den insgesamt siebzehn Personen, die die Soko, wie sie inzwischen gezählt hatte, umfasste, würde es Stunden dauern, bis sie damit fertig waren. Und schon jetzt schmerzten ihre Brüste. So schnell, wie der Frauenarzt gesagt hatte, schien das Medikament also doch nicht zu wirken. Hunger hatte sie auch.

Nach einiger Zeit winkte Bergmüller Franck zu sich heran und raunte ihm etwas zu. Franck verschwand und kam eine halbe Stunde später mit Platten voller Sandwiches wieder. Man aß, während weitergesprochen wurde, und als die erste Sitzung der Soko um zweiundzwanzig Uhr dreißig schließlich beendet war, verließen die Kollegen müde den Raum. Jedem Einzelnen war seine Aufgabe übertragen worden. Jeder wusste, was er zu tun hatte.

Wiebke gähnte herzhaft. Es war besser gewesen als befürchtet. Vielleicht hatte Reinhard sich ja über die Jahre die Hörner abgestoßen und – so etwas sollte es schließlich auch bei Männern geben – dazugelernt.

»Entschuldigung, Wiebke«, sagte Bergmüller, der auf einmal

neben ihr stand. »Ich hatte noch keine Gelegenheit, dich persönlich zu begrüßen.« Er hielt ihr seine Hand hin. Sie ergriff sie. »Ist ja eine Ewigkeit her«, sagte er dann. »Gut siehst du aus!«

»Äh, danke«, stammelte sie. »Du aber auch.«

Bergmüller grinste. »Wie ich gehört habe, bist du inzwischen verheiratet und hast ein Kind.«

Ich bin sogar schon das zweite Mal verheiratet, aber das muss ich dir ja nicht auf die Nase binden, dachte Wiebke. Und erst recht nicht, dass ich schon wieder getrennt lebe.

»Ja, das stimmt. Wir haben einen Sohn, Jonas. Eigentlich bin ich ja …«

»… im Erziehungsurlaub, ich weiß. Wir, das heißt Kollege Zielkow und ich, hatten auch die heftigsten Gewissensbisse, dich da wegzuholen. Aber …«

»Du brauchst dich nicht zu entschuldigen. Die Sache ist schlimm genug. Ich beziehungsweise wir, also Günter und ich, sehen es ein«, sagte Wiebke. »Ich frage mich nur schon die ganze Zeit, warum der oder die Täter eigentlich unbedingt wollen, dass ich ermittele?«

»Ich glaube, dass es ein Einzeltäter ist.«

»Warum glaubst du das?«

Bergmüller erläuterte Wiebke seine Gründe für diese Annahme, wie er es schon Zielkow gegenüber getan hatte.

»Da ist was dran«, sagte sie. »Zwei Verrückte mit derselben Macke …«

»… die sich dann auch noch kennen und einander vertrauen müssten«, ergänzte Bergmüller.

»Wohl wahr. Dann scheidet die arbeitende Bevölkerung aber vermutlich als Täter aus.«

»Wie kommst du darauf?«, fragte Bergmüller sichtlich erstaunt.

»Den beiden Morden muss eine Entführung vorangegangen sein. Der Täter musste die Opfer irgendwo sicher wegsperren. Dann die Tat begehen. Dafür sorgen, dass wir die Unterlagen kriegen. Gedichte schreiben. Das ist mit einer geregelten Tätigkeit kaum zu vereinbaren.«

»Da wäre ich mir nicht so sicher«, meinte Bergmüller und kraulte sich das Kinn. »Vielleicht ist er nur gut organisiert oder hat einen flexiblen Job.«

»Wir stehen ganz am Anfang, wie ich das sehe«, meinte Wiebke.

»Ja, und deswegen muss auch jeder alles geben.«

»Darüber wollte ich mit dir sprechen. Du sagtest, ich sollte meine Altfälle durchforsten. Kannst du ein bisschen konkreter werden?«

»Der Täter hat dich direkt angeschrieben. Also kennt er dich, und im Zweifel du auch ihn. Gehe bitte alle Fälle durch, die du die letzten Jahre bearbeitet hast, und prüfe, ob und wer einen Grund hätte, dich zu hassen oder eine Rechnung mit dir zu begleichen.«

»Das könnten einige sein.«

»Gib Gas, aber mach es sorgfältig. Das ist einer unserer wenigen Ansatzpunkte«, mahnte Bergmüller.

Wiebke blickte auf die Uhr. Während ihres Gespräches hatten sich die anderen Kollegen in den Feierabend verabschiedet.

»Aber erst morgen. Ich bin hundemüde und möchte nach Hause fahren«, sagte sie. Dann schlug sie mit der flachen Hand gegen ihre Stirn. »So eine Scheiße. Mein Auto steht bei meinem Onkel, und Zielkow hat vergessen, mir den versprochenen Dienstwagen zu geben. Na ja, dann nehme ich mir halt ein Taxi.«

»Nicht nötig«, meinte Bergmüller. »Ich fahre dich nach Hause und hole dich morgen zum Dienst wieder ab. Wir arbeiten ja schließlich gemeinsam an dem Fall.«

»Danke«, antwortete Wiebke nur und stellte fest, dass die Zusammenarbeit trotz ihrer Befürchtungen gut anlief.

Kurze Zeit später saßen sie in Bergmüllers Dienstwagen mit Kieler Kennzeichen. Er brachte sie nach Hause und eröffnete ihr zum Abschied, dass er sie morgen früh um halb sieben abholen würde.

Um zehn vor zwölf lag Wiebke endlich im Bett. Ihre Gedanken kreisten, an Schlaf war nicht zu denken. Erschrocken stellte sie um kurz vor halb eins fest, dass sie seit heute Mittag nicht ein einziges Mal an Jonas gedacht hatte. Sie schämte sich. Jetzt war es aber zu spät, um noch bei Günter anzurufen. Das durfte sie morgen nicht vergessen, trotz der ganzen Aufregung. Sie drehte sich auf die Seite, und irgendwann übermannte sie der Schlaf.

***

Der Zeitplan war eng, doch er musste unter allen Umständen eingehalten werden. Gut, dass er immer ein paar Kontakte »warm« hatte, wie er das nannte. Wenn er ein neues Opfer brauchte, konnte er kurzfristig die Temperatur erhöhen, bis sie heiß war und eine Verabredung wollte.

Gesagt, getan. Nun kundschaftete er die Gegend rund um ihre Adresse in Köln aus. Es war eine gediegene, gutbürgerliche Gegend mit ein paar Jugendstilvillen und den typischen modernen Wohneigentumsanlagen, die nach dem Tod der Villenbesitzer anstelle der Villen errichtet wurden. In einer dieser modernen Wohnungen lebte sie.

Sie war sechsundvierzig und, wenn man dem Foto, das sie ihm gemailt hatte, Glauben schenken durfte, recht gut aussehend. Sie war seit Jahren Single und nicht auf der Suche nach was »Festem«, wie sie schrieb. Also war sie eine von den Schlampen, die doch tatsächlich nur ab und zu einen Begleiter für Kino, Konzert und Oper und einen gelegentlichen Lover suchten. Es war ihm eine besondere Freude, dass ihm so eine ins Netz gegangen war.

Auf den Klingelschildern entdeckte er ihren Namen: Claudia Voigt. Die Wohnanlage hatte eine Tiefgarage. Perfekt. Lehrerin sei sie, hatte sie geschrieben, Oberstudienrätin an einem Kölner Gymnasium für Deutsch und Politik. Er blickte auf die Uhr. Gleich war Schulschluss. Heute war Freitag, der 6. Juli, und in NRW wurden die Zeugnisse ausgegeben. Schüler und Lehrer freuten sich auf die bevorstehenden Sommerferien.

Er setzte sich in sein Auto und beobachtete die Tiefgarageneinfahrt. Aufgrund der Klingelschilder konnte es nicht mehr als vier oder fünf Plätze in der zum Komplex gehörenden Garage geben. Das war gut. Für den Garagentrick war es nämlich wichtig, dass er unbeobachtete zehn bis fünfzehn Minuten Zeit bekam.

Vor ihm blinkte ein shadow-blue-metallic lackierter Golf, um in die Tiefgarage einzufahren. Sie fuhr einen Golf, das hatte sie ihm berichtet. Er notierte das Kennzeichen. Kurze Zeit später wusste er, dass es tatsächlich ihr Auto war. Er hatte genug gesehen und fuhr los, um seinen Wagen an einer einsamen Stelle zu parken, die er zuvor ausgekundschaftet hatte.

Sie hatten in den vergangenen Tagen viel gemailt, und schließlich hatte er ihr vorgeschlagen, dass sie beide doch heute Abend zusammen ins Kino gehen könnten. Aufgrund der Fotos würden sie sich schon erkennen. Sie war einverstanden gewesen.

Außerdem hatte er sich ihr gegenüber als untreuer Ehemann geoutet. Sie fand das nicht schlimm. Deshalb konnte er den Inhaber einer Kölner Werbeagentur mimen. Sie würde ihn nicht im Büro und schon gar nicht bei ihm zu Hause anrufen. »Für alle Fälle« hatte sie seine Handynummer. Das alte Nokia-Gerät mit der nicht registrierten Prepaidkarte piepte. Sie hatte eine SMS geschickt: *»Freue mich auf heute Abend. Bin gespannt, was für einen Film du ausgesucht hast. Bussi. Claudia.«*

»Es wird der Film deines Lebens«, tippte er im langsamen Fahren als Antwort und fügte einen Smiley hinzu. Ein Emoticon, das Sympathie und Freude ausdrücken sollte. Sympathisch war sie ihm nicht. Aber er freute sich auf sie.

Es wird der letzte Film deines Lebens, dachte er, und du spielst die Hauptrolle. Dann gab er wieder Gas.

Sein Ziel war Leichlingen. Dort gab es eine Klinik, die auf einem Berg lag, die Rehabilitationsklinik Roderbirken. Serpentinenähnlich wandte sich der Weg hinauf. Hier und da konnte man sein Auto abstellen. Abends standen dort manchmal die Wagen der Waldspaziergänger. Sonst aber war wenig los, sodass er sein Opfer bei seiner Rückkehr umladen konnte, ohne entdeckt zu werden.

Es folgte eine knappe Stunde strammen Fußmarsches zum Bahnhof in Leichlingen, von dem aus alle zwanzig Minuten ein Zug nach Köln fuhr. Dort angekommen, verließ er den Hauptbahnhof und ließ sich von einem Taxi zurück in die Nähe von Claudia Voigts Wohnung bringen. Die Aktion hatte ihn bis jetzt alles in allem drei Stunden gekostet. Aber es war erst sechzehn Uhr zweiunddreißig. Er hatte genug Zeit.

Er wartete, bis ein Wagen die Tiefgarage verließ. Als das Auto außer Sichtweite war, huschte er die Einfahrt hinunter. Er schaffte es, in die Tiefgarage zu gelangen, bevor das Rolltor wieder unten war.

Nun begann die nervigste Zeit für den Jäger. Er musste geduldig auf sein Opfer warten und immer auf der Hut sein, um nicht erwischt zu werden. Der Film sollte um zwanzig Uhr dreißig beginnen. Also würde sie gegen neunzehn Uhr in ihr Auto steigen, um rechtzeitig da zu sein.

Die Bewegungsmelder erfassten Claudia Voigt um neunzehn Uhr sieben. Neonröhren flackerten auf und tauchten die Parkplätze in ein fahles Licht. Sie kramte in ihrer Handtasche nach dem Autoschlüssel. Wie eine Raubkatze schlich er sich von hinten an sie heran und drückte ihr den mit Chloroform getränkten Lappen ins Gesicht. Als sie in seinen Armen schwer wurde, nahm er den Autoschlüssel, öffnete das Fließheck des Golfs und wuchtete die leblose Frau in den Wagen.

Er startete das Auto, verließ die Tiefgarage und fuhr nach Leichlingen. Sein Puls normalisierte sich wieder. Der Atem wurde gleichmäßiger. So musste sich auch der Tiger fühlen, wenn er die Beute gerissen hatte.

Wie erwartet sagten sich auf der kleinen Serpentinenstraße zur Rehabilitationsklinik nicht einmal mehr Fuchs und Hase Gute Nacht. Routiniert wurde Claudia Voigt umgeladen, dauerhaft sediert und sorgfältig verstaut. Man würde sie erst nach Tagen, wenn er Glück hatte, sogar Wochen, vermissen. Schließlich war sie Lehrerin, und die Schulferien hatten gerade begonnen. Auf einem Parkplatz an der A 1 würde er wie gewohnt ihr Handy entsorgen. Dann konnte niemand mehr ihre Spur verfolgen. Sie war jetzt sein Eigentum. Sein Besitz. Und sein Spielzeug.

SIEBEN

Jonas war endlich eingeschlafen. Günter und Randolph saßen geschafft in der Sitzecke und gönnten sich einen Wodka.

»Dass Kinder so anstrengend sein können, hätte ich nie gedacht«, sagte Randolph. »Es hat schon seinen Grund, warum mich der liebe Gott am anderen Ufer abgesetzt hat.«

»Na ja«, meinte Günter. »Uns fehlt wohl noch die Routine.«

Seit über einer Woche kümmerten sie sich nun schon um Jonas, und er hatte immer noch das Gefühl, dass die Situation sie beide überforderte. Der Kleine hatte auf die neue Situation in den ersten Tagen auch ausgesprochen ungehalten reagiert. Sie hatten lange überhaupt nicht gewusst, wie sie ihn beruhigen sollten, und selbst nur abwechselnd mal ein paar Stunden die Augen zugemacht. Jonas vermisste natürlich seine Mutter und musste sich an die Männerwirtschaft erst gewöhnen.

»Du willst ja nur nicht zugeben, dass du Wiebkes Leistung in den letzten Monaten nicht richtig gewürdigt hast.«

»Wie meinst du das?«

»Nun, ich wäre auch sauer, wenn ich mir den ganzen Tag den Arsch aufreißen würde und mein Gatte mich abends liebreizend fragt, ob ich mich denn tagsüber auch hübsch ausgeruht habe.«

»Klingt ja fast so, als wenn du dabei gewesen wärst«, sagte Günter mit deutlicher Verärgerung in der Stimme. Er stellte sein Glas auf den Tisch und goss sich nach.

»Du trinkst zu viel«, bemerkte Randolph.

»Wenn ich eine Meckerziege will, kann ich ja gleich zu Wiebke zurückgehen.«

»Ich habe dich nicht gezwungen, diese Anwältin zu ficken und bei mir aufzuschlagen.«

»Hältst du mir das jetzt vor?«

Sie hielten beide inne. Benahmen sie sich etwa gerade wie das sprichwörtliche alte Ehepaar? Sie sahen sich an.

»Entschuldigung.«

»Ist okay.«

Nun schenkte sich auch Randolph nach. Er trank, blickte zur

Decke und meinte nachdenklich: »Sag mal, könnte es sein, dass Kinder aus Paaren erst richtige Ehepaare machen?«

Günter zuckte mit den Schultern. »Weiß nicht. Vielleicht sollten Wiebke und ich eine Paartherapie in Erwägung ziehen.«

»Du kennst ihre Meinung über Psychologen«, entgegnete Randolph.

»Ja, schon. Aber entweder finden wir einen Weg zurück zueinander, was ich möchte …«

»Oder?«

»Oder wir regeln das Leben neu. Nur so, wie es jetzt läuft, geht es nicht.«

»Wohl wahr. Trotzdem muss sie jetzt erst einmal diesen Wahnsinnigen finden. Oder glaubst du, dass sie in dieser Situation Zeit und Muße hat, über eure Eheprobleme zu philosophieren?«

Günter stimmte wortlos zu. Sie räumten auf und gingen zu Bett. Jonas würde morgen wieder viel zu früh die Nacht beenden. Günter vermisste sein Büro, seine Akten und seine Verbrecher, die hinter Gitter zu bringen schließlich sein Beruf war. Ein Mann konnte nicht den ganzen Tag Windeln wechseln, Fläschchen geben und den Sohnemann im Kinderwagen spazieren fahren. Oder etwa doch?

***

»Ich bin alles andere als zufrieden«, donnerte Bergmüller in die Runde.

Nicht einmal Guten Morgen hatte er gesagt. Alle Mitglieder der Soko waren in dem großen Konferenzraum versammelt, um die Ergebnisse ihrer Arbeit zu präsentieren. Die Sitzung hatte schon gestern begonnen und war heute Morgen um sieben Uhr fortgesetzt worden. Selbst Zielkow war anwesend. Er machte sich im wichtigsten Fall, den die Kriminalpolizei in Rostock zu bearbeiten hatte, offensichtlich gern selbst ein Bild vom Fortschritt der Ermittlungen, statt sich nur auf die Berichte zu verlassen. Doch die Stimmung war angespannt. »Meine Damen und Herren, sind wir ehrlich. Viel haben wir in den zwei Wochen, die diese Soko bereits besteht, nicht erreicht. Das lässt mich für heute nichts Gutes ahnen.«

»Wieso, was ist denn heute?«, fragte Carsten Franck unvorsichtigerweise.

»Heute, Herr Kollege, ist Mittwoch, der 11. Juli. Und wenn Sie, statt im Internet zu surfen, sich ein wenig mit der Aktenlage vertraut gemacht hätten, wüssten Sie, dass der Täter für heute den ›dritten Streich‹ angekündigt hat.« Bergmüller donnerte mit der Faust auf den Tisch. »Was wir nicht verhindert haben!«, brüllte er.

»Entschuldigung, Chef«, entgegnete Franck. »Aber wenn es den dritten Streich wirklich gibt, dann ist er schon passiert. Heute geschieht in dieser Hinsicht gar nichts, außer dass wir informiert werden.«

Das war scharfsinnig, aber ungeschickt, dachte Wiebke. Irgendwie war sie zufrieden, dass sie nun wieder den »alten« Bergmüller erlebte.

»Sie Klugscheißer«, brüllte Bergmüller denn auch erwartungsgemäß. Er blickte in ausnahmslos verschreckte, sogar verängstigte Gesichter, in denen die Hoffnung zu lesen stand, bitte nicht Gegenstand der Predigt zu werden. Er atmete tief ein und aus und sagte in bemüht ruhiger Tonlage: »Kollegen, ich entschuldige mich. Manchmal geht mein Temperament mit mir durch. Dann sage ich Dinge, die ich so nicht meine.«

Wiebke lächelte vorsichtig. Dieser Teil von ihm ist neu, dachte sie. Das hat er vor zwanzig Jahren noch nicht gekonnt. Und im Grunde hatte Bergmüller sogar recht. Was war ihnen in den vergangenen zwei Wochen harter Ermittlungsarbeit denn schon gelungen? Streichers Erkenntnisse beziehungsweise die seines Kontaktes beim LKA über die Opfer und den Täter umfassten heute nicht mehr als das, was er ihnen schon zu Beginn der Ermittlungen hatte liefern können. Wie auch, wo doch der Gegenstand seiner Untersuchungen nach wie vor aus nichts als den beiden Videos bestand, die der Täter massiv manipuliert hatte. Einige Kollegen hatten viel Zeit damit verbracht, den Tatort zu suchen, indem sie systematisch die »lost places« in der Umgebung, also verlassene Industriekomplexe, leer stehende Hallen und so weiter, abarbeiteten. Es war kein Wunder, dass auch hierbei noch keine nennenswerten Ergebnisse zu verzeichnen waren. Schließlich war Rostock als Tatort zwar naheliegend – warum hätte der Täter sonst die »Norddeutschen Neuesten Nachrichten« als Nachweis für den Tatzeitpunkt benutzen sollen? –, aber keineswegs zwingend, die Anzahl der möglichen Tatorte also unendlich. Allein Rostock und der angrenzende Landkreis hatten eine Fläche von rund dreitausendfünfhundert Quadratkilometern. Es war von Bergmüller aber auch unfair, sie deswegen anzumachen. Welchen anderen Ansätzen hätten sie nachgehen sollen? Was erwartete er? Wunder?

Die Kollegen der KTU, die die zugesandten Umschläge, Papierseiten und DVDs auf Spuren untersuchten, hatten alles nur Erdenkliche mit den Unterlagen angestellt. Das Ergebnis war allerdings dünn. Es gab zwar Fingerabdrücke. Allerdings nur auf der ersten Sendung, und die gehörten größtenteils den Kollegen aus dem Haus. Die zweite Sendung war mehr oder weniger klinisch rein, die DVDs Massenware, wie sie in jedem Media Markt oder Saturn zu kaufen waren. Der Film selbst war mit einer handelsüblichen Kamera aufgenommen worden. Zum Typ konnte keine Aussage gemacht werden. Die Gedichte waren auf normales Standard-Kopierpapier – mit einem Gewicht von achtzig Gramm pro Quadratmeter, eine, wie Wiebke fand, durchaus zu vernachlässigende Information – gedruckt worden, der Drucker in beiden Fällen ein Hewlett Packard Inkjet. Der genaue Typ war aber nicht feststellbar, da Hewlett Packard den Druckkopf in verschiedene Modelle eingebaut hatte. All diese Informationen waren weder richtig neu noch richtungsweisend.

Jetzt war sie an der Reihe. Ihr Herz pochte wie wild. Lange hatte sie dieses Gefühl nicht mehr gehabt. Die Angst, im entscheidenden Moment zu versagen. Ihre Zunge klebte am Gaumen. Sie nahm das Wasserglas und trank einen Schluck, wobei sie hoffte, dass niemand das Zittern ihrer Hände bemerken würde. In den vergangenen beiden Wochen hatte sie, soweit die Akten noch verfügbar waren, ihre gesamte berufliche Karriere aufgearbeitet. Und jeden einzelnen Fall, den einen intensiver, den anderen weniger intensiv dahin gehend analysiert, ob ein Verurteilter ausreichend Wut auf sie entwickelt haben könnte, um sie lächerlich zu machen. Denn darauf, da waren Bergmüller und sie sich einig, zielte seine Aktion ab.

Der, der ihr als Erstes eingefallen war, saß derzeit noch in der

Psychiatrie. Wohlbehütet und -bewacht, wie man ihr auf ihre Nachfrage versichert hatte. Der Rest war eine Sisyphusarbeit. Es war schon erstaunlich, wie vielen Menschen sie in nun bald fünfundzwanzig Jahren Polizeiarbeit nachhaltig auf die Füße getreten war. Einige davon waren inzwischen verstorben, andere lebten im Altersheim und litten an Demenz. Wieder andere saßen immer noch im Knast. Sie alle schieden als Täter aus.

Die meiste Zeit jedoch war dafür draufgegangen, jeden, der noch übrig blieb, zu überprüfen. Sie hatte sich nicht auf ihr Gefühl verlassen wollen. Es war aber gar nicht so einfach, jemanden als Täter auszuschließen, wenn sie weder das Opfer noch den genauen Zeitpunkt, geschweige denn den Tatort kannte. Sie hatte also die gleichen Hypothesen aufstellen müssen wie ihre Kollegen. Hypothese eins war: Die Taten wurden in Rostock und Umgebung begangen. Hypothese zwei lautete: Die erste Tat wurde zwischen dem 9. und dem 13. Juni begangen, die zweite zwischen dem 23. und dem 27. Juni.

Beide Hypothesen basierten auf demselben Indiz: Die vom Täter in die Kamera gehaltenen Ausgaben der »Norddeutschen Neuesten Nachrichten« waren vom 9. beziehungsweise 23. Juni, die Briefe mit den DVDs waren am jeweils darauffolgenden Mittwochmorgen bei der Polizei eingegangen. Die Rostocker Lokalausgabe der »Schweriner Nachrichten« wurde darüber hinaus nur in Rostock und Umgebung vertrieben, was einen Tatort in der näheren Umgebung zumindest wahrscheinlich machte.

Eine ganze Reihe von Menschen aus ihrem immer noch unübersichtlichen Fundus war ausgeschieden, weil sie sich in den fraglichen Zeiträumen so weit weg von Rostock aufgehalten hatten, dass eine Täterschaft vorerst ausgeschlossen werden konnte. Es blieben noch acht Personen, die als Täter in Frage kamen, die sie aber noch nicht überprüft hatte.

»Danke, Frau Kollegin, ausgezeichnete Arbeit«, sagte Bergmüller nach ihrer Zusammenfassung.

Wiebke meinte, sich verhört zu haben. Bergmüller lobte sie. Das gab es doch gar nicht, vor allem bei der Laune, die er heute hatte. Nun, es geschahen eben noch Zeichen und Wunder.

»Ich glaube aber dennoch, dass …« Weiter kam sie nicht. Der

wachhabende Kollege erschien in Begleitung einer in Braun gekleideten Person. Die schnaufte vor Wut, denn sie trug Handschellen. So etwas war dem UPS-Mitarbeiter in seinen vier Jahren bei dem Paketdienstleister noch nicht passiert. Er hatte nur ein Paket abgeben wollen und war festgenommen worden.

»Der Herr hier«, sagte der Polizist ungelenk, »ist gerade erschienen und gab an, ein Päckchen für Frau Menn zu haben.« Man merkte dem Mann an, dass es ihm äußerst unangenehm war, vor so vielen Menschen zu sprechen. »Da Sie, Herr Polizeirat«, er deutete auf Zielkow, »mir den Befehl gegeben haben, jeden, der etwas abgeben will, aufzuhalten, habe ich die Person sofort festgenommen. Das Paket habe ich sichergestellt.«

»Wo ist es?«, fragte Bergmüller ungehalten.

»Unten bei mir in der Loge.«

»Sofort holen!«, bellte Bergmüller. »Nein, nicht Sie«, brüllte er den Beamten an, der sich anschickte loszulaufen. »Sie bleiben hier. Kollege Franck, Sie sichern das Paket und bringen es nebst Röntgenscanner her. Aber ich darf darum bitten …«

»… dass ich Handschuhe trage. Ist doch klar, Herr Bergmüller.«

Zielkow wirkte irritiert. »Wozu brauchst du einen Dokumentenscanner?«, fragte er, während Franck hinauseilte.

»Ich will nicht auch noch nach dem Mörder einer Polizistin suchen müssen, der gerade eine Paketbombe um die Ohren geflogen ist«, erwiderte Bergmüller genervt. Den Zusatz »Du Vollidiot« sparte er sich. »Und Sie«, fuhr er den wachhabenden Beamten an, »machen den Mann da los!«

»Aber Herr Zielkow hat doch gesagt …«

»Aufhalten, hat er gesagt. Nicht gleich festnehmen. Den Unterschied sollte man Ihnen auf der Polizeischule beigebracht haben.«

Erleichtert rieb sich der UPS-Mann die Handgelenke, nachdem ihm die Stahlfesseln abgenommen worden waren.

»Sie bleiben aber trotzdem hier«, sagte Bergmüller.

»Blöde Arschlöcher«, murmelte der junge Mann halblaut.

»Was haben Sie gesagt?«

»Dass ich natürlich bleibe.«

Im Raum herrschte eine angespannte Ruhe. Man sah Carsten

Franck hereinwuseln und ein Paket abstellen. Natürlich trug er Latexhandschuhe. Noch einen Anschiss wollte er sich nicht einhandeln. Mit den Worten »Bin sofort wieder da« verließ er den Raum auch schon wieder, augenscheinlich auf der Suche nach einem Röntgenscanner.

Bergmüller betrachtete das vor ihm liegende Paket. Wiebke stand auf und stellte sich neben ihn. Immerhin war das Ding ja an sie adressiert.

Die Verpackung war in Rot und Braun gehalten. Links oben befand sich das UPS-Logo. Auf dem weißen Feld stand in roten Lettern die Bezeichnung »Express Box«. Das circa dreißig mal zehn mal fünfundvierzig Zentimeter große Päckchen war an »Kriminaloberkommissarin Wiebke Sollich c/o Polizeipräsidium Rostock, Blücherstr. 1–3, 18055 Rostock« gerichtet. Als sie den Absender lasen, wussten sie, dass sie den Wettlauf um das Leben eines Menschen verloren hatten. Er lautete: »Max und Moritz Busch, Pastor-Nöldeke-Weg 7, 38723 Seesen-Mechtshausen«.

»Er will uns vorführen«, flüsterte Wiebke. »Komm, lass uns das Paket öffnen.«

»Bist du wahnsinnig? Dem Kerl ist eine Bombe absolut zuzutrauen.«

Sie sah ein, dass Vorsicht in diesem Fall angebracht war.

»Aber du kannst mal ermitteln, wer unter dieser Adresse gemeldet ist«, sagte Bergmüller. »Ich wette, dass das nicht Max und Moritz Busch sind. Und krieg raus, wo das Paket aufgegeben wurde.«

»Das ist einfach«, mischte sich der UPS-Mann ein, dessen Wut verraucht zu sein schien. »Das Paket hat eine Nummer. Mit der kann man im Internet verfolgen, wo es aufgegeben wurde, wo es gerade ist und wann es von wem an wen ausgeliefert wurde. Letzteres steht jetzt aber noch nicht im Netz. Ich habe ja noch keine Unterschrift.«

»Gut, Herr, äh … Entschuldigung, wie heißen Sie eigentlich?«

»Damanis. Imran Damanis«, antwortete der UPS-Mann. Vermutlich weil man ihn das immer fragte, fügte er ungefragt hinzu: »Das ist pakistanisch. Mein Vater ist Pakistani.«

»Gut, Herr Damanis. Sie begleiten Frau Menn und zeigen ihr, wie das geht. Aber eins noch: Soweit ich weiß, ist UPS nach dem

11. September dazu übergegangen, Pakete von unbekannten Kunden nur noch nach Identifikation durch einen Lichtbildausweis anzunehmen.«

»Stimmt, das ist so bei uns. Aber was wundert Sie daran?«

»Ich gehe jede Wette ein, dass es keinen ›Max oder Moritz Busch‹ unter dieser Adresse gibt. Mit was für einem Ausweis soll er sich also ausgewiesen haben?«

Damanis zuckte mit den Schultern.

»Wie dem auch sei: Kriegt mal raus, was das mit der Adresse auf sich hat und welchen Weg das Paket gegangen ist.«

Wiebke nickte und bedeutete dem jungen Mann, sie in ihr Büro zu begleiten, wo sie den Rechner hochfuhr. Binnen weniger Minuten wussten sie, dass das Paket gestern um vierzehn Uhr zweiunddreißig vom UPS Kundencenter in Moringen ins System eingegeben und an das Distributionszentrum Hildesheim weitergegeben worden war. Das war um fünfzehn Uhr zwanzig. Um dreiundzwanzig Uhr siebzehn war das Paket im Verteilzentrum Rostock angekommen. Dort hatte es der im Moment wenig glücklich wirkende Mitarbeiter am Morgen auf seine Tour mitgenommen, die er heute wohl nicht zu Ende fahren würde.

Wiebke telefonierte mit dem Kundencenter und hatte Glück. Die Frau, die das Paket angenommen hatte, konnte sich erinnern, dass ein Mann das Paket abgeben hatte. Es kam eher selten vor, dass sie an die Kriminalpolizei gerichtete Pakete annahm, daher war ihr die Adresse besonders aufgefallen. Sie hatte sich selbstverständlich auch den Ausweis des Mannes zeigen lassen. Das sei ja schließlich Vorschrift. Auf Wiebkes Nachfrage lieferte sie eine Personenbeschreibung, die bei dieser einen bösen Verdacht wachsen ließ. Der Verdacht wurde zur Gewissheit, als sie herausbekam, wer unter der angegebenen Adresse wirklich wohnte.

»Kommen Sie, Herr Damanis«, sagte sie zu dem UPS-Mann. »Ich weiß, was ich wissen muss.«

Als sie den Konferenzraum wieder betraten, hörten Sie bereits beim Öffnen der Tür Bergmüllers laute Stimme. Carsten Franck und Eberhard Zielkow standen da wie die begossenen Pudel.

»Entschuldigung, aber was ist das für ein Saftladen hier? Kein Röntgenscanner! Dass ich nicht lache. Jeder Provinzflugplatz hat so ein Ding, und ausgerechnet bei der Kriminalpolizei soll keiner aufzutreiben sein?«

»Doch«, sagte Carsten Franck, »aber der ist kaputt.«

»Ich will sofort so einen Scanner!«, verlangte Bergmüller.

»Reinhard, beruhige dich. Ich weiß, dass die beim LKA welche haben. Ich ruf sofort da an und lass uns einen bringen«, versuchte der peinlich berührte Zielkow die Situation zu entschärfen.

»Die sind doch in Rampe«, sagte Bergmüller. »Das ist rund hundert Kilometer weg.«

»Ich mach Druck«, versprach Zielkow.

»Also gut. Dann machen wir jetzt eben Pause«, sagte Bergmüller resigniert. »Es ist ja auch nicht eilig. Wir jagen schließlich bloß einen Serienmörder.« Er verzog das Gesicht. »Aber sei's drum: Eine Stunde Zeit zum Füßevertreten, Zigaretterauchen, Pinkeln oder was Sie sonst so in der Pause machen, Kollegen. Es ist jetzt«, er blickte auf seine Armbanduhr, »zwölf Uhr zweiundvierzig. Um Punkt vierzehn Uhr sehen wir uns hier wieder. Dann hoffentlich mit der notwendigen technischen Ausstattung.«

Als auch Carsten Franck sich zum Gehen wandte, beorderte Bergmüller ihn zurück. »Sie nicht. Sie machen mit Herrn Damanis das Protokoll.« Franck nickte ergeben. Er tat Wiebke leid.

»Kommen Sie bitte mit mir, Herr Damanis«, sagte Carsten Franck zu dem UPS-Mann und ging voraus.

»Und Sie«, wies Bergmüller den verloren herumstehenden wachhabenden Polizisten an, »Sie bewachen dieses Paket. Diesmal dürfen Sie den, der versucht, sich dem Ding auf weniger als einen Meter zu nähern, auch verhaften.«

»Jawohl«, sagte der Mann nur.

Als um Punkt vierzehn Uhr alle wieder versammelt waren, war das ersehnte Gerät zwar noch nicht da. Zielkow aber versicherte, die Kollegen seien unterwegs und der Scanner müsse jeden Augenblick eintreffen.

Wiebke nutzte die Gelegenheit und informierte die Kollegen über die Details, die sie vor der Pause ermittelt hatte.

»Kollegen, es sieht ganz so aus, als würden sich unsere schlimmsten Befürchtungen bewahrheiten. Dieses Paket da, von dem wir zwar noch nicht wissen, was es beinhaltet, trägt nicht nur einen Absender, der auf unseren Täter hinweist. Der lautet nämlich ›Max und Moritz‹, für die, die es noch nicht mitbekommen haben. Das Paket wurde außerdem gestern Nachmittag als Expresspaket beim UPS-Kundencenter in Moringen abgegeben.«

»Moringen?«, wurde sie unterbrochen. »Wo liegt denn das?«

»In Niedersachsen. Es ist ein Siebentausend-Seelen-Dorf circa zwanzig Kilometer nördlich von Göttingen. Das ist aber gar nicht so wichtig. Wichtig ist, dass sich dort das zu der Absenderadresse nächstgelegene UPS-Kundencenter befindet. Meine erste Vermutung, dass der Pastor-Nöldeke-Weg in Seesen-Mechtshausen eine Phantasieadresse war, hat sich leider nicht bestätigt. In gewisser Weise wohnen Max und Moritz nämlich tatsächlich unter dieser Adresse. Dort, Kollegen, befindet sich das Wilhelm-Busch-Museum.«

Allgemeines Gemurmel erhob sich wie eine Welle und ebbte auf gleiche Weise auch wieder ab.

»Der Täter fängt an, uns lächerlich zu machen. UPS verlangt bei unbekannten Kunden einen Lichtbildausweis. Andere Paketdienste tun das nicht. Er muss mit seiner Wahl also etwas Bestimmtes bezweckt haben. Und tatsächlich konnte sich die Mitarbeiterin nicht nur genau an das gestern aufgegebene Paket erinnern, sondern auch den Mann beschreiben.«

»Und wie sah er aus?«

»Moment«, sagte Wiebke und kramte in ihren Unterlagen. »Hier habe ich die Notizen, die ich während des Telefonats mit der Frau gemacht habe: ein circa siebzigjähriger Mann mit einem altertümlichen Vollbart. Er hatte eine Halbglatze, aber das vorhandene Haar war ungewöhnlich lang. Das hat sie nur deswegen gesehen, weil er seinen breitkrempigen Hut zur Begrüßung gelüftet hat. Der Ausweis, den er auf Verlangen vorgelegt hat, war auf den Namen ›Maximilian Wilhelm Busch‹ ausgestellt, und das Foto stimmte. Was sagt uns das?«

»Keine Ahnung«, murmelte Carsten Franck.

»Es sagt uns, dass sich jemand als Wilhelm Busch verkleidet in das UPS-Kundencenter begeben und einen gefälschten Ausweis vorlegt hat, um zu beweisen, dass er schlauer ist als wir. Die erste Sendung wurde anonym bei uns abgegeben. Die zweite Sendung schickte er mit der Post. Bei der dritten tritt er persönlich in Erscheinung, in einer Camouflage mit gefälschtem Ausweis, um uns das Paket mittels des einzigen Paketdienstleisters zu übermitteln, der eine Absenderidentifikation verlangt. Er ist sich seiner Sache offenbar sehr sicher und glaubt, dass wir ihn keinesfalls kriegen.«

Bergmüller hatte ruhig zugehört. Er nickte und sagte: »Ein Serientäter, der sich an die Polizei wendet, will mit ihr spielen. Es gibt unter Psychologen sogar die These, dass er eigentlich gefasst werden möchte, es aber nicht mit seinem Selbstbild vereinbaren kann, sich zu stellen. Also fängt er ein Spiel an, bei dem wir am Anfang leider immer dumm aussehen. Er gibt die Taktzahl vor, und wir hecheln hinterher. Dass wir uns jetzt gerade wie die Gejagten fühlen, hat einen ganz einfachen Grund. Wissen Sie, welchen?«

Allgemeines Kopfschütteln war die Antwort.

»Weil wir es nun mal sind. Es muss unser aller Ziel sein, das zu ändern.«

Endlich kam das ersehnte Gerät. Die Kontrolle ergab nichts Besorgniserregendes. Also öffnete Carsten Franck auf Bergmüllers Anweisung mit frischen Handschuhen vorsichtig das Paket. Es enthielt – wie die Schreiben zuvor – einen Zettel und eine DVD.

»Lesen Sie vor, was auf dem Zettel steht.«

Carsten Franck hielt das Papier zwischen zwei Fingern und las mit zitternder Stimme.

»Als die gute Witwe Wiebke
Dachte, dass sie uns schon kriegte,
Wurde ihr mit Schrecken klar,
Dass sie gar nicht Witwe war.

Doch Max und Moritz hier erklären,
Was schon immer galt auf Erden:
Was nicht ist, das kann noch werden.

Heute lautet der Beschluss,
Dass Wiebke Mörder fangen muss.
Siebzehn seid ihr, uns zu jagen,

Zwei sind wir, da ist zu sagen,
Dass zu blöd für diese Plage
Wiebke ist ganz ohne Frage.

Eingesperrt in dem Verlies
Ist die Nächste ohnedies.
Bibbernd wartet sie dort schon
Auf ihre bald'ge Exekution.

Dieses war der dritte Streich,
Doch der vierte folgt sogleich.
Wie ihr sicher auch schon wisst,
Dies in vierzehn Tagen ist.«

Er hatte kaum geendet, da verließ Wiebke den Saal. Sie hielt es nicht mehr aus. Die Bedrohung aus ihrem letzten Fall war mit einem Mal wieder erschreckend gegenwärtig. Schon wieder war einer hinter ihr und – schlimmer noch – hinter ihrer Familie her. Sie rannte davon. Bergmüller und Zielkow folgten ihr umgehend. Die anderen wagten kaum, ein Wort zu sagen.

Sie war einfach nur gelaufen. Die Treppe hinunter, aus der Tür heraus und dann die Rosa-Luxemburg-Straße hoch in Richtung Bahnhof. Sie wollte nicht zum Bahnhof, sie wollte nur rennen, rennen, rennen. Weg. Einfach nur weg.

Am Wilhelm-Külz-Platz schaffte Bergmüller es, sie einzuholen. Er hielt sie auf, legte beide Hände auf ihre Schultern und schüttelte sie leicht. »Beruhige dich«, sagte er sanft. »Du musst dich beruhigen.«

»Ich will mich aber nicht beruhigen«, schluchzte sie. »Das ist zu viel für mich. Ich kann nicht mehr.«

»Es wird alles gut«, sagte Bergmüller und wiederholte den Satz wie ein Mantra. »Es wird alles gut. Es wird alles gut.«

Keuchend stieß nun auch Zielkow zu ihnen. Bergmüller war einfach besser in Form. »Frau Kollegin«, begann er.

»Ach, halten Sie den Mund«, sagte Wiebke. »Wegen Ihnen sitze ich doch in der Scheiße. Wegen Ihnen wird vielleicht mein Mann umgebracht.«

Zielkow wollte widersprechen, aber Bergmüller bedeutete ihm zu schweigen.

»Und weißt du, was das eigentlich Schlimme ist?«, fragte Wiebke ihn kraftlos.

»Nein«, sagte Bergmüller. »Bei der Menge an schlimmen Sachen habe ich ein wenig die Übersicht verloren.«

»Wir haben einen Maulwurf. Jemanden, der die Bestie kennt und ihr unsere Geheimnisse flüstert.«

»Geht das nicht ein bisschen weit? Wie kommst du darauf?«

»Woher weiß der Täter zum Beispiel, dass wir siebzehn Leute in der Soko sind? Nicht zehn, nicht zwanzig oder vierzehn. Nein, er kennt die exakte Zahl. Das kann er nur von einem von uns haben.«

»Ich fürchte, da überinterpretierst du was. Überleg mal. Dass es die Soko gibt, weiß, auch wenn wir offiziell Nachrichtensperre haben, mit Sicherheit das ganze Präsidium. Folglich kann diese Information auch unbeabsichtigt preisgegeben worden sein.«

»Möglich«, sagte Wiebke. »Was ist mit der Drohung gegen Günter? Was ist mit Jonas?«

»Er wollte das erreichen, was auch passiert ist. Entschuldigung, wenn ich das so deutlich sage: Er will, dass du durchdrehst. Dass du deinen Job nicht mehr anständig machst, weil du vor etwas Angst hast. Ich habe Erfahrung mit Serientätern. Die verfolgen ihr Ziel. Stur und ohne jedes Abweichen. Ich glaube, es droht den beiden keine wirkliche Gefahr.«

»Selbst wenn. Drohungen sind nicht auf die leichte Schulter zu nehmen«, mischte sich Zielkow ein. »Ich werde gleich zu Ihrem Onkel fahren und die beiden warnen. Außerdem werde ich anordnen, dass um das Gelände, auf dem Ihre Familie derzeit wohnt, verstärkt Streife gefahren und gegangen wird.«

»Das ist eine gute Idee, Eberhard«, meinte Bergmüller. »Außerdem, Wiebke: Meinst du, er lässt dich in Ruhe, wenn du ihn nicht jagst? Meinst du, dadurch wäre deine Familie sicherer? Nein, du bist es ihnen und den Opfern schuldig, dass der Täter gefasst wird. Du bist es auch denen schuldig, die er vielleicht noch töten wird. Und du bist es dir schuldig.«

»Okay«, sagte sie, tief ein- und ausatmend. »Aber heute kann ich nicht mehr. Heute muss ich nach Hause.«

Langsam gingen sie zurück zum Präsidium. Wiebke wollte sich verabschieden, um zu ihrem Dienstwagen zu gehen.

»Halt«, sagte Zielkow. »Sie fahren nicht.«

»Warum nicht?«, fragte sie verwundert.

»Weil sie emotional noch viel zu aufgewühlt sind, darum«, antwortete Zielkow mit einer Stimme, die keinen Widerspruch duldete.

»Und wie soll ich dann nach Hause kommen? Soll ich mir ein Taxi rufen?«

Zielkow schüttelte den Kopf. »Wir werden einen Kollegen oder eine Kollegin bitten, Sie zu fahren. Kommen Sie noch mal kurz mit rein.«

Im Gebäude verabschiedete sich Bergmüller und eilte wieder in den Konferenzraum. Zielkow wandte sich an eine uniformierte Beamtin, die den Flur entlanglief. »Frau Svenson?«, rief er. Die junge Frau blieb stehen, drehte sich um, erkannte Zielkow und kam zu ihm und Wiebke.

»Ja, Herr Zielkow? Was kann ich für Sie tun?«

»Ich möchte Sie bitten, Frau Menn nach Hause zu bringen. Sie, äh, fühlt sich nicht so gut.«

Als wenn ich nicht für mich allein sprechen könnte, dachte Wiebke, war aber doch dankbar für die Fürsorge, die Zielkow ihr angedeihen ließ.

»Selbstverständlich.« Lena Svenson lächelte Zielkow freundlich an. »Ich habe sowieso gleich Feierabend. Das passt super.«

»Vielen Dank. Ich verabschiede mich. Ich werde noch zu dieser Sitzung gehen.«

»Natürlich, Chef«, sagte Wiebke. »Und danke.«

»Dann kommen Sie mal mit, Frau Kollegin«, sagte Lena Svenson, »ich will mich nur noch kurz umziehen«, und Wiebke folgte ihr zu den Umkleideräumen.

***

Bergmüller hatte mit der DVD auf Zielkow gewartet. Als dieser den Raum betrat, startete er den Player. Es war, als würden sie eine Kopie der ersten beiden Filme sehen. Ein nicht zu identifizierender, nur in Umrissen erkennbarer Mann hielt die Samstagsausgabe der »Norddeutschen Neuesten Nachrichten« vom 7. Juli in die Kamera. Danach passierte das Gleiche wie die beiden Male zuvor. Dennoch war es belastend, wie man an den Mienen der Kollegen sah. Nach qualvollen zweiundzwanzig Minuten war es endlich vorbei.

»Wenn jemand mal ein Motivationsloch hat«, sagte Bergmüller nach einigen Momenten betroffenen Schweigens, »sollte er sich diese Bilder wieder vor Augen führen. Jeder von Ihnen muss sich bewusst machen, dass in zwei Wochen – Verzeihung, Herr Franck, ich meine natürlich in spätestens zehn Tagen – ein neues Opfer zu beklagen sein wird, wenn wir das nicht verhindern. Wenn er die Wahrheit schreibt, ist es bereits in seiner Gewalt.« Bergmüller wies auf die beiden entsprechenden Zeilen des dritten Gedichts, das von Franck kopiert und auf den Beamer gelegt worden war: *Eingesperrt in dem Verlies / Ist die Nächste ohnedies.* »Ich denke aber trotzdem, dass für heute Schluss sein sollte. Sie machen jetzt Feierabend. Wir sehen uns morgen um Punkt sieben Uhr zur Einsatzbesprechung.«

Alles erhob sich, packte die Unterlagen zusammen und verließ den Raum.

»Äh, Herr Franck«, sagte Bergmüller. »Bitte räumen Sie noch die Technik auf und sichern Sie die Beweismittel. Ich danke Ihnen.«

Carsten Franck murmelte etwas, was niemand verstand. Dass es keine freundlichen Worte waren, war seinem Gesicht jedoch deutlich anzusehen.

»Eberhard«, rief Bergmüller dem im Gehen befindlichen Zielkow zu. »Hast du noch ein paar Minuten?«

Zielkow machte auf dem Absatz kehrt und ging zu ihm.

»Ja?«

»Ich denke, wir sollten die Nachrichtensperre aufheben. Wir haben mittlerweile den dritten Mord – jedoch nur schwarz auf weiß. Bisher haben wir keine Leichen gefunden. Aber irgendwo müssen sie sein. Vielleicht hat irgendwer etwas gesehen.«

»Du hoffst auf Kommissar Zufall?«

»Wenn du so willst, ja. Du weißt doch selbst, wie das ist. Polizeiarbeit ist zur Hälfte ein Knochenjob. Ein bisschen Glück gehört aber auch dazu. Nur muss man ihm eine Chance geben. Kannst du die Pressearbeit machen?«

»Okay, Reinhard, ich kümmere mich darum«, willigte Zielkow ein. »Das wird allerdings eine ziemliche Welle geben.«

»Das denke ich auch, ist aber nicht zu ändern.«

Zielkow überlegte kurz, während Bergmüller seine Unterlagen sortierte. Dann sagte er: »Was ist, Reinhard, noch auf ein Bierchen? So wie früher nach Dienstschluss?«

»Mensch, eine Superidee.« Bergmüller wandte sich an Carsten Franck. »Sie kommen doch allein zurecht, oder?«

Franck murmelte etwas Zustimmendes und schwor sich, keinerlei aufmüpfige Bemerkungen mehr zu machen. Niemals, nie, nie wieder.

***

»Wo soll's denn hingehen?«, fragte Lena Svenson. Sie war achtundzwanzig und sah in ziviler Kleidung wesentlich attraktiver aus als in der Uniform, in der Wiebke sie eigentlich nur kannte.

Wiebke nannte ihr die Adresse, Lena nickte und startete den Seat Cordoba. Wiebke fand, dass sie »ambitioniert« fuhr, wie sie mal in einer Autowerbung gelesen hatte, in der ziemlich gerast wurde.

Wiebke blickte kritisch auf den Tacho, der deutlich mehr als die erlaubten fünfzig Kilometer pro Stunde anzeigte. Lena schien ihre Gedanken zu erraten.

»Es gibt Freunde von mir, die behaupten, ich sei nur deswegen zur Polizei gegangen, weil ich da im Dienst ungestraft Gas geben kann«, sagte sie lachend.

»Warum bist du, äh Sie … Weißt du was, ich bin Wiebke.«

»Lena.«

»Also, Lena, warum bist du denn wirklich zur Polizei gegangen?«

»Schwer zu sagen. Nach der Schule habe ich erst mal eine Ausbildung zur Hotelkauffrau gemacht. Aber das war nichts für mich.«

»Die Arbeitszeiten?«, mutmaßte Wiebke.

»Die sind in unserem Trachtenladen ja auch nicht viel besser«, erwiderte Lena. »Nein, ständig freundlich sein zu müssen hat mich genervt. ›Jawohl, Herr Direktor‹, ›Wird sofort erledigt,

Frau Konsul‹, ›Kann ich sonst noch was für Sie tun?‹. Das habe ich irgendwann nicht mehr ausgehalten. Eines Tages las ich eine Anzeige der Polizei und habe mich beworben. Ich hab die Auswahltests wohl ganz gut gemacht, jedenfalls haben sie mich genommen.«

»Und jetzt bist du also ›Bulle‹. Zufrieden?«

»Wenn man's genau nimmt, sind wir beide ja eigentlich Kühe«, sagte Lena. »Doch im Großen und Ganzen schon. Klar, die Bezahlung, gerade im mittleren Dienst, ist nicht so dolle. Aber dafür hat's andere Vorteile.«

Wiebke nickte.

Unweigerlich folgte die Gegenfrage: »Und du, warum bist du Polizistin?«

»Das ist auch nicht ganz so einfach zu erklären. Als ich damals in der DDR die Polytechnische Oberschule abgeschlossen hatte, gab es keine freie Berufswahl. Mein Onkel war ein recht hohes Tier, und deshalb konnte ich Polizistin werden. Aber mit Berufung hatte das damals nicht so wahnsinnig viel zu tun.«

»Da sind wir«, sagte Lena, hielt an und schaute Wiebke tief in die Augen.

Wiebke wich dem Blick aus. Sie merkte, dass Lena offensichtlich mehr über sie wusste als sie über Lena.

»Wenn du reden willst: Ich habe heute Abend noch nichts vor«, bot Lena auf einmal an.

»Gern«, sagte Wiebke erleichtert. »Gehen wir rein.«

Lena verschloss den Cordoba und folgte Wiebke ins Reiheneinfamilienheim. Sie blickte sich in der blitzsauberen Wohnung um. Wiebke bot ihr einen Platz auf dem Sofa an und fragte, ob sie etwas trinken wolle.

»Bier, wenn du hast«, meinte sie.

Als Wiebke in der Küche war, um aus dem Kühlschrank zwei Flaschen Radeberger zu holen, hörte sie Lena fragen: »Darf man hier rauchen?«

»Natürlich«, sagte Wiebke und stellte nach hektischer Suche einen Aschenbecher auf das Tablett. Natürlich war das nicht natürlich. Wiebke mochte Tabakrauch nicht. Günter war zwar auch Raucher. Das hatte sie als Altlast akzeptiert, aber durchgesetzt, dass er nunmehr zum Rauchen auf die Terrasse ging.

Als sie ins Wohnzimmer zurückkam, hatte Lena ihre Schuhe ausgezogen. Ihre langen Beine lagen auf dem Sofa.

»Ich hab's mir ein bisschen bequem gemacht«, sagte sie schelmisch. »Hübsch hast du's hier.«

»Ja, ganz nett. Aber findest du's nicht ein bisschen spießig?«

»Ein wenig steril vielleicht«, sagte Lena vorsichtig.

»Sei ehrlich!«

»Es ist spießig.«

Wiebke wollte ihr das Bier in ein Glas einschenken, aber Lena schüttelte den Kopf. »Brauche ich nicht«, meinte sie und griff nach der Flasche.

Auch gut, dachte Wiebke und nahm ihrerseits die Flasche in die Hand. Sie prosteten sich zu und tranken.

»Sag mal, wenn du's selbst spießig findest, warum änderst du das dann nicht? Oder will er das so?«

»Günter? Nein. *Ich* muss das so haben.«

»Das verstehe ich nicht. Einerseits gefällt es dir nicht, andererseits sagst du, dass es so sein muss.«

»Darf ich offen sein?«, fragte Wiebke.

»Sicher.«

»Was weißt du über mich?« Wiebke war sich darüber im Klaren, dass ihre bewegte Geschichte kein dienstliches Geheimnis war. Jeder Kollege wusste etwas mehr über sie als über die meisten anderen Kollegen. Es bot sich nun eine gute Gelegenheit herauszufinden, was das war.

»Du bist wohl der bunteste Hund in unserem Laden. Jeder kennt dich – oder meint dich zu kennen. Deine erste Ehe ist gescheitert. Bei deinem letzten großen Fall bist du vom Täter fast in der Ostsee ertränkt worden. Dann hast du ganz romantisch deinen Lebensretter geheiratet. Ihr habt ein Kind bekommen. Ihr habt euch verkracht, und er ist ausgezogen. Ein neuer Serientäter will nun, dass du ihn jagst. Aber du bist noch in der Elternzeit. Deshalb musste dein Mann den Kleinen übernehmen. Das ist so im Wesentlichen das, was man sich erzählt.«

Wiebke war bass erstaunt.

»Die Kollegen wissen, dass ich getrennt lebe?«

»Du weißt doch: Die sicherste Methode, um etwas schnell zu verbreiten, ist die, den Umstand als ›vertraulich‹ zu bezeichnen.«

»Und woher weißt du von dem Serientäter? Wir haben Nachrichtensperre.«

»Jeder von uns hat doch mindestens einen Kollegen, dem er alles anvertraut. Somit verbreiten sich auch Geheimnisse sehr schnell und sehr gründlich.«

Das könnte Bergmüller mit »überinterpretieren« gemeint haben. Dass sie siebzehn Soko-Mitglieder waren, wussten diese siebzehn, mit Zielkow sogar achtzehn. Wenn jeder von ihnen diese Information an achtzehn weitere weitergeleitet hatte, und diese vielleicht an weitere achtzehn … sie wollte gar nicht zu Ende rechnen, denn irgendwann war der Vertraute eines Polizisten vermutlich nicht mehr Polizist und die Information nicht mehr geheim. Das alles passierte automatisch, ohne dass man sich wie ein Verräter vorkam. Es war sozusagen die natürliche Informationsdiffusion, mit der man leben musste.

»Gut«, sagte sie. »Das war alles richtig. Bis zu dem Mordversuch an mir war ich allerdings unordentlich. Eine richtige kleine Schlampe, wie ich selbst einräumen muss. Meine Chefs habe ich mit dem Chaos auf meinem Schreibtisch in den Wahnsinn getrieben. Und im Kühlschrank lagen regelmäßig Lebensmittel, deren Zustand man im besten Fall als kritisch bezeichnen konnte. Ich habe gern auf dem Sofa gesessen, Chips gegessen und Martini geschlürft.«

»Und dann?«

»Nach meiner Rettung störte mich plötzlich jede Unordnung. Ich musste aufräumen, weil mir alles, was nicht an seinem Platz lag, Angst machte. Das ist bis heute so. Wenn ich unaufgeräumte Wohnungen sehe, kriege ich Schweißausbrüche. Ich habe dann sogar den Drang, dort aufzuräumen.«

»Das gilt aber besonders hier bei dir zu Hause, nicht wahr?«

»Ja, natürlich.«

»Und was sagt dein Mann dazu?«

»Er hat's hingenommen. Wie er persönlich dazu steht, weiß ich nicht. Wir haben in der letzten Zeit nicht mehr so viel miteinander gesprochen. Ich bin ja, nachdem Günter und ich zusammengekommen waren, sehr schnell und in meinem biblischen Alter ausgesprochen überraschend schwanger geworden.«

»So ein Kind nervt, nicht?«, sagte Lena.

Wiebke wollte erbost protestieren. Aber hatte ihre Kollegin in ihrer jugendlichen Art nicht genau das ausgesprochen, was sie – bei aller Liebe zu Jonas – manchmal dachte, aber nicht äußerte, weil es ein gesellschaftliches Tabu war? Zuzugeben, dass die eigenen Kinder nerven konnten? »Da sagst du was«, erwiderte sie. »Entschuldigung, hast du eigentlich Hunger?«

»Und wie«, sagte Lena und sprang auf. »Ich mach uns was.«

Wiebke wandte ein, dass sie schließlich die Gastgeberin war, doch Lena verwies auf ihre gastronomische Ausbildung und machte sich in der Küche zu schaffen. Wiebke stand daneben und beobachtete sie.

»Ist ja alles da«, meinte Lena und fing an, Hackfleisch in der Mikrowelle aufzutauen und Zwiebeln und Knoblauch zu schneiden. Sie suchte und fand Tomatenpüree und ordnete die Gewürze und Kräuter. Es sah alles sehr, sehr professionell aus, was sie da machte. »Spaghetti Bolognese, ist das okay für dich?«, fragte sie, als das Wasser für die Nudeln schon sprudelte.

»Super.«

Kurz darauf saßen die beiden am Esszimmertisch. Die Spaghetti dampften und waren perfekt al dente gekocht. Die Sauce war Lena ebenfalls exzellent gelungen. Sogar Parmesan hatte sie im Kühlschrank gefunden und frisch gerieben. Sie aßen mit gutem Appetit. Wiebke fühlte sich wohl. Es war lange her, dass sich jemand um sie gekümmert hatte.

»Sag mal, wie ist es bei dir?«, wollte sie wissen. »Gibt es einen Mr. Right?«

Lena schaute Wiebke an, als würde sie etwas völlig Unverständliches fragen. »Einen?«, erwiderte sie lachend. »Nein, ich verfolge nicht das Lebenskonzept ›Ich suche mir den Partner, mit dem ich alt werde‹. Ich habe immer mal wieder einen, aber nie fest und nie eng. Das würde ich nicht verkraften.«

»Was würdest du nicht verkraften? Eine Beziehung?«

»Wenn du so willst. Klar hat ein fester Partner seine Vorteile. Aber man muss auch Kompromisse machen. Und für mich ist die Summe der nachteiligen Kompromisse eben schwerwiegender als die der unbestreitbaren Vorteile.«

»Hmm. Und was ist mit Kindern?«, fragte Wiebke und schämte sich sofort dafür. Wann immer man sie früher darauf angesprochen hatte, warum sie denn »noch nicht«, »immer noch nicht« oder »leider keine« Kinder hatte – je nachdem, in welchem Lebensjahrzehnt die ungebetene Einmischung erfolgt war –, hatte sie wie eine Furie reagiert.

Lena hingegen blieb gelassen. »Kinder nerven, wie gesagt. Was anderes: Dieser neue Serienmörder, wie weit seid ihr da?«

Jeder hat einen Vertrauten, dem er alles erzählt, dachte Wiebke und sagte: »Es ist zum Kotzen. Weiß der Teufel, warum er will, dass ich ihn jage, wo er mir doch jedes Mal schreibt, dass er mich für eine Pfeife hält. Wir kennen die Identität der Opfer nicht. Wir kennen den Tatort nicht. Wir haben nicht eine Leiche. Es ist wie ein Blindflug ohne Instrumente.«

»Wie viele bis jetzt?«, fragte Lena.

»Heute wurde uns das dritte Opfer präsentiert.«

»Scheiße.«

Sie plauderten noch stundenlang. Sie tranken viel Bier. Wiebke weihte Lena in ihr Leben ein. Sie erzählte von ihrer Vergangenheit, von dem Fall, der ihr Leben verändert hatte, von Günter und Jonas und natürlich von der aktuellen Belastung durch »Max und Moritz«. Lena berichtete Wiebke im Gegenzug von ihren eigenen Wünschen, Träumen und Vorstellungen. Als sie beide gegen zwei Uhr todmüde waren, hatten sie das Gefühl, sich schon Jahrzehnte zu kennen.

Lena nächtigte auf dem Sofa, weil – Polizistin hin, Polizistin her – Autofahren unter Alkohol Ärger bedeutete. Am nächsten Morgen fuhr sie Wiebke zum Dienst. Das Aufstehen um sechs war für beide nicht einfach, doch ihr geteiltes Leid ließ es sie mit Fassung tragen.

***

Als Wiebke das Konferenzzimmer betrat, waren die meisten Kollegen schon anwesend. Sie fühlte sich übernächtigt, auch wenn ihr Lena heute Morgen versichert hatte, sie würde prächtig aussehen. Wiebke nahm Platz. Sie hatte das unangenehme Gefühl, beobachtet zu werden. *Na, dreht die Menn heute wieder durch?* So oder so ähnlich würden die Kollegen nach ihrer gestrigen Reaktion auf das Gedicht doch denken. Sie musste unbedingt mit Bergmüller reden. Sie glaubte nicht mehr, dass das Suchen in alten Folianten mit längst senilen Tätern sie auf die richtige Spur bringen würde. Richtig war zwar, dass der Täter sie kennen musste. Außerdem musste er sie – der Teufel wusste, warum – hassen. Aber deshalb musste es nicht zwangsläufig einer der von ihr verhafteten Menschen sein. Klar würde sie dieser Spur bis zum Ende nachgehen. Alles andere wäre unverantwortlicher Leichtsinn. Das hieß aber nicht, dass sie ihre Fühler nicht auch in eine andere Richtung ausstrecken konnte.

Am Morgen war ihr nämlich unter der Dusche ein Gedanke gekommen, wie sie vielleicht effektiver an die Person oder wenigstens an den Typus des Täters herankommen könnte. Sie war gespannt, was Bergmüller dazu sagen würde. Dazu musste aber erst einmal dieses vermaledeite Meeting vorbei sein. Dabei hatte es noch nicht einmal angefangen. Sie sah ja ein, dass man sich regelmäßig auszutauschen hatte. Aber diese Treffen gingen ihr erstens auf den Geist und waren zweitens immer zu lang. Nur hatte sie das ja im Moment nicht zu entscheiden, weil schließlich Bergmüller die Soko führte.

Bergmüller hielt die Einsatzbesprechung heute jedoch glücklicherweise kurz.

»Meine Damen und Herren Kollegen«, sagte er, nachdem er einigen Kollegen weitere Aufgaben zugewiesen hatte. »Ich weiß, dass den einen oder anderen sicher das Gefühl beschleicht, seine Arbeit könnte sinnlos sein. Natürlich macht es auch mich wütend, wenn der Täter uns wie einen Bären am Ring durch die Nase vorführt. Genau damit aber rechnet dieser Tätertypus. Er weiß, dass sich unter den Ermittlern wegen ausbleibender Erfolge eine Resignation breitmacht. Das will er auch so. Deswegen müssen wir mit aller Kraft dagegen angehen. Jeder von uns kann den entscheidenden Hinweis finden, auch wenn es manchmal überhaupt nicht danach aussieht. Ich erzähle Ihnen nichts Neues, wenn ich betone, dass es oft die Kleinigkeiten sind, die zum Erfolg führen. Suchen Sie sie, überlegen Sie, wo er einen Fehler gemacht hat und was ihn verraten könnte. Wir haben nicht viel Zeit! Und dass er es ernst meint, daran hegt hier wohl niemand mehr einen Zweifel. Also, Kollegen: an die Arbeit!«

Wiebke blieb sitzen, während die anderen aufstanden, hinausgingen und sich auf ihre Büros verteilten. Bergmüller räumte seine Sachen zusammen und tat zunächst, als würde er sie nicht bemerken.

»Wiebke«, sagte er unvermittelt, als die anderen gegangen waren. »Ich möchte dich um halb elf in meinem Büro sehen. Wir müssen miteinander reden.«

»Das sehe ich auch so«, antwortete sie fest. Ein bisschen Bammel hatte sie schon. Denn ihre Reaktion gestern war, auch wenn alle Verständnis heuchelten, sicher nicht der Beweis von Professionalität und Belastbarkeit gewesen. »Warum erst um halb elf?«

»Weil ich vorher zur Pressekonferenz muss.«

»Welche Pressekonferenz?«

»Zielkow und ich waren der Meinung, dass die Nachrichtensperre aufgehoben werden muss. Wir wollen die Bevölkerung um Mithilfe bitten. Außerdem wollen wir sie warnen und um besondere Vorsicht bitten. Zielkow hat gestern Abend über seine Sekretärin die Redaktionen informiert. Nachdem sie andeuten sollte, worum es geht, ist uns eine rege Teilnahme sicher.«

»Du hoffst auf Kommissar Zufall?«

»Das hat Eberhard auch gesagt«, meinte Bergmüller lächelnd. »Ja. Wir dürfen keine Möglichkeit auslassen. Jetzt nicht mehr.«

»Das könnte aber eine Panik verursachen.«

»Auch diese Bedenken hatte er. Aber ich bleibe dabei: Es muss sein.«

»Wie ihr meint«, sagte Wiebke mit einer Spur Resignation in ihrer Stimme. Sie war sehr stolz gewesen, als Zielkow ihr die Leitung der Mordkommission übertragen hatte. Jetzt war sie nicht mehr als eine einfache Kollegin, die ihren Job zu machen hatte. Eines der vielen Rädchen in einem Getriebe. Nicht einmal mitnehmen wollten sie sie zu dieser Pressekonferenz.

»Also um halb elf in meinem Büro?«

»Ja, ich werde da sein.«

Sie ging in ihr Büro und rief zunächst Carsten Franck an, den sie bat, ihr eine Kopie der DVD des »dritten Streichs« zu bringen. Ob sie nun wollte oder nicht und so widerwärtig der Gedanke an das, was sie gleich sehen würde, war: Es gehörte nun mal zu dem Job.

Dann fing sie an, die Idee von heute Morgen noch einmal

zu durchdenken. Wichtige Details arbeitete sie heraus, Nebensächlichkeiten ließ sie weg. Eigentlich war es ganz gut, dass ihre Anwesenheit bei der Pressekonferenz nicht gefragt war. Sie hatte damit Gelegenheit, sich vorzubereiten. Gut vorbereitet zu sein, war immer eine gute Voraussetzung für ein vernünftiges Gespräch mit dem Chef. Besonders, wenn dieser den Namen Reinhard Bergmüller hatte.

ACHT

Die Nachricht hatte sich wie ein Lauffeuer in den Redaktionen herumgesprochen: Die Kriminalpolizei Rostock lud zu einer Pressekonferenz, in der es um eine rätselhafte Mordserie gehen würde. Das war der Stoff, aus dem Schlagzeilen gemacht wurden. Neben dem leicht erhöhten Platz für ihn und Reinhard Bergmüller stehend, betrachtete Zielkow nachdenklich die Szenerie.

Alle waren sie gekommen, obwohl er schon für neun Uhr dreißig geladen hatte.

Die Kollegen der schreibenden Zunft waren mit Fotografen erschienen, die bereits eifrig Fotos machten, obwohl die Pressekonferenz noch gar nicht begonnen hatte.

Draußen, vor dem Eingang zum Präsidium, hatte irgendein Fernsehsender Position bezogen. Er konnte nicht hören, was die Moderatorin sagte, sie stand mit dem Rücken zu ihm. Vermutlich machte sie gerade die Anmoderation für die Pressekonferenz. Jetzt konnte er das Logo auf der Kamera erkennen: Das Team war von »tv.rostock«, einem kleinen, aber recht gern gesehenen Lokalsender. Auch der NDR war da. Das ZDF ebenfalls, und die privaten Sender RTL und SAT 1. Soweit er das erkennen konnte, hatten auch die örtlichen Radiostationen je einen Berichterstatter geschickt. Das konnte ja heiter werden. Mit Sicherheit würden sich am Ende der Pressekonferenz Einzelinterviews nicht vermeiden lassen, und das, obwohl er und Bergmüller doch so wenig zu sagen hatten. Wo bleibt er denn nur?, fragte sich Zielkow mit einem Blick zur Uhr.

Carsten Franck, der sich wider Willen irgendwie zu Bergmüllers Mädchen für alles zu entwickeln schien, hatte Stühle aufgestellt und offensichtlich auch die Schilder angefertigt, auf denen ihre Namen standen. Gerade überprüfte er deren Sitz. Dann checkte er noch einmal die Mikrofone. Endlich erschien Bergmüller.

»Na, Eberhard«, sagte er mit einem jovialen Klaps auf Zielkows Schulter. »Dann mal rein ins Gewühl.«

Die beiden setzten sich auf ihre Stühle und warteten, bis alle

Journalisten ihrerseits Platz genommen hatten. Da es mehr waren als erwartet, fand nicht jeder einen Stuhl. Doch irgendwann ebbte das Geräusch aus Gemurmel, Stühlerücken und Husten ab. Zielkow klopfte gegen das Mikrofon, räusperte sich und begann.

»Meine Damen und Herren, ich begrüße Sie zur Pressekonferenz der Kriminalpolizei Rostock. Ich danke Ihnen für Ihr zahlreiches Erscheinen und darf Ihnen zunächst den neben mir sitzenden Kriminaldirektor Reinhard Bergmüller vom LKA Schleswig-Holstein vorstellen, der hier ist, um uns bei diesem Fall zu unterstützen.«

»Guten Tag, meine Damen und Herren«, sagte Bergmüller mit einem Kopfnicken, während die Fotografen Bilder von ihm und Zielkow machten.

Der fuhr fort: »Der Anlass für diese Pressekonferenz ist dramatisch. Am 13. Juni erhielten wir durch eine anonyme Briefsendung eine DVD, auf der die Ermordung einer weiblichen Person zu sehen ist. Während wir überprüften, ob dieses Video echt war, erreichte uns eine zweite Sendung, die ebenfalls einen Film über die Ermordung einer weiteren weiblichen Person enthielt. Inzwischen sind alle Zweifel beseitigt. Die Videos sind echt. Die Morde haben tatsächlich stattgefunden.«

Ein Raunen ging durch den Saal, und Zielkow wartete einen Moment, bis die Aufregung verebbte. Die meisten Redakteure hielten nur ihr Diktiergerät in Richtung des Pultes, andere schrieben nach alter Manier fleißig mit.

»Ich kann Ihnen leider nicht ersparen zu sagen«, fügte Zielkow schließlich hinzu, »dass gestern ein drittes Video mit entsprechendem Inhalt bei uns aufgetaucht ist. Rostock hat es wieder mit einem Serienmörder zu tun.«

Trotz der Ihnen mit Sicherheit unter den Nägeln brennenden Fragen blieben die Journalisten erstaunlich diszipliniert. Sie warteten brav auf den erlösenden Satz, den Zielkow jetzt aussprach: »Haben Sie, bevor ich das Wort an den Kollegen Bergmüller weitergebe, irgendwelche Fragen?«

Die meisten Fragen betrafen die Details. Wann war es passiert? Wer waren die Opfer? Gab es schon einen Verdacht? Vorsichtig gab Zielkow Antworten. Hin und wieder aber berief er sich darauf, aus ermittlungstaktischen Gründen keine Auskunft geben zu können, so leid ihm das auch täte.

Einer der Zeitungsredakteure stellte schließlich die Frage, vor der sich Zielkow gefürchtet hatte: »Ich möchte die Kompetenz von Herrn Bergmüller nicht in Zweifel ziehen. Aber müssen wir denn wirklich noch immer Hilfe holen, wenn wir derartige Probleme zu lösen haben? Nichts gegen Schleswig-Holstein. Aber wozu haben wir 1992 unser eigenes LKA aufgebaut? Doch wohl für Fälle wie diesen, oder?«

Zielkow knetete seine Hände. Er sprach ganz ruhig, aber jeder im Saal merkte, wie sehr ihn diese Frage ärgerte. »Es ist richtig, dass der Kollege Bergmüller Beamter des Landes Schleswig-Holstein ist. Auch Ihre Anmerkung, dass in Mecklenburg-Vorpommern ein eigenes LKA geschaffen wurde, trifft zu. Es verhält sich aber so, dass Herr Bergmüller über seine Eigenschaft als LKA-Ermittler hinaus anerkanntermaßen zu den fähigsten und erfolgreichsten Profilern gehört, die den deutschen Behörden zur Verfügung stehen. Und ich denke, ich gehe recht in der Annahme, dass Sie, wie wir auch, der Meinung sind, dass die Rettung von Menschenleben die Besten und nicht die Nächsten verlangt.«

Danach übergab Zielkow das Wort an Bergmüller, dessen forsche, sachkundige und sehr direkte Art bei den Journalisten ganz offensichtlich Eindruck machte. Es dauerte nicht lange, und er hatte, wie man so sagt, »den Saal im Griff«. Er ist und bleibt eine Rampensau, dachte Zielkow. Aber er macht es eben auch gut.

Zum Schluss appellierten sowohl Bergmüller als auch Zielkow an die Presse, keine Panik zu schüren, aber dennoch die Bevölkerung zur Wachsamkeit aufzurufen, und verkündeten die Einrichtung einer Telefonhotline. Die entsprechende Sondertelefonnummer hing gut lesbar für alle hinter ihnen an der Wand.

»Diese Nummer steht ab heute, zwölf Uhr, bis zur Ergreifung des Täters vierundzwanzig Stunden täglich zur Verfügung. Die Meldung von Auffälligkeiten oder ungewöhnlichen Vorkommnissen, insbesondere das Verschwinden von weiblichen Personen zwischen dreißig und fünfzig Jahren, kann über die Telefonhotline oder über jede Polizeidienststelle erfolgen.«

Kaum dass die offizielle Pressekonferenz beendet war, mussten Bergmüller und Zielkow noch eine Reihe von Interviews geben.

Nachdem sie um dreizehn Uhr auch die überstanden hatten, beschlossen sie, völlig fertig, erst einmal gemeinsam etwas essen zu gehen.

***

Es klopfte, und Wiebke rief automatisch: »Herein!«

Reinhard Bergmüller betrat, sichtlich geknickt, ihr Büro und fragte: »Darf ich mich setzen?«

»Sicher doch«, antwortete Wiebke, ohne von ihrer Akte aufzublicken. Dass sie sauer war, versuchte sie erst gar nicht zu verbergen. Dass er sie bei der Pressekonferenz nicht dabeihaben wollte, konnte sie ja noch akzeptieren, doch er hätte wenigstens pünktlich zu ihrer dienstlichen Verabredung um halb elf erscheinen können. Sechs, sieben Mal war sie bei ihm gewesen, nur um jedes Mal unverrichteter Dinge wieder gehen zu müssen. Sie fühlte sich wie ein dummes Schulmädel, das darauf wartete, dass man ihr zuhörte. Sie war immerhin Kriminalhauptkommissarin und keine subalterne Hilfskraft.

»Entschuldigung«, sagte Bergmüller. »Es tut mir leid.«

»Was tut dir leid?«

»Dass ich dich versetzt habe. Aber die PK hat deutlich länger gedauert als erwartet.«

»Ich hab's mitbekommen«, unterbrach sie ihn und deutete auf das kleine Radio auf dem Fenstersims.

»Danach waren wir, Eberhard und ich, so fertig, dass wir erst mal eine Pizza essen gegangen sind. Als ich zurück ins Büro kam, hatte ich, du kennst das ja, einige ›extrem wichtige‹ Rückrufe zu tätigen und musste meine Mails checken …«

»Waren es 148.713 Stück?«, fragte sie schnippisch.

»Äh, wieso?«, kam es verstört zurück. Wiebke winkte ab. Offensichtlich kannte er Tim Bendzkos Hit nicht.

»Dazwischen mal kurz den Hörer nehmen, um mich anzurufen und zu sagen, dass es später wird, das ging wohl nicht?«

»Ich sagte ja, es tut mir leid.«

»Ich komm mir vergackeiert vor. Als wäre ich die Quotenblonde, die nur deswegen dabei ist, weil es die Gleichstellungsbeauftragte durchgesetzt hat.«

»Wiebke, ich sagte, dass es mir leidtut. Soll ich vielleicht noch vor dir auf die Knie fallen?«

»Um Gottes willen, nur das nicht.« Sie lächelte bei der Vorstellung. »Ein bisschen mehr Respekt in Zukunft würde völlig reichen.«

»Versprochen.«

»Gut, vergessen wir's«, sagte sie mit einer wegwischenden Handbewegung. »Ich muss mit dir über den Inhalt meiner Arbeit reden.«

»Nur zu.«

»Ich glaube inzwischen nicht mehr, dass wir mit meinen alten Fällen wirklich weiterkommen.«

»Warum glaubst du das nicht?«

»Morde sind in fast allen Fällen Beziehungstaten. Dass er die Opfer umbringt, nur um mich zu provozieren, ist daher unwahrscheinlich. Es muss auch eine Beziehung zwischen Täter und Opfer geben.«

»Klug geschlossen, Wiebke«, sagte Bergmüller. »Deine Theorie hat nur den kleinen Schönheitsfehler, dass wir weder den Täter noch die Opfer kennen. Daher lässt sich auch keine Beziehung zwischen beiden feststellen.«

»Schon. Aber bis jetzt sind wir nur von der Täterseite an die Sache rangegangen. Wir suchen nach denjenigen, die einen Grund hätten, mich zu hassen. Wir kontrollieren die üblichen Verdächtigen, also Gewalttäter auf freiem Fuß, Personen mit sexuellen Vorstrafen und so weiter. Wir suchen nach dem Betätigungsfeld des Täters, dem Tatort. Das ist auch alles solide Polizeiarbeit und muss getan werden.«

»Worauf willst du hinaus?«, fragte Bergmüller bohrend.

»Irgendetwas Zählbares ist dabei doch bis jetzt nicht herausgekommen, oder?«

»Außer einer Menge Protokolle und Überstunden nicht wirklich«, räumte er ein.

»Siehst du? Ich würde deshalb vorschlagen, stärker von der Opferseite her zu ermitteln, also primär zu versuchen, die Opfer zu identifizieren. Kennen wir den Namen wenigstens eines Opfers, können wir dessen Sozialkontakte überprüfen und so vielleicht auf den Täter stoßen. Denn eines ist ja wohl mal klar: Aus dem Katalog wird er sich die Frauen nicht bestellt haben.«

»Lass hören«, sagte Bergmüller. »Wie willst du das anstellen?«

»Unser Täter lässt seine Taten nach einem ganz bestimmten Muster ablaufen. Dieses Muster hat für ihn einen hohen Stellenwert. Stimmt doch, oder?«

»Absolut.«

»Die Taten werden im Abstand von genau zwei Wochen vollzogen, immer am oder kurz nach dem Samstag vor dem Mittwoch, an dem wir die DVD bekommen. Da die Opfer zu Beginn des Videos unversehrt und bei Bewusstsein sind, haben sie sich zuvor entweder freiwillig in seine Gewalt begeben und wurden überrumpelt, oder er hat sie gewaltsam entführt.«

»Interessant. Und weiter?«

»Ich möchte in diesem Zusammenhang unterstellen, dass die Opfer maximal zwei Wochen vor ihrem Tod verschwunden sein können.«

»Wieso?«

»Es ist schwierig genug, eine einzige Person unbemerkt in seine Gewalt zu bringen und dort zu behalten. Bei mehreren wird es fast unmöglich. Also macht es Sinn, erst ein Opfer zu töten und dann auf die Suche nach dem nächsten zu gehen.«

»Das ist nicht zwingend so, Wiebke«, widersprach Bergmüller. »Er könnte sie auch, verzeih mir, ›gesammelt‹ und in sein Verlies eingesperrt haben, um dann eine nach der anderen zu töten.«

»Sicher«, antwortete sie. »Dann müsste es aber ein sehr großes Verlies sein.«

Wiebke erschrak selbst über ihre kühle Rationalität. Doch es erschien ihr sinnvoller, jetzt emotionslos vorzugehen, als durch irgendwelche Gefühlsduseleien noch mehr Menschenleben aufs Spiel zu setzen.

»Außerdem würde diese Vorgehensweise meinem Ansatz überhaupt nicht widersprechen.«

»Der da wäre?«

»Ich möchte die INPOL-Datei checken und alle weiblichen Vermissten ab vierzehn Tage vor dem ersten Mord herausfiltern.«

»Und dann?«

»Dann möchte ich versuchen, anhand der Vermisstenakten den potenziell in Frage kommenden Opferkreis zusammenzustellen. Die Region könnte von Interesse sein, wenn wir weiterhin unterstellen, dass die Opfer aus der Gegend stammen. Oder wenn wir von einem Tatort in der Nähe ausgehen und Transport- oder Reisewege berücksichtigen müssen. Vielleicht handelt es sich bei den Frauen um Touristen. Auf jeden Fall müssten im zweiten Schritt ihre Sozialkontakte gecheckt werden. Vielleicht kommen wir ihm so auf die Spur.«

Bergmüller kraulte sich nachdenklich das Kinn. »Könnte klappen, wenn auch nicht mit Sicherheit. Du weißt, dass wir unter Zeitdruck stehen. Wie hat er noch geschrieben? ›Eingesperrt …‹«

»›Eingesperrt in dem Verlies / Ist die Nächste ohnedies. / Bibbernd wartet sie dort schon / Auf ihre bald'ge Exekution.‹ Ich kenne die Akten, Reinhard.«

»Eben. Wir haben nicht viel Zeit, und ich kenne zwar nicht die genaue Zahl der Vermissten …«

»Aber ich«, triumphierte Wiebke. »Pro Tag verschwinden in Deutschland etwa zweihundert Personen. Das wären in zwei Wochen zweitausendachthundert, aufgerundet dreitausend Fälle pro Streich. Insgesamt wären das bis zum angekündigten vierten Streich rund zwölftausend zu überprüfende Datensätze. Zu viel, wie ich einräumen muss. Davon sind aber zwei Drittel Männer. Bleiben viertausend Vermisstenfälle, von denen sich die Hälfte nach einer Woche, gut drei Viertel nach einem Monat aufklären. So lässt sich unsere Suche auf etwa tausendfünfhundert Fälle eingrenzen.«

»Trotzdem.« Bergmüller zweifelte noch. »Bei tausendfünfhundert Fällen bist du bei im Schnitt dreißig Minuten pro Fall siebenhundertfünfzig Stunden beschäftigt. Unmöglich zu schaffen.«

»Allein sicher nicht, aber zu zweit mit entsprechender Power schon.«

Bergmüller überlegte einen Moment und gab auf. »Wen willst du?«, fragte er.

»Lena«, sagte Wiebke wie aus der Pistole geschossen. »Lena Svenson.«

»Wer ist das?«

»Sie ist Polizeiobermeisterin.«

»Du willst eine von den Uniformierten? Die hat doch gar nicht die entsprechende Ausbildung!«

»Reinhard, ich bitte dich. Es ist schon schwer genug zu akzeptieren, dass ich hier gar nichts mehr zu sagen habe. Lass mich wenigstens für meine eigenen Aufgaben selbst die Leute aussuchen, denen ich vertraue.«

»Wie du meinst. Ich kümmere mich darum. Schreib mir bitte den Namen der Kollegin und den ihres Dienstvorgesetzten auf, damit ich ihn informieren kann, dass er sie bis auf Weiteres abstellen muss.«

Wiebke nickte und schrieb die Namen auf einen Zettel.

»Hat deine Recherche bei den Altfällen wirklich nichts ergeben? Ich meine, du kannst da nicht einfach aufhören, nur weil du eine neue Idee hast«, sagte Bergmüller, als er ihn entgegennahm.

Wiebke wurde rot. »Das erledige ich auch noch, Reinhard. Versprochen.«

»Dann viel Glück bei der Suche im Heuhaufen«, sagte Bergmüller im Gehen.

»Es ist jetzt immerhin eine Stricknadel, die wir suchen«, erwiderte Wiebke hoffnungsvoll.

»Auch wieder wahr. Andere Ansatzpunkte haben wir ja ohnehin nicht.«

»Reinhard?«, rief Wiebke, als Bergmüller schon in der Tür stand.

»Ja?«

»Danke.«

Er winkte ab und verschwand. Motiviert begab sich Wiebke an die Arbeit.

***

»Liebe Kolleginnen und Kollegen«, sagte Bergmüller am nächsten Morgen nach einem kernigen »Guten Morgen«. »Sie kennen vermutlich alle die Kollegin Lena Svenson hier neben mir. Auf Wunsch von Kollegin Menn wird sie uns ab sofort bei unseren Ermittlungen unterstützen. Kollegin Menn hatte nämlich die gute Idee, den Kreis der potenziellen Opfer durch eine systematische Analyse der Vermisstenkartei einzugrenzen, um dadurch vielleicht wenigstens eins der Opfer identifizieren und über dessen Sozialkontakte den Täter finden zu können. Denn der wird seine

Opfer wohl kaum aus dem Katalog bestellt haben, um Kollegin Menn zu zitieren.«

Wiebke setzte stolz das breiteste Lächeln auf, das ihr zur Verfügung stand, und nickte Lena aufmunternd zu.

»Frau Svenson, ich wünsche Ihnen viel Erfolg bei Ihrer neuen Tätigkeit.« Bergmüller schüttelte Lena die Hand und deutete auf den leeren Platz neben Wiebke, den diese für sie frei gehalten hatte.

Die Sitzung der Soko dauerte noch etwa fünfundvierzig Minuten. Die Ermittler tauschten nur kurz das aus, was sie an Neuem zu berichten hatten.

Danach ging Wiebke mit Lena in ihr Büro, in dem diese zunächst unschlüssig herumstand. Auf Wiebkes Zeichen nahm sie an einem zweiten Schreibtisch, den Wiebke nebst erforderlichem technischen Equipment in ihr Büro hatte bringen lassen, Platz und blickte sie mit einem skeptischen Gesichtsausdruck an.

»Du, Wiebke«, sagte sie. »Ich finde es ja toll, dass du mich ausgesucht hast, um dir zu helfen, dieses Schwein zu kriegen. Nur …«

»Was ist?«, fragte Wiebke. »Schiss?«

»Das ist es nicht«, meinte Lena. »Aber du weißt doch selbst, dass ich keine Ausbildung als Kriminalerin habe. Nicht dass ich mehr eine Last als eine Hilfe bin, meine ich.«

»Keine Sorge«, beruhigte Wiebke sie. »Du wirst sehr hilfreich sein. Wir beide müssen aus dem Wust der vermissten Personen diejenigen herausfiltern, die als Opfer nicht in Frage kommen. Das sind insbesondere die, die wiederaufgetaucht sind oder im Laufe unserer Ermittlungen wiederauftauchen. Dann müssen wir schauen, ob es in den Akten der übrigen Anhaltspunkte für eine Entführung gibt. Das ist viel Maloche, und dafür brauche ich dich.«

»Ich gebe mein Bestes«, sagte Lena seufzend. »Aber ich kenne noch nicht einmal das System«, sagte sie und deutete auf den PC.

»Keine Sorge. Das lernst du ganz schnell.«

Tatsächlich stellte sich Lena recht geschickt an. Nach kurzer Zeit schon hatte sie die Systematik des Programms und der Datenbank »intus«, wie sie sich ausdrückte.

»Dann fang schon mal mit dem Sortieren an«, forderte Wiebke sie auf.

»Wo?«

»Ist eigentlich egal, da die Opfer überall herkommen könnten. Sinnvoll ist es aber, in der Region zu beginnen. Wenn der Tatort irgendwo im Raum Rostock liegt, bedeutet das einen kürzeren Transportweg.«

»Was machst du?«

»Ich muss noch ein paar Alibis überprüfen. Aber vorher schicke ich eine Mail an alle Polizeidienststellen.«

»Mit welchem Inhalt?«

»Dass uns bitte jede Vermisstenanzeige, jede Entführung von Frauen, sofort gemeldet werden soll.«

»Ich denke, dafür haben wir dieses INPOL-Dingsbums.«

»Schon. Nur kann es sein, dass die Kollegen bei laufenden Ermittlungen mit der Eingabe warten. Und wenn wir eines nicht haben, dann ist das Zeit.«

»Okay«, sagte Lena. »Dann los.«

NEUN

Irgendwie hatte Stephanie Voigt ein schlechtes Gewissen, als sie von der Zoobrücke auf die Straße des Siebzehnten Juni abbog. Sollte sie wirklich zur Polizei gehen, um ihre Schwester vermisst zu melden? Sie kannte sie ja. Claudia war sehr spontan. Ihre Mutter bezeichnete das als sprunghaft. Wenn es ihr in den Sinn kam, konnte es sein, dass Claudia sich um acht Uhr abends in ihren Golf setzte, um das Wochenende in Paris zu verbringen. Einfach so. Ohne irgendwem ein Sterbenswörtchen davon zu sagen.

Aber ihr jährlicher gemeinsamer Urlaub war Claudia immer heilig gewesen. Morgen sollte der Flieger gehen. Zwei Wochen Türkei, all inclusive. Doch seit Tagen schon konnte sie ihre Schwester nicht erreichen. Dabei gab es noch letzte Details zu besprechen. Aber Claudia war wie vom Erdboden verschluckt. Auch bei ihrer Mutter hatte sie sich nicht gemeldet. Ihr Handy war tot. Ihr Wagen weg. Die Wohnung unbewohnt.

Sie parkte ihren Wagen, schloss ab und setzte sich mit einem Ruck in Bewegung. Vor dem Eingang der Kreispolizeibehörde am Walter-Pauli-Ring atmete sie noch einmal tief durch. Sie ging durch den Eingang und sprach mit dem Beamten, der in einer Pförtnerloge hinter schusssicherem Glas saß.

»Guten Tag, mein Name ist Stephanie Voigt. Ich möchte jemanden vermisst melden.«

Der Türöffner summte, und Stephanie betrat das Gebäude. Sie wurde von einem freundlichen Polizeibeamten empfangen, der sich ihr als Georg Glemnitz vorstellte.

»Seit wann vermissen Sie denn Ihre Schwester?«, wollte er wissen, nachdem sie in seinem Büro Platz genommen hatten.

»Seit ein paar Tagen. Meine Schwester ist Lehrerin, und jedes Jahr in den Sommerferien fahren wir zusammen in den Urlaub. Morgen soll's in die Türkei gehen. Ich erreiche sie aber nicht. Das ist sehr ungewöhnlich.«

»Haben Sie schon bei Freunden und Bekannten nachgefragt?«

Stephanie Voigt nickte. »Ja, auch die haben seit dem letzten

Schultag nichts von ihr gehört. Das war vor zwei Wochen, am 6. Juli.«

»6. Juli, sagen Sie?«

»Ja.« Stephanie hatte den Eindruck, dass der Polizist das Datum ungewöhnlich interessant fand. »Warum ist das von Bedeutung?«

Glemnitz druckste herum. »Ich will Sie keinesfalls beunruhigen. Die meisten Vermissten tauchen nach einer Weile wieder auf, und es muss überhaupt nichts bedeuten. Aber wir haben letzte Woche ein Schreiben der Kripo in Rostock erhalten, wonach diese besonderes Interesse an allen weiblichen Vermissten haben, die in den vergangenen acht Wochen verschwunden sind.«

»Warum interessiert sich die Polizei in Rostock für Personen, die in Köln verschwunden sind?«, fragte Stephanie verwundert.

»Wie gesagt, das muss nichts bedeuten«, wich er ihrer Frage aus. »Waren Sie in der Wohnung Ihrer Schwester?«

Stephanie bejahte. »Und das Komische ist, dass der Kühlschrank voll war. Es sah nicht so aus, als ob sie wegwollte. Soweit ich das beurteilen kann, hat sie auch nichts aus dem Bad mitgenommen. Und das bei Claudia. Die geht ja nicht einmal Brötchen holen, ohne sich vorher geschminkt zu haben.«

»Hat Ihre Schwester ein Auto?«

»Ja, einen blauen Golf.«

»Kennzeichen?«

»Äh, K für Köln und dann CM … aber welche Nummer?«

Glemnitz tippte irgendetwas in den Computer. »K-CM-3345, blauer Golf. Stimmt.«

»Woher haben Sie das?«, fragte Stephanie verwirrt.

»Suchmaske der Zulassungsstelle«, sagte Glemnitz.

»Was machen Sie jetzt?«, wollte Stephanie wissen.

»Ich schreibe Ihre Schwester und das Auto zur Fahndung aus. Wahrscheinlich ist sie aber bald wieder da. Haben Sie zufällig Fotos von ihr dabei?«

Stephanie kramte in ihrer Handtasche und überreichte Georg Glemnitz einen USB-Stick. »Hier sind jede Menge Fotos drauf. Habe ich zusammengestellt.«

»Vielen Dank. Ich halte Sie auf dem Laufenden«, sagte Glemnitz und reichte ihr zum Abschied die Hand.

»Meinen Sie, Sie finden sie?«, fragte Stephanie.

»Bestimmt«, sagte Glemnitz beruhigend. »Ich sagte doch schon, die meisten tauchen wieder auf.«

Als Stephanie Voigt sein Büro verlassen hatte, atmete Glemnitz tief durch. Das Schreiben aus Rostock verhieß nichts Gutes. Ein Serienmörder trieb dort sein Unwesen, und die Kollegen vor Ort hatten bislang nicht eines der Opfer identifizieren können. Sicher war nur, dass die Frauen alle zwischen dreißig und fünfzig waren. Wie Claudia Voigt. Es konnte aber auch ein Zufall sein. Schließlich war das eine sehr weite Altersspanne, und Claudia Voigt war ja auch nicht die einzige Frau in diesem Alter, die vermisst wurde. Dennoch schrieb er sofort eine E-Mail an die Rostocker Kollegin Wiebke Menn.

***

Sie saßen zu dritt auf einer Stange und warteten auf Kundschaft. Früher war hier in Strážný, dem ersten tschechischen Ort nach dem Grenzübergang Philippsreut, mehr los gewesen. Nach dem Fall des Eisernen Vorhangs war die Gegend zu einem der größten Straßenstriche in Europa geworden. Das hatte einerseits daran gelegen, dass die Mädchen ihre Dienste zu konkurrenzlos günstigen Preisen anboten. Das hatte sich über die Jahre geändert. Außerdem war die damalige Tschechoslowakei EU-Ausland gewesen. Zahllose Duty-free-Shops waren wie Pilze aus dem Boden geschossen und hatten für viel Publikum gesorgt, das dann auch das Geschäft mit der Prostitution ankurbelte. Mit dem Eintritt Tschechiens in die EU war diesem Geschäft die Grundlage entzogen worden. Es kamen einfach weniger.

Für Bojana, Pavlina und Jitka, die sich schon seit ihrer Kindheit kannten, war es aber immer noch der Arbeitsplatz. Seit 1996 verdienten sie hier ihr Geld als Straßennutten. Inzwischen waren sie zwar über vierzig. Doch alle drei hatten Stammkundschaft, und das Geld, das sie mit ihren Körpern verdienten, ernährte sie. Außerdem hatten sie nichts anderes gelernt.

Heute schien es aber wie verhext. Obwohl sie sich äußerst offenherzig gekleidet feilboten, hielt keiner der Vorbeifahrenden an, um mit ihnen eine oder zwei Stunden zu verbringen.

Bojana steckte sich eine Zigarette an und rauchte gelangweilt. Sie zupfte an ihrem Rock, sodass er noch kürzer saß und den Blick auf ihren Stringtanga freigab. Dann rückte sie ihren Busen in Position und knöpfte die Bluse noch ein Stück weiter auf. Es schien alles nichts zu nutzen. Zäh wie Kaugummi zogen die Minuten dahin. Vielleicht war heute einfach nicht ihr Tag.

***

Warum hat die blöde Kuh auch auf den Gedanken mit der Vermisstendatei kommen müssen, dachte er missmutig, während er den in Prag geliehenen Honda Prelude lenkte. Es hatte doch so viel Spaß gemacht, die Weiber erst zu necken, dann zu fangen, einzusperren und schließlich die Streiche mit ihnen zu spielen. Diese Freude hatte sie ihm genommen, dafür war nun nicht mehr genug Zeit. Irgendwann würde sie dafür bezahlen, das war mal sicher.

Die Namen auf den Ortsschildern sagten ihm nichts. Er verließ sich voll und ganz auf das Navi, das ihn gerade wissen ließ, dass er noch fünf Kilometer bis zum Ziel hatte. Was hatte es ihn geärgert, die Internetbekanntschaft, die er für den vierten Streich vorgesehen hatte, aufgeben zu müssen! Aber er brauchte eine, die garantiert niemand suchen würde. Die blöde Kuh könnte ihm sonst nämlich auf die Schliche kommen mit ihrer INPOL-Idee. Der Gedanke mit dem Straßenstrich war gut gewesen, die beste Lösung, die ihm eingefallen war. Doch dort traf er sein Opfer nicht allein an, und man könnte sich an sein Auto erinnern. Also hatte er sich eines leihen müssen. Sein eigenes Auto parkte in einem einsamen Waldstück am Rande der B 12 in der Nähe von Philippsreut. Dorthin würde er die Nutte, die er gleich aufgabelte, bringen.

Schon aus der Entfernung sah er die drei Frauen. Wie Hühner auf der Stange, dachte er. Er hielt an, stieg aus dem Wagen und musterte sie in gebührendem Abstand. Seine Wahl fiel auf die, die ganz rechts saß. Sie hatte die größten Brüste. Das gefiel ihm.

***

Als Bojana, Pavlina und Jitka den potenziellen Kunden erspähten, standen sie auf und warfen sich in Positur. Der Mann ging zielstrebig auf Bojana zu und sprach sie an.

»Was kostest du?«, fragte er ohne Umschweife auf Deutsch.

»Fünfzig mit, hundert ohne. Pension geht extra«, antwortete sie prompt, jedoch mit deutlich hörbarem Akzent. Deutsche Kunden waren hier keine Seltenheit.

»Nix Pension«, sagte der Mann. Er war schon älter und erinnerte die drei an einen Großvater. »Ich will Fotos von dir im Wald machen und es dann dort tun.«

Bojana grinste. Ein geiler alter Bock, den es nach Freiluftsex verlangte. Wenn er zahlte, warum nicht? Sie wurde mutig. »Fünfhundert«, forderte sie.

Sie wunderte sich, dass der Alte nicht verhandelte, sondern in die Innentasche seiner Jacke griff, eine Geldscheinklammer hervorkramte und fünf grüne Einhunderteuroscheine abzählte. Er steckte sie mit überheblicher Geste in Bojanas Dekolleté und befahl: »Komm mit.«

Sie nickte ihren Kolleginnen unauffällig zu und folgte ihm. Wie immer bei unbekannten Kunden notierte sich eine, jetzt war es Jitka, das Autokennzeichen des Freiers. Bojana nahm auf dem Beifahrersitz Platz. Pavlina und Jitka verschwanden aus dem Sichtfeld des Seitenspiegels.

Sie passierten den Grenzübergang, an dem aber schon seit 2007 keine Kontrollen mehr durchgeführt wurden. Tschechien war dem Schengener Abkommen beigetreten, Europa war größer geworden.

Der Freier sprach nicht mit ihr. Bojana war es egal. Sie hatte fünfhundert Euro für ein, zwei Stunden bekommen. Dass er die Nacktfotos von ihr vermutlich auf einer Internetseite hochladen würde, war ihr herzlich egal.

Auf deutscher Seite waren sie erst wenige Kilometer gefahren, als der Alte den Blinker setzte und in einen Feldweg einbog. Dort stand ein anderes Auto mit deutschem Kennzeichen, das sie aber noch nie vorher gesehen hatte.

»Da ist schon jemand«, sagte sie.

»Ja, und?«, erwiderte er einsilbig.

Bojana dachte an ihre fünfhundert Euro und hielt den Mund.

Der Mann parkte neben dem anderen Auto und befahl ihr auszusteigen. »Zieh dich aus.«

Bojana entledigte sich mit aufreizenden Bewegungen ihrer Kleidung.

»Schneller!«, herrschte er sie an.

Arschloch, dachte sie, tat aber, was er von ihr verlangte. Sie sah, dass er bereits seinen Fotoapparat in der Hand hielt. Kurz darauf war sie völlig nackt. Nur ihre hohen weißen Lederstiefel zierten noch ihre langen Beine.

»Die auch?«, fragte sie.

Der Mann schüttelte den Kopf. »Geh zum Kofferraum. Stütz dich ab und halte deinen Arsch hoch«, verlangte er.

Als sie in dieser Haltung war, spürte sie, wie er näher kam. Dann klatschte es. Der Schmerz des viel zu heftigen Schlages auf ihren Hintern ließ Tränen in ihre Augen schießen. Ihre Nase kribbelte. Seine Hände wanderten ihren Rücken hinauf. Sie konnte ihn nicht sehen, aber seinen Atem spüren. Sie glaubte, er würde jeden Augenblick in sie eindringen.

»Gute Nacht«, hörte sie ihn stattdessen sagen, als er den Arm um ihren Oberkörper schlang und ihr etwas unter die Nase hielt. Chloroform, dachte sie seltsam gefasst. Dann spürte sie nichts mehr.

***

Der Mann verlud seine Fracht in das andere Auto, injizierte ihr das Sedativum und deckte sie sorgfältig ab. Dann tränkte er die Sitze des Prelude mit Benzin und drapierte den Zeitzünder auf dem Fahrersitz.

Ihre Kleidung sowie seine Verkleidung warf er ebenfalls in das Auto, das in wenigen Minuten sämtliche verwertbaren Spuren verbrennen würde.

Er fuhr zurück auf die B 12. Bis zur Ostsee war es noch weit, und er hatte einen Zeitplan einzuhalten. Langsam fiel die Anspannung von ihm ab. Es hatte schließlich alles prima geklappt. Die Nutte würde keiner suchen. Wer vermisste schon eine Nutte? Und selbst wenn, würden sie nie auf *ihn* kommen. Dazu war er zu schlau und sie zu dumm. *Wissen wir doch ganz genau: / Niemals fängt uns eine Frau.* Er lächelte und dachte an seine Fracht. Bald würde er ihr seine volle Aufmerksamkeit widmen.

***

Wiebke brannten die Augen, als sie die nächste Akte nahm. Die Neonleuchten in ihrem Büro verbreiteten ein helles, aber ungemütliches und steriles Licht. Lena saß ihr gegenüber und wirkte konzentriert, wenn auch ebenfalls müde.

»Willst du auch einen?«, fragte Wiebke, als sie aufstand und zum Sideboard ging, um sich einen Kaffee zu holen.

»Gern«, sagte Lena und gähnte herzhaft.

Wiebke goss viel Milch in den Becher. Sie wusste inzwischen, dass Lena den Kaffee mit viel Milch und wenig Zucker mochte. Sie stellte den Becher neben die Tastatur des Computers auf Lenas Schreibtisch und setzte sich auf die Kante.

»Wie weit bist du?«, fragte sie.

»Es ist komplizierter, als wir gedacht haben«, sagte Lena und trank einen Schluck. »Immer dann, wenn ich glaube, eine könnte eines unserer Opfer sein, taucht sie wieder auf. Und es sind verdammt viele. Wie läuft es bei dir?«

»Die Kollegen melden zwar brav die noch nicht eingepflegten Fälle, aber leider auch viel Mist. Manchmal glaube ich, dass die nicht lesen können. Ich frage ausdrücklich nach ungeklärten Fällen, die Frauen betreffen, und was schicken die mir? Verschwundene Ehemänner, vermisste Kinder.«

»Ist nicht dein Ernst.« Lena verzog das Gesicht.

»Jedenfalls hält es ungemein auf. Elf Fälle sind es bisher, die in unser Raster passen. Leider alle von überall her und nicht aus dieser Gegend oder wenigstens aus Norddeutschland. Wenn eines unserer Opfer dabei ist, muss unser Mann über eine gute Logistik und viel, viel Zeit verfügen.«

»Oder er hat einen Helfer«, meinte Lena.

»Hatte ich mir auch schon überlegt. Aber das glaube ich nicht mehr.«

»Warum?«

»Bergmüller argumentiert, dass es kaum zwei oder drei Psychos von derselben Sorte geben kann, die sich dann auch noch kennen.«

»Vielleicht sind sie aus derselben Anstalt ausgebrochen«, versuchte Lena einen Scherz.

»Vergiss es«, sagte Wiebke in scharfem Ton. »Das habe ich überprüft. Aus keiner der einschlägigen Anstalten ist in der letzten Zeit auch nur ein einziger Insasse ausgebrochen.«

Lena zuckte zusammen. Man sah förmlich, wie ihr klar wurde, dass sie bei Wiebke an einer nicht verheilten Wunde rührte. »Entschuldigung«, murmelte sie.

»Macht nichts«, sagte Wiebke jetzt wieder lächelnd. Manchmal wünschte sie sich ein etwas dickeres Fell.

»Wie geht's also weiter?«

»Ich habe für die in Betracht kommenden Fälle Spuren angefordert. In Köln beispielsweise wird seit Anfang Juli eine Lehrerin vermisst, deren Auto irgendwo in der Pampa gefunden wurde. Sie ist spurlos verschwunden. Kein Lebenszeichen. In Bayreuth wird eine achtundzwanzigjährige Friseuse vermisst. Sie ist eines Abends nach der Arbeit einfach nicht nach Hause gekommen. Und ...«

Lena legte ihr die Hand auf die Schulter, blickte ihr in die Augen und sagte: »Es ist Freitag. Es ist gleich halb zwölf. Wir sind schon die ganze Woche dabei, müde, abgearbeitet und deshalb zu so später Stunde wohl auch nicht mehr besonders kreativ.«

Wiebke brauchte dringend eine Pause, hatte sich aber nicht eingestehen wollen, dass sie trotz des Drucks, der auf ihnen lastete, das Recht dazu hatte.

»Was schlägst du vor?«, fragte sie.

»Wir machen Feierabend, backen eine Pizza auf und trinken Bier.«

Wiebke gab sich einen Ruck. »Okay. Das machen wir. Morgen einen Tag frei, die Birne durchpusten, und am heiligen Sonntag machen wir weiter.«

Lena lächelte dankbar, fuhr den Rechner herunter und löschte das Licht der Schreibtischlampe. Wiebke tat dasselbe, und keine sieben Minuten später saßen beide in Lenas Cordoba und steuerten die Total-Tankstelle in der Erich-Schlesinger-Straße an. Lena wühlte in der Truhe mit den Fertiggerichten und kramte zwei Pizza Salami hervor. Wiebke holte in der Zwischenzeit ein gekühltes Sixpack Radeberger, was Lena mit einem Kopfschütteln quittierte und ein zweites dazuholte.

Um kurz vor halb eins saßen die beiden in Wiebkes Haus, Pizza und Bier vor sich, und aßen erst einmal. Danach kamen sie, wie schon beim letzten Mal, ins Plaudern. Wiebke spürte, wie ihre Seele immer leichter wurde, je mehr sie von ihren Ängsten, Sorgen und Nöten berichtete. Lena war eine gute Zuhörerin. Gut war auch, dass Lena das zweite Sixpack organisiert hatte, denn der Alkohol tat Wiebke, wie sie überrascht feststellte, richtig gut.

Gegen zwei beschlossen die beiden dann, ins Bett zu gehen. Dass Lena wieder hier übernachten würde, war unausgesprochen klar.

»Ich gehe noch duschen vorm Schlafengehen«, sagte Wiebke. »Willst du auch?«

»Das wäre klasse.«

Wiebke zeigte Lena das Gästebad. Sie ging hoch in ihr Badezimmer, zog sich aus und genoss die warmen Wasserstrahlen. Sie frottierte sich trocken, putzte sich die Zähne und legte sich ins Bett.

Es wunderte sie nicht einmal, dass kurz darauf Lena zu ihr ins Bett kroch. Sie spürte den nackten Körper und die warmen, weichen Hände ihrer Freundin.

»Lass es einfach geschehen«, flüsterte Lena, während sie sanft Wiebkes Rücken massierte. Die hatte überhaupt nicht vorgehabt zu protestieren. Sie lechzte nach Nähe, und der Alkohol tat ein Übriges. Sanft streichelte Lena Wiebkes Körper. Wohlige Schauer durchfluteten sie. Das erste Mal seit über einem Jahr erlebte sie wieder erotisches Verlangen. Irgendwann legte Wiebke auch die letzten Hemmungen ab und begann ihrerseits, den Körper neben ihr zu erkunden. Sie berührten sich, schmeckten sich, tasteten sich ab. Ihre Berührungen wurden immer fordernder, ihre Körper verschmolzen. Sie erklommen den Berg der Lust gemeinsam. Wiebke entlud sich in einem befreienden Orgasmus. Als sie wieder einen klaren Gedanken fassen konnte, hatte Lena sie immer noch eng umschlungen.

Scheiße, dachte Wiebke. Jetzt bin ich auch noch lesbisch geworden. Als wenn ich nicht schon genug Probleme hätte.

»Du bist nicht lesbisch«, sagte Lena, die ihre Gedanken erraten haben musste. »Du brauchtest nur Zärtlichkeit.« Kurz darauf war sie eingeschlafen.

Wiebke betrachtete Lena im fahlen Schein des Mondes, der durch das Schlafzimmer auf ihr Bett fiel. Sie liebte diese Frau. Ja, wirklich. Anders, als sie einen Mann liebte, aber es war doch Liebe.

***

»Quäl dich nicht so«, sagte Lena am Montagmorgen, als Wiebke sich zum wiederholten Mal die DVD mit dem dritten Streich ansah. Verzweifelt versuchte sie, die unkenntlich gemachte weibliche Person aus dem Film mit den Fotos zu vergleichen, die sie von den seit Ende Mai vermissten Personen, die als mögliche Opfer in Frage kamen, hatten.

Vorgestern waren sie den Tag über in der Innenstadt bummeln gewesen, hatten Kaffee getrunken, über Männer gelästert und Schuhläden durchstöbert – mit einem Satz: Sie hatten versucht, sich wenigstens einen Tag lang so zu benehmen wie »normale« Frauen. Um einmal nicht daran zu denken, dass vermutlich gerade wieder eine Frau bestialisch gequält und schließlich abgeschlachtet wurde. Dieser Gedanke und ihre Ohnmacht, es zu verhindern, schnürte ihnen – wie allen Mitgliedern der Soko – mehr als nur einmal am Tag den Hals zu.

Am Sonntag waren sie wieder im Büro gewesen, bienenfleißig, aber Honig hatten sie nicht vorzuweisen. Immerhin: Die Anzahl der zu überprüfenden Fälle hatten sie weiter reduziert.

Jetzt saß Wiebke mit ihrer Ausbeute aus den Akten vor dem Fernsehgerät neben ihrem Schreibtisch, spulte den Film vor und zurück und betrachtete immer wieder die Ausdrucke der Fotos. Plötzlich merkte sie auf. Sie wühlte sich durch die Fotos, suchte offensichtlich ein ganz bestimmtes und tippte, als sie es gefunden hatte, ganz aufgeregt mit dem Finger auf eine Stelle. »Lena, komm mal her!«, sagte sie.

Lena stand auf, ging um den Schreibtisch herum und betrachtete das Foto. Es war eine Aufnahme aus einem Sommerurlaub. Eine Frau Ende dreißig, Anfang vierzig lag am Pool eines typischen südländischen Touristenhotels. Die Frau trug eine Sonnenbrille, in der Hand hielt sie einen Longdrink, und lächelte ins Objektiv.

»Das ist Claudia Voigt«, erläuterte Wiebke, »eine Anfang Juli in Köln vermisste, bis heute nicht wiederaufgetauchte Lehrerin. Was fällt dir an ihr auf?«

Lena betrachtete noch einmal intensiv das Foto, zuckte mit den Schultern und sagte: »Keine Ahnung, sag du es mir.«

Wiebke nahm einen Bleistift und deutete auf den rechten Oberarm der Frau. »Siehst du das da?«

Lena legte den Kopf schief und meinte: »Könnte ein Tattoo sein. Das ist aber auf dem Bild nicht eindeutig erkennbar.«

Wiebke nickte. »Stimmt. Aber jetzt schau mal hier.« Sie drehte sich zu ihrem Computer um, öffnete die Datei mit dem Foto und vergrößerte den Bildausschnitt. Jetzt war es eindeutig zu erkennen: Die Frau hatte tatsächlich ein Tattoo auf dem Oberarm, ein Herz, durch den sich ein Pfeil gebohrt hatte. Darunter stand: »Werner – love will last forever.« Sie wandte sich wieder Lena zu. »Offensichtlich war Claudia Voigt vor gut fünfundzwanzig Jahren unsterblich in einen gewissen Werner verliebt.«

»Wie kommst du auf fünfundzwanzig Jahre?«, fragte Lena verwirrt.

»Na, das steht doch da, ins Herz tätowiert.«

Lena betrachtete erneut das Foto. »Da sind Buchstaben«, sagte sie. »Buchstaben, die keinen Sinn ergeben.«

»Doch, die ergeben Sinn«, triumphierte Wiebke. »Dort steht die Jahreszahl in römischen Ziffern: MCMLXXXVII.«

»Die Römer haben Zahlen mit Buchstaben ausgedrückt?«

»Haben sie, ja.«

»Wie unpraktisch.«

»Wie dem auch sei«, fuhr Wiebke fort. »MCMLXXXVII steht für 1987, und das ist fünfundzwanzig Jahre her.«

»Woher kannst du das?«, fragte Lena bewundernd. »Ich meine das mit den römischen Ziffern. Hattest du Latein?«

»Nein«, erwiderte Wiebke. »Aber es muss ja wenigstens einen Vorteil haben, jetzt schon mit dem zweiten Akademiker verheiratet zu sein.«

Lena grinste. »Gut, aber wieso hilft uns das weiter?«

Wiebke suchte eine bestimmte Stelle im Video über den dritten Streich und drückte auf Pause.

»Unser Täter hat ihr Gesicht unkenntlich gemacht, damit wir die Frau nicht identifizieren können. Aber schau hier, auf ihrem

Oberarm. Das ist eine Tätowierung. Auch wenn sie undeutlich ist, die Umrisse sind dieselben.«

Lena betrachtete abwechselnd das Foto und den Bildschirm. »Könnte sein, aber einhundert Prozent sicher bin ich nicht.«

»Dafür haben wir ja Spezialisten«, sagte Wiebke und hatte schon den Hörer in der Hand. Minuten später erschien Streicher, der eine digitale Kopie des Fotos erhielt und versprach, sofort alles Notwendige zu veranlassen.

»Herbert«, rief Wiebke ihm hinterher. »Bitte beeil dich. Die Frau ist tot, der können wir nicht mehr helfen. Aber eine andere können wir vielleicht retten, wenn wir wissen, dass sie das Opfer war, und so an den Täter herankommen.«

»Wiebke, ich weiß«, sagte Streicher nur. Auch er wirkte sehr bedrückt.

Beflügelt von ihrer Entdeckung machten sich Wiebke und Lena wieder an die Arbeit. Doch schon wenig später flog die Tür auf, und ein aufgeregt wirkender Carsten Franck stand im Raum.

»Wir wissen, wer das nächste Opfer werden soll«, sagte er atemlos. »Alle in den Konferenzraum!«

***

»Endlich kommt Bewegung in die Sache«, sagte Bergmüller. Er wirkte erleichtert. »Wir wissen nun, wer das Opfer des vierten Streichs werden soll. Hoffentlich sind wir nicht zu spät dran. Kollege Franck, bitte berichten Sie, was Sie mir erzählt haben.«

Carsten Franck räusperte sich. »Am Freitagnachmittag wurde die tschechische Prostituierte Bojana Vesely von einem Freier in dessen Wagen mitgenommen. Nachdem sie nach zwei Stunden noch nicht zurückgekehrt war, haben ihre Freundinnen und deren Bekannte, vermutlich Zuhälter, die Gegend abgesucht, waren aber nicht erfolgreich. Am nächsten Abend begann auch die tschechische Polizei, die Gegend abzusuchen, wurde aber ebenfalls nicht fündig. Da der Ort des Verschwindens im deutsch-tschechischen Grenzgebiet liegt, bat man die deutschen Kollegen um Amtshilfe. Bojana Vesely tauchte nicht wieder auf, aber das Auto des Freiers, dessen Kennzeichen von den Freundinnen notiert worden war, wurde in einem Waldstück in der Nähe von Philippsreut gefunden.«

Die Kollegen schrieben alle beflissen mit. Jeder wusste, dass es nun auf die Details ankam.

»Wo bleibt eigentlich Streicher?«, fragte Bergmüller gereizt.

»Der muss etwas wirklich Dringendes erledigen, Reinhard«, sagte Wiebke. »Ich erkläre das gleich.«

»Gut«, brummte Bergmüller. »Franck, machen Sie weiter.«

»Das Fahrzeug war unverschlossen, und dass es zum Begehen einer Straftat verwendet wurde, ist ohne jeden Zweifel.«

»Warum?«, fragte ein Kollege.

»Die Sitze waren benzindurchtränkt, und auf dem Fahrersitz lag ein Zeitzünder, der aber wegen eines abgerutschten Kabels den Dienst versagt hat. Der Täter wollte offenbar seine Spuren beseitigen.«

»Und weshalb sind wir sicher, dass diese Bojana das nächste Opfer werden soll?«, fragte ein anderer Kollege.

»Der Wagen, ein Honda Prelude, wurde in Prag bei einer Autovermietung angemietet. Nach Vorlage von Ausweis und Führerschein. Den Recherchen der tschechischen Kollegen zufolge handelte es sich um einen älteren Mann mit Krempenhut.«

Wiebke schwante etwas. »Wer war der Mieter?«, fragte sie ahnungsvoll.

»Es war Maximilian Wilhelm Busch mit der uns schon bekannten Adresse des Wilhelm-Busch-Museums.« Franck war sich der Wirkung seiner Worte bewusst und machte eine kurze Pause, um Wiebke und den anderen Gelegenheit zu geben, das zu verdauen. »Die Kollegen in Philippsreut haben in dem Waldgebiet, in dem der Honda gefunden wurde, außerdem die Reifenspuren eines anderen Fahrzeugs sichergestellt. Ich denke, wir können davon ausgehen, dass er die Prostituierte umgeladen und in dem zweiten Fahrzeug weitertransportiert hat.«

»Wo ist der Mietwagen jetzt?«

»Er wird von den bayerischen Kollegen auf Spuren untersucht. Es befinden sich jede Menge Fingerabdrücke im Auto. Außerdem wurden Haare in der Verkleidung, die der Täter für seine Wilhelm-Busch-Nummer verwendete und im Fahrzeug zurückließ, sichergestellt. Bald werden wir die DNA und die Fingerabdrücke des Täters haben.«

»Wenn er steht in der Datei, ist bald Schluss mit der Übeltäterei«, stellte Bergmüller in einem von niemandem geteilten Anflug von Humor fest. »Gute Arbeit, Kollege!«

Carsten Franck strahlte über das ganze Gesicht. Das unerwartete Lob tat ihm offensichtlich gut.

»Ah, Dr. Streicher«, sagte Bergmüller, als die Tür geöffnet wurde und der Gerichtsmediziner den Raum betrat. Streicher suchte den Blickkontakt zu Wiebke und hob den Daumen.

»Dann habe ich auch noch was«, sagte Wiebke und ärgerte sich darüber, dass es sie aufregte, dass der junge Kollege die Lorbeeren einheimste. »Wir wissen, wer das Opfer des dritten Streichs war.«

Augenblicklich herrschte wieder Stille im Raum.

»Na dann raus damit«, sagte Bergmüller nur.

Wiebke erhob sich und berichtete über ihre Recherchen und die Entdeckung, die sie und Lena heute gemacht hatten. Das Ganze fiel etwas ausführlicher aus, als es sonst ihre Art war. Es konnte doch aber nicht sein, dass ausgerechnet dann, wenn ihr ein entscheidender Durchbruch gelang, die Arbeit eines anderen gewürdigt wurde.

»Sind die Tattoos auf dem Foto und auf dem Video wirklich identisch?«, fragte Bergmüller.

Streicher nickte. »Ja, Irrtum ausgeschlossen. Mit an Sicherheit grenzender Wahrscheinlichkeit ist das Opfer des dritten Streichs Claudia Voigt aus Köln.«

Bergmüller klatschte aufmunternd in die Hände: »Großartig. Wiebke, kriegt alles raus, was ihr über diese Claudia Voigt in Erfahrung bringen könnt. Streicher, Sie nehmen Kontakt mit den Kollegen in Bayern auf. Lassen Sie sich jede einzelne Spur bestätigen und informieren Sie mich über die Ergebnisse. Muss doch rauszukriegen sein, wer dieser dämliche Maximilian Wilhelm Busch wirklich ist. Was macht die Tatortanalyse?«

Der Kollege holte Luft, kam aber nicht dazu, etwas zu sagen.

»Wenn Sie nichts Konkretes haben, verbrauchen Sie bitte auch keinen Sauerstoff«, bellte Bergmüller. »Wenn wir Bojana Vesely retten wollen, müssen wir rauskriegen, wo der Tatort ist, ist Ihnen das eigentlich klar?«

»Ja, Chef«, sagte der Kollege geknickt und verschwand eiligst, sobald Bergmüller die Besprechung für beendet erklärt hatte.

Wiebke blieb mit Lena sitzen, bis alle aus dem Raum waren.

»Reinhard«, sagte sie zu Bergmüller. »Wir beide wissen, dass Bojana Vesely schon tot ist, wenn er so weitergemacht hat wie bisher.«

»Schon klar«, brummte Bergmüller. »Aber wir haben immer noch eine winzig kleine Chance, dass ihm was dazwischengekommen ist, dass was nicht geklappt hat. Dann können wir ein Menschenleben retten. Diese Chance müssen wir nutzen.«

»Da hast du natürlich recht. Machen wir uns also wieder an die Arbeit.«

»Was anderes bleibt uns ja auch gar nicht übrig«, sagte Reinhard Bergmüller seufzend. Er wirkte nicht glücklich.

ZEHN

Wiebke fiel es unmenschlich schwer, sich zu konzentrieren. Es war Mittwoch, und das ganze Präsidium wartete auf die Nachricht vom vierten Streich. Einige waren unfähig, überhaupt etwas zu tun, und verharrten wie manche Beutetiere aus Angst vor dem Fressfeind in einer Art Schreckstarre. Andere kompensierten ihre Angst, indem sie im wörtlichen Sinne Tag und Nacht arbeiteten. Es gab Kollegen der Soko, die nicht mehr nach Hause fuhren, sondern ein Feldbett in ihrem Büro aufgestellt hatten.

Wiebke verspürte Ohnmacht und musste dennoch stark sein. Ihr gegenüber saßen nämlich zwei Frauen, die alles andere als eine paralysierte Polizistin gebrauchen konnten. Beide waren aschfahl. Die ältere, Wiebke schätzte sie auf Anfang siebzig, hatte rot umränderte Augen. Sie musste stundenlang geheult haben. Neben ihr saß eine Frau in Wiebkes Alter, die wegen der Ähnlichkeit unschwer als die Tochter auszumachen war.

»Danke, dass Sie so schnell kommen konnten«, begann Wiebke das Gespräch. Was sollte sie auch sonst sagen? Danke, dass Sie mir helfen, Ihre Tochter zu identifizieren? Danke, dass ich Ihnen jetzt den Beweis liefern muss, dass Ihre Tochter, die geliebte Schwester, tot ist?

Die beiden Frauen nickten nur. Stephanie Voigt kramte mit zitternden Händen in ihrer Handtasche, fingerte eine Schachtel Marlboro raus und steckte sich eine Zigarette an. Wiebke warf Lena einen Blick zu, und ihre Kollegin organisierte einen Unterteller als Aschenbecherersatz. Es war Wiebke unmöglich, Stephanie Voigt zu erklären, dass das Präsidium eine rauchfreie Behörde war.

»Was ist mit Claudia passiert?«, fragte diese jetzt mit tränenunterdrückter Stimme. »Ist sie wirklich tot?«

Wiebke wusste nicht, was die Kölner Kollegen den beiden Frauen gesagt hatten. Vermutlich waren sie nicht sehr feinfühlig gewesen, dem Zustand der beiden nach zu urteilen.

»Ich muss Sie zunächst etwas fragen«, sagte Wiebke. Sie holte ein Blatt hervor, eine Vergrößerung aus dem Video des dritten Streichs. Außer dem Oberarm mit dem Tattoo war nichts zu sehen. »Hatte ihre Schwester diese Tätowierung auf ihrem linken Oberarm?«

Die Frauen betrachteten das Bild. Beide nickten und sagten lange Zeit nichts. Dann ergriff Gisela Voigt das Wort.

»Werner war Claudias große Liebe. Mit Anfang zwanzig hatte sie sich in den Kopf gesetzt, mit ihm auszusteigen. Sie wollten auf einer griechischen Insel einen Surfladen aufmachen. Zum Zeichen ihrer ewigen Liebe hat sie sich dieses Tattoo stechen lassen.«

»Und wo ist Werner jetzt?«

»Er ist damals bei einem Tauchunfall ums Leben gekommen. Claudia ist nie richtig darüber weggekommen. Sie hatte seither nie mehr einen festen Freund. Sie kam zurück nach Deutschland, schrieb sich an der Uni ein und wurde Lehrerin.«

Stephanie Voigt wies auf den Ausdruck. »Dann ist sie also tot«, stellte sie fest.

»Ja, davon müssen wir ausgehen. Es tut mir sehr leid.«

»Wie ist sie gestorben?«, fragten die beiden Frauen fast unisono.

Wiebke hatte diese Frage gefürchtet. Was sollte sie sagen? Sollte sie ihnen gar den Film zeigen, der selbst hartgesottenen Ermittlern die Haare zu Berge stehen ließ? Ausgeschlossen.

»Sie ist entführt und ermordet worden. Aus ermittlungstaktischen Gründen darf ich Ihnen dazu aber leider nichts Näheres sagen. Es handelt sich um einen Serientäter, und wir würden das Leben weiterer Frauen gefährden«, dozierte Wiebke und kam sich ungeheuer altklug vor. Was interessierte einen Hinterbliebenen, der vom Tod eines geliebten Menschen erfuhr, schon die Ermittlungstaktik? Doch zu ihrer Überraschung blieb der erwartete Protest aus.

»Kann ich sie denn wenigstens noch einmal sehen?«, fragte die Mutter flehentlich. »Und wann können wir sie beerdigen?«

Was für einen Scheißjob sie doch manchmal hatte.

»Wir haben die Leiche Ihrer Tochter leider noch nicht gefunden«, brachte Wiebke hervor. »Wir wissen nur, dass sie tot ist. Bei den anderen Opfern kennen wir noch nicht einmal die Identität.«

»Wie viele hat er denn umgebracht?«, fragte Stefanie Voigt.

»Drei«, sagte Wiebke. Wahrscheinlich vier, aber das war ja noch nicht sicher. Vielleicht lebte Bojana Vesely ja noch. Sie mussten sie nur finden. Bis jetzt waren es nur drei. »Fühlen Sie sich in der

Lage, mir noch ein paar Fragen zu beantworten?«, fragte Wiebke nach einer Anstandspause.

Beide Frauen bejahten.

»Es besteht die Vermutung, dass Claudia ihren Entführer gekannt hat. In ihrer Wohnung sind keinerlei Einbruchsspuren festgestellt worden. Ihren Wagen haben die Kölner Kollegen dreißig Kilometer von der Wohnung entfernt gefunden, ordnungsgemäß verschlossen. Er stand an einer wenig befahrenen Straße, die zur Klinik Roderbirken führt. Können Sie sich vorstellen, was sie da wollte?«

»Roderbirken?«, wiederholte Gisela Voigt verwundert. »Das ist die Rehaklinik, in der mein Mann nach seinem ersten Herzinfarkt war. Aber das ist vierzehn Jahre her! Keine Ahnung, was Claudia da wollte.«

Wiebke notierte die Antwort. »Einem Eintrag in ihrem Kalender zufolge hatte sich Claudia für den Abend des 6. Juli mit einem gewissen Lorenz zum Kino verabredet. Kennen Sie zufällig einen Lorenz?«

»Nein«, antwortete Stephanie Voigt. »Aber das heißt nichts.«

»Wie darf ich das verstehen?«

»Nun, äh, Claudia ging mit verschiedenen Männern aus. Sie war, äh, wie soll ich das sagen …«

»Sie war mannstoll«, ergänzte Gisela Voigt. »Ich war nicht sehr glücklich darüber. Aber was sollte ich machen? Seit der Sache mit Werner hatte sie es mit keinem länger als eine Woche ausgehalten.«

»Gut, danke«, sagte Wiebke. »Das wäre es für den Moment. Wenn ich noch Fragen habe, rufe ich Sie an. Und bitte, wenn Ihnen etwas einfällt – mag es auf den ersten Blick noch so belanglos erscheinen –, melden Sie sich bitte. Tag und Nacht.« Wiebke reichte den beiden ihre Karte. »Da steht auch meine Handynummer drauf.«

»Ich bleibe in Rostock, bis Sie sie gefunden haben«, sagte Gisela Voigt. »Ich wohne im Radisson Blu.«

Wiebke begleitete die beiden Frauen hinaus, verabschiedete sich und kehrte zu ihrem Schreibtisch zurück. Lena hatte die Zeugenbefragung aufmerksam verfolgt.

»Viel ist es nicht, was die beiden uns sagen konnten, oder?«, fragte sie.

Wiebke atmete tief ein und aus. »Nein«, gab sie zu. »Ich hatte mir mehr erhofft. Aber vielleicht gibt uns der PC der Toten mehr Auskunft. Möglicherweise kriegen wir damit raus, wer dieser Lorenz ist.«

»Wo ist der PC?«

»Auf dem Weg hierher. Ich habe die Kölner Kollegen gebeten, ihn mir zu schicken.«

»Was versprichst du dir davon?«

»Viele Menschen vertrauen dem PC mehr an als ihren Mitmenschen. Er ist das zentrale Kommunikationsinstrument unserer Zeit. Es sollen sogar schon Liebesbeziehungen durch ihn zustande gekommen sein.«

»Nun werde mal nicht zynisch«, meinte Lena halb ernst, halb scherzend.

»Lass uns weitermachen und hoffen, dass unser Täter nicht Ernst gemacht hat.«

Lena und Wiebke durchforsteten weiter die Akten der vermissten Personen. Wie fast alle Mitglieder der Soko trauten sie sich nicht, Feierabend zu machen. Als es aber bereits nach halb neun war und sich immer noch nichts getan hatte, schlug Wiebke mit der Faust auf den Tisch. »Jetzt habe ich aber genug«, sagte sie mehr zu sich selbst als zu der erschrocken aufblickenden Lena. »Wir warten hier wie das Kaninchen vor der Schlange darauf, dass wir einen Brief, ein Paket oder was auch immer kriegen. Wir machen uns fertig. Ich gehe jetzt nach Hause. Und du auch.« Sie rief Bergmüller an, der ebenfalls noch in seinem Büro war. Er teilte Wiebkes Einschätzung und verkündete den allgemeinen Feierabend.

Sie verabschiedeten sich und verließen das Büro. Wiebke ging zu ihrem direkt am Präsidium geparkten Dienstwagen. Sie sah im Rückspiegel, wie sich Lenas Cordoba entfernte. Als sie gerade den Zündschlüssel ins Schloss stecken wollte, fiel ihr auf, dass hinter dem Scheibenwischer ein kleiner Umschlag steckte. Sie öffnete die Fahrertür, stieg halb aus, fingerte den Umschlag hervor und ließ sich wieder in den Fahrersitz fallen. »An die dumme Kuh«, musste sie lesen. Böse Ahnungen kamen hoch.

Sie riss den Umschlag auf und hielt einen Zettel in der Hand. »Schließfach Nummer 346 Bahnhof Rostock«, stand darauf.

Die nächsten Handlungen erfolgten automatisch. Wiebke platzierte das Blaulicht auf dem Wagendach, startete den Motor und fuhr mit hoher Geschwindigkeit in Richtung Hauptbahnhof. Während der Fahrt informierte sie Bergmüller.

***

Als Bergmüller mit fast allen anderen Mitgliedern der Soko den Hauptbahnhof betrat, stritt sich Wiebke lautstark mit dem für die Schließfächer zuständigen Mitarbeiter der Deutschen Bahn.

»Und wenn Sie tausendmal Kriminalhauptkommissarin sind, ohne richterlichen Beschluss öffne ich das Schließfach nicht. Ich habe meine Vorschriften«, sagte der Mann.

»Sie können mich mit Ihren Vorschriften am Arsch lecken«, brüllte Wiebke. »Ich muss an den Inhalt dieses Schließfachs!«

Demonstrativ verschränkte der Mann die Arme vor der Brust. »Ohne Beschluss geht hier gar nichts.«

Reinhard Bergmüller trat hinzu, legte Wiebke beruhigend die Hand auf die Schulter und blickte dem Mann tief in die Augen.

»Wer sind Sie?«, fragte er.

»Hahne«, sagte der Mann. »Gerold Hahne.«

»Gut, Herr Hahne. Ich bin Kriminaldirektor Bergmüller vom LKA. Ich weise Sie jetzt an, dieses Schließfach zu öffnen.«

»Wie ich Ihrer Kollegin schon sagte, benötige ich dafür einen richterlichen Beschluss. Nach Ziffer …«

»Sie halten jetzt Ihren Mund«, brüllte Bergmüller. »Wir verfolgen einen Serienmörder, wie Sie vielleicht in der Zeitung gelesen haben. Sollten Sie nicht augenblicklich dieses Fach dort für uns öffnen, lasse ich Sie wegen Behinderung polizeilicher Ermittlungen festnehmen.«

Wiebke wusste, dass Bergmüller bluffte. Aber Hahne schien endlich beeindruckt und machte das Schließfach auf. »Auf Ihre Verantwortung«, murmelte er dabei mehrmals.

Im Schließfach Nummer 346 lag, in gewisser Weise verloren wirkend, ein handelsüblicher brauner Briefumschlag, etwas größer als eine DIN-A4-Seite. Sonst nichts.

»Franck«, rief Bergmüller.

»Ja?«, sagte Carsten Franck.

»Sie sichern den Umschlag und scannen ihn, wir treffen uns im Konferenzraum.«

»Jawohl.« Franck zog Einweghandschuhe über und machte sich an die Arbeit. Bergmüller verteilte weitere Aufgaben an die Kollegen von der Spurensicherung, die anfingen, den Fundort nach verwertbaren Hinweisen abzusuchen. Ein anderer Kollege machte sich mit dem immer noch verdatterten Gerold Hahne auf den Weg, um die Aufnahmen der Überwachungskamera zu sichern.

Wiebke überkam schon wieder das Gefühl, nur das fünfte Rad am Wagen zu sein. Wozu brauchten sie sie denn? Bergmüller machte das prima, sie stand immer nur dabei. Aber der Täter wollte unbedingt, dass sie ermittelte. Ob das doch der Schlüssel war? Wie ein Eisenring legte sich die Erkenntnis um ihren Hals, dass der Täter Besitz von ihrem Leben ergriff. Ihre Ehe war im Eimer, doch sie konnte sich nicht um ihre Rettung bemühen. Ihren Sohn hatte sie seit Wochen nicht gesehen. Er zwang sie, Jonas von Günter und Randolph versorgen zu lassen, weil er sie wie ein Tier durch die Arena hetzte. Wie sehr wünschte sie sich, dass dieser Alptraum bald ein Ende haben möge.

»Komm, Wiebke«, hörte sie Bergmüller sagen. »Ab ins Präsidium. Das wird heute wohl doch noch eine lange Nacht.«

Keine halbe Stunde später war die Soko im Konferenzraum versammelt. Es fehlten nur diejenigen Kollegen, die noch mit der Spurensicherung im Hauptbahnhof beschäftigt waren. Bergmüller brachte die Runde mit einer Handbewegung zum Schweigen.

»Inzwischen ist, wie wir alle befürchtet haben, der Beweis für den vierten Streich bei uns eingegangen. Der Umschlag enthielt das übliche Gedicht sowie eine DVD.« Er dimmte die Beleuchtung und schaltete den Beamer ein. Auf der Leinwand war nun in großen Lettern Gedicht Nummer vier zu lesen.

»Wer in Dorfe oder Stadt
Eine Freundin wohnen hat,
Der sei höflich und bescheiden,
Denn das mag sie sicher leiden.

Morgens sagt man Guten Morgen,
Hast du etwas zu besorgen?
Bringt ihr, was sie haben muss,
Brötchen, Kaffee, einen Kuss.

Findet sie die Schuhe klasse,
Zahlt man gerne an der Kasse.
Gleiches gilt für den Besuch
Im edlen Restaurant ›Vesuv‹.

Auf Knien schenkt man ihr dann einen
Ring, geziert von Edelsteinen,
Den sie trägt wie zum Beweis,
Dass man ihr Sklave ist, auch noch als Greis.

Max und Moritz ihrerseits
Erkennen darin keinen Reiz.
Seht doch nur, welch tolle Sachen
Wir stattdessen mit ihr machen.

Mit scharfem Strahle abgebraust,
Die Peitsche auf sie niedersaust.
Mit Nadeln, Klammern, glühend Eisen
Unsere Macht wir ihr beweisen.

Dann, zu uns're Belustigung,
Erlebt sie die Vergewaltigung.
Bald rinnt das Blut gefährlich rot,
Bis schließlich sie ist endlich tot.

Wiebke sucht derweil die Namen
Der um die Ecke gebrachten Damen.
Mit Lena wühlt sie in Akten rum,
Doch auch zwei sind viel zu dumm.

Denn eines wissen wir genau:
Niemals fängt uns eine Frau.

Dieses war der vierte Streich,
Doch der fünfte folgt sogleich.
Wie ihr inzwischen alle wisst,
Dies in vierzehn Tagen ist.«

Das Einzige, was im Konferenzraum zu hören war, war das Atmen der anwesenden Personen. Wiebke versuchte, ruhig zu bleiben. Doch auch die größte Anstrengung konnte nicht verhindern, dass ihr die Tränen über die Wangen liefen. Sie fühlte sich schuldig, denn aus welchem hirnrissigen Grund der Täter das auch abzog: Die Frauen starben unter anderem auch deshalb, weil er beweisen wollte, dass sie zu dumm war, ihn zu fangen. Natürlich wusste Wiebke, dass Serienmörder gern mit den Ermittlern spielten, ihnen ihre Macht demonstrieren wollten. Dieser aber wurde persönlich, beleidigte sie und machte sich über ihre Anstrengungen lustig, weitere Opfer vor einem schrecklichen Tod zu bewahren. Mit Widerwillen wartete sie darauf, was jetzt unweigerlich kommen würde.

»Ich kann es Ihnen nicht ersparen«, sagte Bergmüller, während er den Beamer auf den DVD-Player umschaltete. »Wir alle wissen vermutlich schon, was da drauf ist. Es nützt aber nichts.« Mit dem letzten Wort drückte er die Wiedergabetaste der Fernbedienung.

Der Schattenmann zeigte die Ausgabe der »Norddeutschen Neuesten Nachrichten« vom vergangenen Samstag und legte die Zeitung beiseite. Er war bei seiner Vorgehensweise geblieben und ging wie erwartet vor. Doch auch wenn die Pein, die die Frau erleiden musste, dieselbe war wie in den drei Fällen zuvor, empfand Wiebke diesmal viel intensiveres Mitleid und einen wesentlich tiefer gehenden Schmerz. Sie litt noch mehr als sonst unter der unsäglichen Erbarmungslosigkeit, mit der der Täter vorging. Und den Kollegen schien es ähnlich zu gehen.

Das mochte daran liegen, dass die bisherigen Opfer ihnen unbekannte Menschen gewesen waren. So schrecklich das, was sie gesehen hatten, auch war, sie hatten beim Betrachten der Videos keine ihnen bekannten Individuen vor Augen gehabt. Zwischen den Opfern und ihnen bestand keinerlei emotionale Verbundenheit. Beim vierten Streich verhielt es sich jedoch anders. Natürlich kannten sie Bojana Vesely nur aus den Akten. Aber die Frau hatte einen Namen. Sie wussten, wie sie aussah, obwohl ihr Gesicht verpixelt war. Die Frau, die hier gequält und schließlich getötet wurde, hatte eine ihnen bekannte Geschichte. Es war entsetzlich.

Wie schon nach dem Gedicht brauchte es seine Zeit, bis jeder Einzelne wieder zu sich gefunden hatte. Bergmüller tat das einzig Richtige: Er ordnete eine Pause an. Um zweiundzwanzig Uhr dreißig waren jedoch alle wieder versammelt.

Wiebke ließ ihren Blick über die Gesichter der Kollegen gleiten und versuchte, aus ihnen zu lesen, um zu ergründen, was sie wohl dachten. Aber richtig schlau wurde sie daraus nicht.

Bergmüller fragte, was die Kollegen von dem, was sie gesehen und gelesen hatten, hielten. Es kam dabei aber nichts wirklich Verwertbares heraus.

»Wenn ich jetzt sage, dass wir einfach weitermachen müssen«, sagte Bergmüller schließlich, »dann ist das keine Kapitulation. Im Gegenteil: Wir sind in den letzten Wochen weit vorangekommen. Wir kennen die Namen zweier Opfer. Wir haben die Fingerabdrücke und die DNA des Täters. Er spürt unseren heißen Atem. Wir werden ihn kriegen. Wir dürfen nur nicht lockerlassen. Auf geht's!«

»Nein«, rief Wiebke laut, als die Kollegen sich bereits erheben wollten. »Nein, so geht's nicht.«

»Was meinst du?«, fragte Bergmüller verwundert.

»Irgendwie bin ich ja in gewisser Weise diejenige, wegen der er die Opfer umbringt. Und ich habe es satt, immer wieder Interna, und sei es in Gedichtform, von einem Mörder vor den Latz geknallt zu bekommen.«

»Wiebke!«, ermahnte Bergmüller sie. »Du willst doch nicht behaupten, dass …«

»Gar nichts behaupte ich«, unterbrach sie ihn unwirsch. »Ich zähle nur die Fakten auf. Der Täter wusste, dass ich im Erziehungsurlaub bin. Er wusste, dass ich stille …«

»Das kann er auch durch Beobachtungen herausbekommen haben«, wandte Bergmüller ein. Wiebke reagierte mit einem wütenden Blick und sprach mit lauter Stimme, fast schon brüllend, weiter: »Er wusste, dass die Soko aus siebzehn Personen besteht. Und er weiß, dass ich mit Hilfe von Lena Svenson die Identität der Opfer ermittele. Das kann er nicht einfach so beobachtet haben. Das muss ihm einer gesteckt haben, und darüber dürfen wir nicht einfach hinwegsehen. Jede einzelne Information kann Zufall sein. Mehrere sind es nicht. Ich befürchte, dass wir eine undichte Stelle haben.«

»Willst du damit andeuten, dass jemand aus unserer Runde vertrauliche Informationen unbefugt weitergibt?«

»Das will ich nicht nur andeuten. Jeder hat einen Menschen, dem er alles erzählt.« Sie sah Lena an, die ihr zunickte. »Und dieser Mensch hat vielleicht einen anderen, dem er genauso vertraut. Die Konsequenz ist, dass Vertrauliches zum Allgemeingut wird, das man mir nun in Gedichtform um die Ohren haut.« Ihre Faust knallte auf den Tisch. »Ich will, dass hier jeder ab sofort die Schnauze hält! Ich will nie wieder Interna von einem Mörder vorgehalten bekommen. Ist das angekommen?«

Bergmüller machte eine beschwichtigende Handbewegung. Der zunächst gemurmelte Protest der Kollegen entwickelte sich nämlich langsam zu lautstarken Rechtfertigungskaskaden. »Kollegen«, sagte er. »Auch wenn Frau Menn ein bisschen übers Ziel hinausgeschossen ist: Im Kern ist ihr Appell richtig. Wir sollten in Zukunft *noch* vorsichtiger mit dem sein, was wir über diese Ermittlungen erzählen. Und jetzt ist Feierabend. Bis morgen.«

Als sich die Kollegen erhoben, würdigten sie Wiebke entweder keines oder eines abfälligen Blickes.

»Du hast in den Pool gepinkelt«, sagte Bergmüller zu ihr. »Das mögen die Kollegen nicht.«

»Und ich mag es nicht, vorgeführt zu werden. Es musste gesagt werden, ich habe es gesagt, und damit basta.«

»Die Stimmung in der Soko ist damit allerdings beim Teufel, das weißt du schon, oder?«

»Ehrlich gesagt, ist es mir im Moment wichtiger, diesen Typen zu kriegen, als mich um das kollegiale Befinden meiner Kollegen zu kümmern. Schönen Feierabend.« Wiebke stand auf, drehte sich um und ging. Sie spürte Bergmüllers Blicke in ihrem Rücken und ahnte, dass er den Kopf schüttelte.

ELF

Am Ende der Woche fühlte sich Wiebke einfach nur leer. Die Belastung – sie hatte seit Mittwoch wie eine Besessene gearbeitet – war nicht einmal das Schlimmste. Sie war weniger wegen der Arbeit als wegen der Umstände regelrecht frustriert. Auch wenn sie sich tausendmal sagte, dass es Unsinn war, zu behaupten, sie sei am Tod der vier Frauen schuld. Ganz abschütteln konnte sie das Gefühl nicht. Irgendwie hatte der Täter doch recht. Hätte sie ihn inzwischen gekriegt, würde die eine oder andere Frau … Sie zwang sich, ihre Konzentration wieder auf die Unterlagen vor sich zu lenken. Der Gedanke trieb sie regelmäßig an den Rand des Nervenzusammenbruchs. Trotzdem saß sie, es war inzwischen fast halb vier Uhr nachmittags, allein in ihrem Büro und versuchte, Daten, Fakten und vor allem ihre Gedanken zu sammeln und zu sortieren.

Reinhard Bergmüller hatte mit seinem Bild von ihrem heißen Atem, den der Täter inzwischen im Nacken spüren musste, sicher recht. Die in Philippsreut sichergestellten Fingerabdrücke stimmten, wie sich gestern herausgestellt hatte, mit einem in Claudia Voigts Golf gefundenen überein. Sie war also gemeinsam mit ihrem Mörder nach Roderbirken gefahren. Warum sie dorthin gefahren war, lag aber weiterhin im Dunkeln.

Gestern war auch Claudia Voigts PC angekommen. Er war nicht passwortgeschützt, und sie hatte sich gleich ans Werk machen können. Sie fand heraus, dass Claudia Voigt einen Account beim Internetportal DateYourLove.de gehabt hatte, und sah die Aussage der Mutter bestätigt. Claudia Voigt hatte tatsächlich die Angewohnheit gehabt, sich mit ständig wechselnden Männern zu treffen. Über DateYourLove.de war auch die Verabredung am Tag ihres Verschwindens zustande gekommen, der geplante Kinobesuch. Der Kommunikationsverlauf hatte ergeben, dass ihr Date ein gewisser Lorenz Pfeiffer war, der in Köln eine Werbeagentur betrieb. Ob er sie umgebracht hatte?

Von wegen. Die alarmierten Kölner Kollegen hatten Lorenz Pfeiffer im Krankenhaus besuchen müssen, wo er nach einem schweren Motorradunfall am 7. Juni bereits seit mehreren Wochen lag. Wiebke hatte herausgefunden, dass der Account von Lorenz Pfeiffer bei DateYourLove.de ein Fake war. Er war über die ID eines Rechners in einem Internetcafé in Bad Doberan angelegt worden, von dem aus auch die Kommunikation erfolgt war. Sie hatten zwar auch diesen Rechner beschlagnahmt, aber viel Hoffnung hegte Wiebke nicht, darüber dem Täter auf die Spur zu kommen. Wieder hatte er sie vorgeführt.

Sicher war bisher nur, dass der Täter, dessen Abdrücke sie im Golf und bei Philippsreut gefunden hatten, vermutlich auch die Morde eins und zwei begangen hatte. Bei der Ermittlung dieser Opfer war sie noch nicht weitergekommen.

Auch die Abdrücke hatten sie nicht weitergebracht. Leider waren es keine polizeibekannten Abdrücke. Mehrfach hatte sie die Daten durch den Computer gejagt. Nur um sicherzugehen, dass sie nichts falsch machte. Doch sooft sie es auch probierte, es gab einfach keine Übereinstimmung. Der Täter war also bislang noch nie ernsthaft mit dem Gesetz in Konflikt gekommen und erkennungsdienstlich behandelt worden.

Noch weniger ergiebig war die DNA des Täters. Diese Daten wurden erst seit wenigen Jahren gesammelt, und es wäre ein reiner Zufall gewesen, wenn sie sie schon in der Datenbank gehabt hätten. Sie bräuchten eine Referenzprobe. Aber wen sollte sie zum Speicheltest vorladen? Alle in Deutschland lebenden Männer zwischen dreißig und fünfzig? Faktisch und rechtlich unmöglich.

Sie hatte eine gewisse Hoffnung gehabt, die Reifenspuren, die sie in Philippsreut gefunden hatten, könnten sie zum Auto des Täters führen. Bis ihr die Spezialisten beim LKA heute Morgen mitgeteilt hatten, dass es sich um die Größe 205/55 R 16 handelte, eine gängige Standardgröße, die an Millionen von Autos verwendet wurde. Hätten sie das konkrete Auto, könnten sie nachweisen, dass es an der Stelle im Wald gestanden hatte. Wenn nicht, dann nicht, erklärte man ihr. Wenn sie das Auto hätte, dann hätte sie auch den Mörder, hatte sie pampig gesagt und aufgelegt, um Minuten später noch einmal anzurufen und sich zu entschuldigen. Sie war einfach am Ende mit den Nerven.

Was sollte sie bloß tun? Es klopfte leise. Sie bat den Besucher herein, und in der Tür erschien Reinhard Bergmüller.

»Hallo, Wiebke«, sagte er. »Wie geht es dir?«

»Beschissen wäre geprahlt«, sagte sie ohne Umschweife.

»Kann ich verstehen«, antwortete er. »Mir geht es auch nicht besser. Jeder Weg, den wir gehen, endet in einer Sackgasse. Bei jeder Schublade, die wir öffnen, greifen wir in die Scheiße. Es ist …«

»Zum Kotzen«, vollendete Wiebke den Satz.

Bergmüller nickte. »Ich wollte dir einen Vorschlag machen«, sagte er. »Du musst nicht, aber ich halte es für sinnvoll, um mal etwas Abstand zu gewinnen.«

»Du machst es aber spannend.«

»Ich habe ein kleines Feriendomizil an der See. Dort liegt auch mein Boot. Ich lade dich ein, dass wir zusammen das Wochenende verbringen.«

»Ich weiß nicht, Reinhard …« Wiebke war unsicher, was sie zu dem Vorschlag sagen sollte. Wollte er sie etwa anmachen?

Bergmüller lächelte amüsiert, Wiebkes Gedanken mussten an ihrem Gesichtsausdruck deutlich abzulesen sein. »Ohne jeden Hintergedanken, ehrlich. Ich meine es ernst. Deine familiäre Situation ist suboptimal, wenn ich das mal so sagen darf. Die Kollegen sind verschnupft wegen deines Misstrauensvotums. Aber du kannst nicht immer allein sein. Und schon gar nicht rund um die Uhr arbeiten.«

Wiebke überlegte. Im Grunde hatte er recht. Natürlich müsste sie sich endlich mal um Jonas kümmern. Aber um Jonas kümmern hieße zugleich, sich mit Günter auseinandersetzen zu müssen. Selbst wenn sie sich mit Randolph und Jonas verabredete, um sich mit ihnen an einem »neutralen Ort« ohne Günter zu treffen, fehlte ihr schlicht die Kraft, ihrem Sohn die treusorgende Mutter zu geben, wenn in ihrem Kopf ständig die Bilder vergewaltigter, gequälter und ermordeter Frauen herumgeisterten. Lena war zwar eine gute Freundin. Sie unterhielt sich auch immer noch gern mit ihr. Doch nachdem sie mit ihr im Bett gewesen war, schien das zwischen ihnen nicht mehr dasselbe zu sein. Der Spruch, dass man, wenn Sex im Spiel war, nicht mehr unbefangen befreundet sein konnte, stimmte wohl. Egal, ob das nun ein Mann oder eine Frau war. Sie hatte Lena aber ohnehin schon nach Hause geschickt. Sie wäre tatsächlich das ganze Wochenende allein.

»Einverstanden«, hörte sie sich sagen. Sie war darüber selbst am meisten überrascht.

»Dann mach jetzt Schluss«, sagte Bergmüller.

»Ich muss nur noch kurz …«

Bergmüller fiel ihr ins Wort: »Das war keine Bitte, sondern eine dienstliche Anweisung«, sagte er streng. Doch als Wiebke zu ihm hochblickte, lächelte er.

***

Um zwanzig nach vier fuhren sie in Bergmüllers Wagen auf der A 21 in Richtung Westen. Das Navi gab neunzehn Uhr fünf als voraussichtliche Ankunftszeit an. Es waren keine Staus gemeldet. Der Motor des Audi A6 brummte leise und gleichmäßig. Bergmüller hatte eine CD mit beruhigender Entspannungsmusik eingelegt.

Wiebke hatte zu Hause schnell ein paar Sachen zusammengepackt, während Bergmüller im Wagen gewartet hatte. Dann waren sie einfach losgefahren. Als wären sie jung, ungebunden und sorgenfrei. Sie spürte, wie sie sich allmählich entspannte.

»Stell den Sitz zurück und genieße die Fahrt«, sagte Bergmüller.

Wiebke fummelte an dem Schalter am Sitz herum, und die Rückenlehne bewegte sich lautlos nach hinten. Sie lehnte sich zurück und ließ sich fallen. Zehn Minuten später war sie sanft eingeschlafen.

»Hey, Wiebke, wach auf«, hörte sie von ganz weit weg jemanden sagen. »Wir sind gleich da.«

Sie erwachte langsam, gähnte herzhaft und reckte sich.

»Wie spät haben wir's?«, fragte sie.

»Kurz vor sieben. Wir sind gut durchgekommen«, antwortete Bergmüller.

»Habe ich die ganze Zeit geschlafen?«, fragte Wiebke verwundert.

»Das ist kein Wunder nach dem Stress der letzten Wochen, und es hat dir sicher gutgetan«, entgegnete er.

Sie waren bereits auf der B 203. Bis zu ihrem Ziel waren es nur noch wenige Kilometer.

»Da vorne ist es.«

Wiebke blickte durch die Windschutzscheibe und sah graue Betonhochhäuser mit einigen bunten Farbtupfen auf der Fassade in den blauen Ostseehimmel ragen. Das war also Damp, das Ostseebad in der Eckernförder Bucht?

»Was ist denn das?«, fragte sie in einer Mischung aus Überraschung und Verwunderung. »Sind wir auf Malle?«

»Gefällt es dir nicht?«, fragte Bergmüller lächelnd.

»Sieht aus wie unsere Plattenbauten von damals«, meinte Wiebke ungläubig. »Da hast du deine Ferienwohnung?«

»Es wird dir gefallen«, sagte Bergmüller mit viel Überzeugung in der Stimme. »Die Schönheit von Damp erschließt sich erst auf den zweiten Blick. Ging mir genauso.«

Wiebke zweifelte. Aber eigentlich war es ja auch egal, wohin sie fuhren. Hauptsache, sie hatte mal ein Wochenende frei.

Sie passierten den Kreisverkehr und bogen in die Hans-Damp-Straße ein.

»Hans Damp hat also dieses architektonische Meisterwerk geschaffen«, meinte Wiebke spöttisch.

»Nein.« Er grinste belustigt. »Hans Damp ist eine Kunstfigur. Der erste Marketingchef von Damp trat bei Veranstaltungen in einer Seemannskluft auf. Wie so eine Art Popeye von der Ostsee. Diese Figur nannte er Hans Damp.«

Er stoppte vor der Schranke. Der innere Bereich des Ostseebades war eine gebührenpflichtige Parkzone. Reinhard hielt sein Saisonticket vor das Lesegerät, und die Schranke öffnete sich. Er fand vor dem Haupteingang des Ostseehotels einen Parkplatz und stellte den Motor ab.

»Ich schlage vor, dass wir erst mal etwas essen.«

»Gute Idee«, sagte Wiebke. »Seit Wochen ernähre ich mich nur von unserem Kantinenfraß und Fertigpizza.«

Sie gingen durch die Drehtür in die Lobby des Hotels. Sie musste Reinhard recht geben. Auch wenn der Beton außen hässlich sein mochte, die Lobby war geschmackvoll eingerichtet. Linker Hand befand sich ein Café im italienischen Stil. Reinhard begrüßte eine Servicekraft, die er offensichtlich kannte.

Sie durchquerten die Halle und verließen das Hotel durch die Drehtür auf der Rückseite des Gebäudes. Nach wenigen Metern erreichten sie die Uferpromenade. Jetzt wusste Wiebke endgültig, was er mit »Liebe auf den zweiten Blick« gemeint hatte. Im Hafen lagen Jachten, die leise im Wind schaukelten. Das typische Geräusch der Leinen, Segel und Fahnen, die an die Masten schlugen, das Gekreische der Möwen, die würzige Seeluft – ja, sie waren in einem Urlaubsort.

Es war warm genug, um draußen zu sitzen, sodass sie einen Tisch im Außenbereich des Ostseerestaurants wählten. Wiebke blickte auf den Hafen und betrachtete die über die Promenade flanierenden Urlauber. Der Kellner brachte die Speisekarte. Wiebke brauchte nicht lange, und kurz darauf hatten sie die Bestellung aufgegeben. Die Strahlen der untergehenden Westsonne, die sich ihren Weg zwischen den Gebäudekomplexen hindurch zur Terrasse gebahnt hatten, ließen den Weißwein in ihren Gläsern goldgelb erleuchten.

»Vielen Dank für diese gute Idee«, sagte Wiebke und prostete Bergmüller zu.

»Es ist mir eine Freude.«

Wiebke betrachtete wieder die flanierenden Menschen auf der Promenade. Etwas war ungewöhnlich. Sie überlegte lange, was das war. Als es ihr klar wurde, traute sie sich kaum, es auszusprechen.

»Reinhard, bitte verstehe mich nicht falsch«, sagte sie zögernd. »Aber hier sind auffällig viele Behinderte. Nicht dass mich das stören würde. Es sind nur wirklich viele, viel mehr als sonst.«

»Das ist kein Wunder«, antwortete Bergmüller, während der Kellner die Vorspeise servierte. Wiebke hatte eine Essenz von Ostseefischen mit Estragon und Klößchen bestellt. Bergmüller bekam eine kleine Portion süßsauer eingelegten Eckernförder Bratherings mit Löwenzahn und Bratkartoffeln. »Das alles hier sollte mal eine reine Urlaubsgegend werden. Aber schon in der Planungsphase merkte man, dass das Projekt wohl ein bisschen überdimensioniert war. Also wurde mit der Eröffnung des Hotels auch eine Klinik eingeweiht. Heute wird Damp nur noch zu etwa einem Drittel klassisch touristisch bewirtschaftet.«

»Und die anderen zwei Drittel?«

»Da ist einmal die Klinik, Europas größte Einrichtung für Implantate. Wenn du eine neue Hüfte oder ein neues Knie brauchst, bist du hier richtig. Außerdem gibt es zwei Reha-Einrichtungen. Deshalb die hohe Zahl behinderter Menschen.«

Sie begannen zu essen und unterhielten sich über dies und das.

Als der Kellner den Hauptgang abtrug, wurde Wiebke nachdenklich. Sie blickte auf die friedlich daliegenden Schiffe und bekam auf einmal Angst. Sie wusste ja, dass Bergmüller ein Boot hatte. Mit Sicherheit würde er vorschlagen, morgen einen kleinen Törn zu machen.

»Reinhard«, sagte sie verlegen.

»Ja?«

»Du, ich, äh … also … Du hast ein Segelboot, ich weiß. Und ich vermute, dass du morgen mit mir aufs Wasser willst. Aber ich …«

Er nahm ihre Hand. »Wiebke. Mir ist deine Vita wohlbekannt. Ich weiß, dass du auf einem solchen Boot nur knapp einem Mordanschlag entgangen bist. Du musst nicht mit mir fahren.«

»Danke«, sagte sie erleichtert.

Zum Dessert genossen beide eine Crème brulée. Obwohl es Hochsommer war, wurde es jetzt am Abend, gegen zweiundzwanzig Uhr, doch noch empfindlich kalt.

»Ich schlage vor, dass wir die zweite Flasche Wein bei mir in der Bude trinken.«

»Gute Idee«, sagte Wiebke. »In welchem Stockwerk hast du denn dein Refugium?«

Bergmüller schüttelte den Kopf. »Mein Unterschlupf befindet sich nicht in den Betonbauten. Komm mit, ich zeig es dir. Es wird dir gefallen.«

Er bezahlte, und sie flanierten die Uferpromenade entlang. Die kleinen Läden hatten noch geöffnet, und es waren weiterhin viele Menschen unterwegs. Nach etwa zweihundert Metern machte die Promenade einen scharfen Linksknick, und Wiebke sah den Strand. Hellen weißen Sand, wie man ihn eigentlich nur von retuschierten Prospektfotos kannte. Gegenüber dem Therapiezentrum hatte man eine Bühne errichtet, auf der eine Band spielte. Überall standen Korbsessel im Sand herum, in denen die Menschen – in Decken gehüllt – die Cocktails der Strandbar schlürften. Davor lagen jede Menge Beachvolleyball-Felder. Dann begann der Badestrand. Einige der Strandkörbe waren noch besetzt. Die meisten hatten jedoch den Korb umgedreht und blickten statt auf das Meer gen Westen, um die untergehende Sonne zu bewundern. Irgendwann lenkte Bergmüller seine Schritte nach links.

Die Bebauung endete abrupt. In Richtung Norden konnte

man den Schwansee erahnen. Bis dahin war nichts außer Feld, Bäumen und Natur zu sehen.

»Hat man eigentlich viele Bäume fällen müssen, um das hier zu bauen?«, fragte Wiebke.

Bergmüller verneinte. »Das waren alles saure Wiesen hier. Das Gras war nicht einmal geeignet, um Kühe darauf grasen zu lassen. Als man dann mit dem Bau fertig war, stellte man fest, dass praktisch keine Pflanze da war. Deshalb wurden damals Unmengen von Rollrasen gekauft, damit zwischen den Parkplätzen wenigstens ein bisschen Grün war.«

»Das hat sich ja gelohnt«, sagte Wiebke anerkennend. »Was ist das?«, wollte sie wissen, als sie am »Aqua Tropicana« vorbeikamen.

»Das ist, oder besser war, ein im tropischen Stil eingerichtetes Erlebnisbad. Ist aber leider seit Kurzem geschlossen. Die wollen stattdessen ein neues Erlebnisbad im Wikingerstil bauen.«

Sie erreichten ein Gebiet mit kleinen Ferienhäusern. Wegen der inzwischen hohen Bäume und der Dominanz der Betonburg waren sie Wiebke auf den ersten Blick überhaupt nicht aufgefallen. Als sie die Häuser schließlich sah, durchzog sie ein wohliges Heimatgefühl. »Finnhäuser«, sagte sie. »Wie bei uns!«

»Nicht wie«, erwiderte Bergmüller, während er die Tür zu einem der Häuser aufschloss. »Sie sind von ›euch‹.«

»Wie jetzt?«

»Wir nennen die Dinger Nurdachhäuser. Aber es sind Finnhäuser, Häuser ohne Seitenwände, wie sie in der DDR in den Feriengebieten zuhauf standen. Die DDR hat sie damals auch geliefert und sogar aufgebaut.«

»Gab's im glorreichen Westen denn keine Firma, die das auch gekonnt hätte?«, fragte Wiebke schnippisch.

Bergmüller zuckte mit den Schultern. »Keine Ahnung«, sagte er und führte Wiebke in den Wohnraum. »Jedenfalls wurden die Häuser irgendwann an Privatpersonen verkauft. 1995 hat man mir das hier angeboten. Für mich optimal. Groß genug für zwei Personen. Liegeplatz in unmittelbarer Nähe. Nah bei Kiel.«

Wiebke hatte inzwischen auf dem Sofa Platz genommen und sah sich um. Die Einrichtung atmete den Stil der siebziger Jahre. Die Wände waren mit Fichtenbrettern in Nut-und-Feder-Technik verkleidet, das Sofa mit grün-orangem Stoff bezogen. Die offene

Küche schien mit dem Notwendigsten ausgestattet zu sein. Oben vermutete Wiebke das Schlafzimmer.

Bergmüller machte sich am Kaminofen zu schaffen. Er füllte Kohle ein und setzte ihn in Gang. Langsam vertrieb die sich entwickelnde Wärme die Kühle im Raum.

»Als die Häuser errichtet wurden, hatten sie gar keine Heizung. Mein Vorbesitzer hat den Kamin hier eingebaut. Außerdem habe ich Nachtspeicheröfen. Ich finde aber, dass der Kamin eine schönere Wärme abgibt.«

»Warum nimmst du Kohle und nicht Holz?«, fragte Wiebke.

»Kohle hat einen höheren Brennwert. Das, was ich eben eingefüllt habe, reicht locker bis morgen nach dem Frühstück.«

Mit einem Mal überkam Wiebke eine bleierne Müdigkeit. Sie verzichteten auf den Wein. Bergmüller baute das Sofa zu einem Bett um und holte ihr aus dem oberen Raum ein Kissen und eine Decke. Wiebke zog sich aus, vergaß sogar das Zähneputzen und fiel in einen komatösen Schlaf.

Leises Geschirrklappern und das unvergleichliche Aroma frisch gebrühten Kaffees weckten sie. Wiebke rieb sich verschlafen die Augen und sah Bergmüller in der Küche hantieren. Der Tisch war bereits für zwei Personen gedeckt. Eine Kerze brannte. In den Gläsern befand sich frisch gepresster Orangensaft.

»Das ist ja lieb«, sagte sie. »Du hast Frühstück gemacht!«

»Guten Morgen«, rief er ihr aus der Küche zu. »Ich hoffe, du hast gut geschlafen?«

»Wie ein Stein.«

Sie stand auf, kramte in ihrer Sporttasche, in die sie ihre Sachen für dieses Wochenende einfach hineingeworfen hatte, holte den Kulturbeutel hervor und ging in das kleine Badezimmer. Sie spürte seine Blicke auf dem Weg dorthin, aber das konnte sie ihm nicht verübeln. Sie trug knappe Unterwäsche, und er war schließlich ein Mann.

Der Durchlauferhitzer schaffte es gerade so, das Wasser auf erträgliche Temperaturen zu bringen. Warm ist was anderes, dachte Wiebke und beeilte sich mit dem Duschen. Nach dem Zähneputzen und Föhnen hüllte sie sich in das für sie bereitgelegte Frotteetuch und ging zurück in den Wohnraum.

»Wie wird das Wetter?«, fragte sie und wühlte in der Sporttasche.

»Traumhaft«, sagte Bergmüller. »Wolkenlos bis zweiundzwanzig Grad.«

Wiebke ließ das Badetuch fallen und stand kurzzeitig nackt vor ihm. Früher hatte sie gern mit ihrer nackten Haut provoziert. Wie so vieles war auch dieses Verlangen seit Langem wie verschüttet. Jetzt aber spürte sie das Kribbeln wieder, weil sie wusste, dass er sie ansehen und begehren würde. Sie zog frische Unterwäsche an und ein schlichtes weißes Kleid.

»Es ist ja alles da«, sagte sie, als sie am Frühstückstisch Platz genommen hatte. »Ich wusste gar nicht, dass du so gut sortiert bist, noch dazu in deiner Ferienwohnung.«

»Ich bin ja auch nicht gut sortiert«, sagte er und bestrich eine Mohnbrötchenhälfte mit Butter. »Das übernimmt der freundliche EDEKA-Markt. Der ist sogar sonntags geöffnet. Ich habe deshalb immer nur das Nötigste da. Alles andere kaufe ich frisch.«

»Ich habe mir unter der Dusche was überlegt«, meinte Wiebke nach einer Weile.

»Was hast du dir überlegt?«

»Wir fahren mit deinem Boot.«

»Das ist lieb von dir, Wiebke. Nur, wie ich gestern schon sagte: Du musst dir das nicht antun.«

»Ich tue mir nichts an. Ich war immer gerne segeln und muss langsam wieder ›normal‹ werden. Was kann das Segeln dafür, dass dieser Irre mich ersäufen wollte? Wenn man einen Autounfall hatte, fährt man doch auch wieder. Nein, ich möchte mit dir heute segeln gehen.«

»Dass ich mich freue, muss ich dir nicht sagen.«

Wiebke lächelte zufrieden. Trotz seines Protestes half sie ihm beim Abwasch. Danach holte Bergmüller aus dem Schrank die Segeltuchtasche mit den benötigten Utensilien, und sie machten sich zu Fuß auf den Weg zur Damper Marina. Als sie dort ankamen, war schon viel Betrieb. Kein Wunder, es war Samstag und ein Wetter, das für einen Segelausflug wie geschaffen war. Überall sah man die Skipper ihre Schiffe klarmachen. Manche putzten noch ihr Boot, andere bugsierten die zum Teil recht großen Jachten bereits vorsichtig an der Hafenmeisterei vorbei auf die See.

Wiebke schlug das Herz jetzt bis zum Hals. Der Steg unter ihr schien zu schwanken. Es wurde immer schlimmer, je näher sie dem Boot kamen. Reiß dich zusammen, befahl sie sich immer wieder. Reiß dich endlich zusammen!

Dass Bergmüllers Boot ein ähnliches Modell war wie das, auf dem sie beinahe umgekommen wäre, war an sich kein Wunder. Die Bavaria gehörte zu den am weitesten verbreiteten Hobbysegeljachten. Und die Bavaria 31, die Bergmüller besaß, war so etwas wie der VW Golf der Segler. Besser machte es die Sache für Wiebke allerdings nicht.

Sie wunderte sich selbst, dass sie es schaffte, über den Steg auf das Boot zu gelangen, ohne das Gleichgewicht zu verlieren und ins Hafenbecken zu plumpsen. Das hätte den Zuschauern, die auf der Terrasse des Ostseehotels ihr Frühstück genossen, sicher gut gefallen. Sie ging zum Bug des Schiffes, setzte sich auf die Beplankung und befahl sich, den Törn zu genießen.

»Können wir?«, fragte Reinhard vom Heck aus.

»Schiff ahoi!«, rief sie und versuchte, locker und lustig zu wirken.

Er löste die Leinen, ließ den Schiffsmotor an und fuhr langsam durch das Hafenbecken. Wiebkes Herz raste immer noch. Zwei kleine Kinder standen am Kai und winkten ihr fröhlich zu. Mechanisch winkte sie zurück.

Gleich würden sie die sichere Umgebung des Hafens verlassen. Wiebke wurde sich der bedrohlichen Weite der offenen See bewusst. Eine Welle brach sich am Bug, und Gischt spritzte in ihr Gesicht. Sie schmeckte das Meerwasser, das sie fast umgebracht hätte. Ängstlich drehte sie sich um und sah ihn: ihren Mörder. In Lebensgröße stand er da. Gleich würde er kommen und ihr Gewichte an die Füße binden, um sie über Bord zu werfen. Sie würden sie langsam nach unten in die Tiefe ziehen. Diesmal wäre Günter nicht rechtzeitig zur Stelle. Diesmal wäre es endgültig.

»Nein!«, brüllte sie. Sie zitterte am ganzen Leib. »Bleib da! Lass mich in Ruhe!«

»Wiebke!«, rief Reinhard.

»Nein, ich will nicht sterben. Lass mich!« Sie sprang über Bord und schwamm wie von Sinnen zurück zum Hafen.

Bergmüller leitete intuitiv sofort das Mann-über-Bord-Manöver ein, besann sich dann aber und ließ sie schwimmen. Sie würde sich von ihm nicht retten lassen. Zum Ufer war es nicht weit, und sie schwamm, wie er durch das Fernglas beobachten konnte, sehr sicher und zielstrebig. Er nahm Kurs zurück auf den Hafen.

Als er am Anlegeplatz ankam, saß sie schon da. Sie hatte ihren Kopf zwischen die angewinkelten Beine gelegt. Schon von Weitem konnte man sehen, dass sie von Heulattacken geschüttelt wurde. Ihr weißes Sommerkleid klebte triefend nass an ihrem Körper. Es war ein mitleiderregendes Bild.

Er machte das Schiff fest und ging an Land. Vorsichtig setzte er sich neben sie, legte seinen Arm um ihre Schulter, zog sie an sich und schwieg. Minutenlang saßen sie so da. Langsam hörten die Heulattacken auf, und Wiebke nahm ihren Kopf hoch.

»Entschuldigung«, murmelte sie.

»Du musst dich nicht entschuldigen«, sagte er.

»Ich bin eine ganz dumme Gans.«

»Bist du nicht.«

»Doch. Ich habe mich überschätzt. Ich habe damals jede Hilfe, die man mir angeboten hat, abgelehnt. Ich krieg das schon hin, habe ich allen gesagt, ich brauche keine Therapie. Man sieht ja, wie ich es hinkriege. Ich laufe heulend aus Meetings und springe von Jachten in die See. Super.«

Bergmüller ging nicht darauf ein. »Willst du dir nicht was Trockenes anziehen?«, fragte er.

Sie nickte. »Immerhin biete ich den Urlaubern und Reha-Patienten eine kostenlose Wet-T-Shirt-Show. Das muss man mir zugutehalten.«

Bergmüller lächelte amüsiert, und in der Tat verfolgten interessierte, belustigte, aber auch strenge Blicke ihren Spaziergang zurück zum Haus. Das Bild eines Mannes an der Seite einer völlig durchnässten Frau, bei der man die Farbe der Unterwäsche sehen konnte, bot sich nur selten.

In der Ferienwohnung angekommen, duschte Wiebke erst einmal so heiß, wie es der Durchlauferhitzer eben zuließ, während Bergmüller ihr einen Tee zubereitete. Sie kam nackt aus dem Bad, kramte in ihrer Tasche und zog sich einen Pullover und eine Jeans an.

Sie lächelte, als sie den dampfenden Tee in einem Becher mit der Aufschrift »Damper Kaffeepott« auf dem Esstisch stehen sah. Er kümmerte sich wirklich um sie. Reinhard war gerade damit beschäftigt, den Kamin mit neuen Kohlen zu bestücken und entfachte das Feuer. Wenig später strahlte der Kamin eine wohlige Wärme ab.

Wiebke schlürfte den Tee. Langsam erholte sie sich wieder.

»Entschuldigung«, sagte sie noch mal.

»Ich habe dir doch schon gesagt, dass du dich nicht zu entschuldigen brauchst.«

»Doch, doch! Ich habe dir das Wochenende versaut. Du hast ein Boot an der See. Logisch, dass du segeln willst. Erst recht bei dem Wetter.«

»Ach was. Wir brauchten Ablenkung, und die hatten wir. Und die anderen Urlauber und Gäste auch.«

Wiebke war für den Anflug von Humor noch nicht wieder empfänglich. Sie saß weiter am Tisch und blickte starr in den Tee.

»Was sollen wir denn stattdessen tun?«, fragte er nach einiger Zeit. »Worauf hast du Lust?«

»Darf ich ehrlich sein?«

»Sicher.«

»Ich möchte gern nach Hause. Ich bin im Moment einfach nicht in der Lage, mich zu entspannen. Und so toll es hier auch ist: Im Moment geht es nicht. Ist das schlimm?«

»Keineswegs«, sagte Bergmüller. »Ich räume hier nur noch kurz ein bisschen auf, und dann fahren wir zurück.«

»Danke«, brachte Wiebke leise hervor und hoffte, dass er ihr ehrliches Bedauern bemerkte. Keine halbe Stunde später waren sie auf dem Weg zurück nach Rostock. Sie sprachen während der Fahrt nicht viel.

***

Er wartete nun schon seit fast einer Stunde im Airport Plaza des Flughafens Hamburg-Fuhlsbüttel auf ihre Ankunft. Er trank Kaffee und hatte Zeit nachzudenken. Je mehr er dachte, desto mehr ärgerte er sich. Vor allem über sich selbst.

Die Sache mit der Nutte hatte zwar geklappt. Aber ihm waren eklatante Fehler unterlaufen. Dass der Zeitzünder nicht funktioniert hatte, war unverzeihlich. Er musste von nun an viel vorsichtiger vorgehen. Sie hatten jetzt seine Fingerabdrücke und seine DNA, und wenn ein Verdacht auf ihn fiele, wäre er erledigt.

Im Grunde hatte diese blöde Kuh von Polizistin ihn ja sogar selbst auf die rettende Idee gebracht. Wie hatte sie es so schön formuliert? »Er wird sie sich wohl kaum aus dem Katalog bestellt haben.« Genau das hatte er nun aber getan. Das Internet war auch hier sein perfekter Komplize. Man brauchte nur die Worte »Ukraine« und »Frau« bei Google einzugeben, und man bekam die Damen praktisch frei Haus geliefert.

Er hatte gelesen, dass ukrainische Frauen alles dafür taten, um aus dem Land wegzukommen. Das schien zu stimmen. Er hatte Katharina jedenfalls nicht lange bitten müssen, sich mit einem Mann zu verabreden, der Hunderte Kilometer entfernt in einem anderen Land lebte und mit dem sie nur mühevoll kommunizieren konnte. Zumal sie sich ihm praktisch auslieferte, wenn sie angekommen war. Sie wohnte in Novi Petrivtsi, einem Kaff etwa zwanzig Kilometer nördlich von Kiew, wie sie ihm in einem grottenschlechten Englisch gemailt hatte. Sein Englisch war zwar auch nicht besonders. Aber es reichte, um sie davon zu überzeugen, dass er die Chance ihres Lebens war.

Katharina Shkarupa, wie sie mit vollem Namen hieß, war hübsch, Mitte dreißig und hatte einen Wahnsinnsbusen. Die Fotos, die sie ihm netterweise geschickt hatte, waren offenherzig. Er hatte von sich im Gegenzug ein Foto in so miserabler Qualität geschickt, dass der darauf abgebildete Mann praktisch jeder sein konnte. Sie schien damit zufrieden gewesen zu sein. Er würde sie ja erkennen.

Er blickte auf die Anzeige und dann auf seine Uhr. In ein paar Minuten würde die airBaltic-Maschine landen. Sie brauche Geld, um ihn zu besuchen, hatte sie geschrieben. Vierhundert Euro würde allein der Hin- und Rückflug kosten. Dass sie den Rückflug nicht mehr benötigen würde, konnte er ihr ja schlecht schreiben. Also hatte er ihr per Western Union zunächst fünfhundert Euro für den Flug und, nachdem sie ihm einen Scan des Tickets und ihres Touristenvisums geschickt hatte, weitere eintausend Euro für was auch immer übermittelt. Finanziell war das auch nicht mehr Aufwand, als er bei den anderen Frauen betrieben hatte. Es ging nur viel schneller.

Um halb zwei spuckte das Gate die Passagiere des Fluges aus. Sie war nicht zu übersehen. Eine fast einen Meter achtzig große blondierte Frau blickte, krampfhaft lächelnd, suchend umher. Sie trug hochhackige Schuhe und, wie er sehen konnte, halterlose Netzstrümpfe unter einem Rock, der mehr an einen breiten Gürtel erinnerte. Dazu eine Bluse, die eindrucksvolle Einsichten in das sehenswerte Dekolleté offenbarte. Was für eine Nutte, dachte er. Aber das Lachen würde ihr schon vergehen. Er ging auf sie zu.

»Hi, I am Andreas«, sagte er holperig.

Sie entspannte sich sichtlich und drückte ihn ohne viel Federlesens einfach fest an ihre Brust. Er roch das schwere, süßliche Parfum.

»Happy to be here and to see you«, stammelte sie, trat dann ein paar Schritte zurück und fotografierte ihn mit ihrem Handy. Er lächelte gequält.

»Nice to meet you«, antwortete er. Die notwendigen Floskeln hatte er sich aus einem Sprachführer für England zusammengesucht. »My car is parking outside. Shall we go?«

Das mit dem Foto ist nicht so schlimm, dachte er. Dann verbrenne ich halt das Handy.

Sie nickte. Er nahm ihren kleinen Koffer, sie hakte sich unter, und die beiden verließen das Terminal. Sie nahm im Auto Platz, während er ihr Gepäck im Kofferraum verstaute. Dann setzte er sich hinters Steuer und griff neben sich in die Ablage der Tür, wo er das Chloroform aufbewahrte. Sie war vollkommen überrascht und leistete keinerlei Gegenwehr.

Im Kofferraum konnte er die Frau diesmal nicht verstauen. Es waren zu viele Menschen hier, die ihn dabei beobachten könnten. Er stellte also die Rückenlehne des Beifahrersitzes etwas nach unten, damit es so aussah, als wenn die Frau neben ihm schlafen würde. Das tat sie in gewisser Weise ja auch. Dann kramte er wieder in der Ablage und hatte nach kurzer Suche die Spritze gefunden. Er blickte sich um, ob ihn jemand beobachtete, und injizierte das Betäubungsmittel in den Oberschenkel. Dann startete er den Wagen.

***

»Du willst also bei ihr bleiben?«, fragte Randolph.

»Ja, Mann. Ich liebe sie ja noch. Aber nach dem Scheiß, den ich gebaut habe, und bei ihrer Sturheit sieht's doch wohl zappenduster aus«, antwortete Günter.

»Du hast nur Angst, dass sie Nein sagen könnte. Aber glaube einem weisen Mann: Du wirst es nie erfahren, wenn du es nicht versuchst.«

»Du und weise«, sagte Günter und grinste über das ganze Gesicht.

»Nennen wir es halt erfahren.« Randolph nahm sich noch ein Stück von dem Erdbeerkuchen, den Günter zum Kaffee besorgt hatte. »Denn die Erfahrung lehrt uns, dass es meist der Stolz ist, der uns daran hindert, das Glück zu finden. Möglicherweise ist keine unserer natürlichen Leidenschaften so schwer zu überwinden wie der Stolz.«

»Kluger Satz. Von dir?«

»Nein, von Benjamin Franklin.«

»Und was soll ich deiner erfahrenen Meinung nach tun?«

»Kauf rote, langstielige Rosen. Fahr zu ihr hin. Gib ihr die Blumen und sag ihr, dass es dir leidtut. Entschuldige dich. Sag ihr, dass du sie liebst.«

»Vielleicht ist sie ja gar nicht zu Hause. Ich rufe lieber vorher mal an.« Günter griff zum Telefon.

»Bist du wahnsinnig?«, rief Randolph. »Leg sofort das Ding wieder hin!«

Erschrocken legte Günter das Handy wieder auf den Tisch. »Wieso?«

»Weil das überraschend kommen muss. Sie darf keine Chance haben, dir auszuweichen. Wenn du anrufst, wird sie nur abblocken.«

»Okay«, schnaufte Günter. »Nach dem Kaffee.«

»Sofort nach dem Kaffee.«

***

Eigentlich hatte er vorgehabt, die friedlich neben ihm schlafende Frau ohne Pause zum Ziel zu bringen. Doch ein unerbittlicher Gegner, seine Blase, war stärker. Schon der Gedanke an das

Geräusch von fließendem Wasser ließ ihn seine Oberschenkel zusammenpressen, und so konnte man nicht Auto fahren. Er wechselte also auf die rechte Spur, setzte den Blinker und fuhr auf die Raststätte Brokdorf Ost auf der A7.

Er parkte direkt vor dem Hintereingang der Autobahnraststätte, wo man direkten Zugang zu den Toiletten hatte. Aus der Ablage in der Mittelkonsole, wo er immer ein paar Münzen hatte, nahm er eine Euromünze, überprüfte noch mal, ob die Frau auch schlief, stieg aus, schloss das Auto ab und rannte mehr, als dass er ging, in das Raststättengebäude.

Am Drehkreuz der Sanifair-Anlage warf er den Euro in den Schlitz, ignorierte das Wechselgeld und den Gutschein, den man erhielt, wenn man die WC-Anlage benutzte, und erreichte die Pissoirs. Im buchstäblich allerletzten Moment schaffte er es, den Reißverschluss seiner Hose zu öffnen, »ihn« herauszuholen und sich zu erleichtern.

***

Weiter so zu tun, als sei sie bewusstlos, nachdem sie vor einer gefühlten Ewigkeit das Bewusstsein wiedererlangt hatte, war Katharina Shkarupa unendlich schwergefallen. Doch ihr war klar, dass sie in einer Falle saß und tot wäre, wenn sie einen Fehler machte. Sie hatte sich also am Riemen gerissen und weiter so getan, als würde sie schlafen, während sie fieberhaft überlegte, wie sie aus dem Auto und aus den Fängen dieses Typen fliehen könnte.

Als der Kerl nun unter gemurmelten Flüchen anhielt und aus dem Auto stieg, wartete sie noch kurz, bis die Zentralverriegelung den Wagen absperrte. Sie blinzelte und sah ein Toilettenschild über einer Tür, durch die er verschwand. Es war offensichtlich, dass ihr nur eine ganz kurze Zeit zur Flucht blieb. Sie löste den Gurt und öffnete die Tür des Autos. Es war ihr Glück, dass der Wagen zu denen gehörte, die man, obwohl verschlossen, von innen öffnen konnte. Sie stieg aus und rannte. Erst einmal nur weg, dachte sie. Er darf mich nicht kriegen. Weg hier. Bloß weg.

***

Der Mensch ist doch eine ziemliche Fehlkonstruktion, dachte er, als er das Raststättengebäude verließ. Kaum drückt die Blase, kann man an nichts anderes mehr denken als daran, wo man sich erleichtern kann.

Er erblickte sein Auto, begriff sofort und geriet in Panik. Die Beifahrertür war offen. Sie war wach geworden und weg. Sein Puls raste, er drohte zu hyperventilieren. Wie hatte sie wach werden können? Hatte er ihr zu wenig gegeben? Wirkte das Zeug bei Russinnen etwa nicht? Nicht einmal eine Zigarette konnte ihn beruhigen.

Er zwang sich nachzudenken. Erst einmal musste er weg von hier. Die Alte würde unter Garantie die Bullen benachrichtigen. Es war nur eine Frage von Minuten, bis sie da waren. Später müsste auch das Auto weg. Versenken, verbrennen, wie auch immer. Und in Zukunft müsste er noch vorsichtiger werden.

Mit diesen Gedanken startete er den Wagen und verließ mit hoher Geschwindigkeit den Rastplatz. Dann wurde ihm klar, dass er Hilfe brauchen würde. Und er wusste auch schon, wo er welche bekäme. In Rostock.

***

Je näher sie ihrem Ziel kamen, desto größer wurde Wiebkes Panik. Sie hatte Angst. Angst vor dem Alleinsein. Vor dem großen Haus. Vor der Leere. Als Bergmüller bremste und einparkte, sagte sie, ohne darüber nachzudenken, dass es für ihn wie eine eindeutig zweideutige Einladung klingen musste: »Kommst du noch auf einen Kaffee mit rein?«

Er sagte nur: »Natürlich«, stieg aus dem Wagen, öffnete ihr die Tür und holte das Gepäck aus dem Kofferraum. Dann folgte er Wiebke in den Flur und stellte die Tasche ab.

Sie sehnte sich nach einer Schulter zum Anlehnen. Er war da. Sie brauchte Stärke. Er war stark. Wie ferngesteuert schlang sie ihre Arme um seinen Hals und presste ihre Lippen auf seine. Nach anfänglichem Zögern erwiderte er ihren Kuss. Ihre Hände wanderten an ihm herunter und ergriffen sein Gesäß. Mit einem Ruck zog sie ihn zu sich heran. Langsam begann auch er, mit ihrem Körper zu spielen. Seine Hand wanderte unter ihren Pullover, und er streichelte über ihren nackten Rücken. Wohlige Schauer durchflossen sie. Sie bekam eine Gänsehaut.

»Komm«, flüsterte sie ihm ins Ohr, nahm seine Hand und ging mit ihm ins Schlafzimmer.

***

Günter hatte den Strauß langstieliger Rosen der sauteuren Sorte »Black Baccara« lieblos auf den Wohnzimmertisch geschleudert. Es waren vielleicht fünf Minuten vergangen, seit er die Tür zu seinem Haus aufgeschlossen hatte. Das merkwürdige Gefühl, irgendwie ein Einbrecher zu sein, verdrängte er. Er hatte das Recht, hier zu sein.

Die Geräusche, die aus dem Schlafzimmer im ersten Stock an sein Ohr drangen, waren eindeutig. Wiebke hatte Sex mit einem Mann. Es gefiel ihr, denn er wusste schließlich, wie sie klang, wenn es ihr gefiel.

Er holte sich aus der Küche eine Untertasse, steckte sich eine Zigarette an und wartete im Sessel der Couchgarnitur. Die Zeit verging quälend langsam. Erst hatte er das Haus fluchtartig wieder verlassen wollen. Doch er besann sich und nahm sich fest vor, die Situation so ruhig und sachlich wie möglich zu meistern.

Ein lang gezogener erlösender Schrei ertönte. Es war wie ein Stich in sein Herz. Dann hörte er die typischen Orgasmusgeräusche eines Mannes. Sie waren fertig. Nach ein paar Minuten hörte er Wiebke die Treppe herunterkommen. Als sie ihn sah, schrie sie vor Schreck laut auf.

»Was machst du denn hier?«, fragte sie.

»Ich rauche die Zigarette danach. Auf deinen ersten Orgasmus nach über einem Jahr. Leider ohne mich.« Er inhalierte tief und blies theatralisch den Rauch aus.

Wiebke blickte an sich herunter und sah aus, als schämte sie sich auf einmal ihrer Nacktheit. Ihr Blick fiel auf die Blumen, und an ihrem veränderten Gesichtsausdruck erkannte Günter, dass sie ahnte, was er eigentlich vorgehabt hatte. Sie hatte es gründlich versaut, das war nun amtlich.

»Wer ist denn der Glückliche?«, fragte er mit allem Zynismus, zu dem er in der Lage war.

Kaum hatte er die Frage ausgesprochen, erblickte Günter auf dem Treppenabsatz den Mann, der – wenigstens angezogen – hinter Wiebke aus ihrem gemeinsamen Schlafzimmer getreten war. Die Situation wurde bizarr, aber sie enthob Wiebke der Antwort, was ihr vermutlich nur recht war.

»Nicht doch ausgerechnet Clint Eastwood«, sagte Günter. Sein Erstaunen und seine tiefe Verletztheit waren unübersehbar.

»Verzeihen Sie, ich verstehe nicht ganz«, meinte Bergmüller irritiert.

»Das war Ihr Spitzname bei uns Staatsanwälten, als Sie noch in Rostock Dienst schoben. Wegen Ihrer, vorsichtig gesagt, rustikalen Verhör- und Ermittlungsmethoden. Ihre Erfolgsquote war beeindruckend, wie ich zugeben muss. Offenbar liegen Ihre Qualitäten aber auch noch auf einem anderen Gebiet.«

»Günter, ich …«, stammelte Wiebke.

»Ach sei ruhig.« Günter erhob sich, drückte die Kippe aus und fummelte seinen Schlüsselbund aus der Hosentasche. Er entfernte den Haustürschlüssel und gab ihn dem verdutzten Reinhard Bergmüller. »Ich brauche ihn nicht mehr. Vielleicht haben Sie ja Verwendung dafür. Noch ein schönes Leben, Wiebke«, sagte er im Gehen. »Wenn du deinen Fall gelöst hast, kümmern wir uns um die Scheidungsmodalitäten.«

Die Haustür fiel geräuschvoll ins Schloss, und sie hörten den Mondeo mit quietschenden Reifen wegfahren.

Wiebke hatte Tränen in den Augen.

»Geh jetzt bitte und lass mich allein. Wir sehen uns Montag im Präsidium«, sagte sie tonlos. Bergmüller wollte etwas erwidern, doch Wiebke winkte ab. »Bitte geh.«

Er nickte, legte den Hausschlüssel auf den Tisch und wandte sich zum Gehen. Im Flur klingelte sein Handy.

»Das gibt es doch gar nicht«, sagte er aufgeregt, nachdem er eine Weile zugehört hatte. »Wirklich? Wir kommen sofort. Ja, ich informiere die Kollegin.«

»Was ist los?«, fragte Wiebke, die noch immer nackt im Wohnzimmer stand und langsam fror.

»Eine Ukrainerin wurde nach Deutschland gelockt, betäubt und entführt. In der Nähe von Kiel erlangte sie das Bewusstsein wieder und konnte flüchten, während ihr Entführer auf einer Autobahnraststätte pinkeln war.«

»Könnte es unser Täter gewesen sein?«, fragte sie.

»Das wissen die Kollegen auch nicht. Möglich ist es aber. Die Zeugin ist bereits auf dem Weg nach Rostock.«

»Wann war das, das mit der Entführung, meine ich?«

»Die Frau wurde um fünfzehn Uhr zwanzig von der Polizei aufgegriffen.«

»Und warum erfahren wir das erst jetzt?«, fragte Wiebke verärgert. Ein Blick zur Uhr zeigte ihr, dass es schon achtzehn Uhr siebenundvierzig war. Immerhin hatte sie an alle Polizeidienststellen geschrieben, dass jede, wirklich jede Entführung einer Frau sofort an sie zu melden sei.

»Das Opfer spricht praktisch nur Russisch. Die Kollegen mussten erst einen Dolmetscher organisieren.«

»Ich zieh mich an«, sagte Wiebke und war irgendwie froh, dass der Dienst sie von den rauchenden Trümmern ihres Privatlebens ablenkte.

Bergmüller nahm seine Jacke vom Garderobenhaken. »Ich fahr schon mal vor«, sagte er. »Wir sehen uns in ein paar Minuten in der Blücherstraße. Ich bring nur vorher meine Sachen nach Hause.«

»Einverstanden, bis gleich.« Wiebke wandte sich ab.

Ja, es gab Sex ohne Liebe, das wurde ihr jetzt klar. Sie fühlte sich überhaupt nicht zu ihm hingezogen. Sie wollte ihm nicht einmal einen Abschiedskuss geben. Und noch einmal mit ihm schlafen wollte sie auch nicht. Die Erkenntnis war so klar wie ein lupenreiner Diamant. Sie ging nach oben und duschte noch schnell, bevor sie losfuhr. Vom Auto aus informierte sie Lena, die versprach, ebenfalls zu kommen.

Es könnte sein, dass sie ihn bald hatten.

ZWÖLF

Randolph blickte Günter erwartungsvoll an, als dieser ins Wohnzimmer kam.

»Und? Wie ist es gelaufen.«

Günter sagte nichts, sondern holte den Wodka und zwei Gläser. Immer noch schweigend goss er zwei Gläser voll, deutete ein Zuprosten an und kippte das Glas auf ex.

»Nun lass dir nicht alles aus der Nase ziehen.«

Günter holte tief Luft und berichtete von seiner gerade gemachten Erfahrung. Mit offenem Mund hörte Randolph ihm zu. Als Günter fertig erzählt hatte und den nächsten Wodka kippte, sagte er nur: »Scheiße.« Dann legte sich ein Lächeln über sein kantiges Gesicht, und er fügte hinzu: »Wenigstens steht es jetzt unentschieden.«

***

Zitternd führte Katharina Shkarupa die Zigarette an den Mund. Sie zog und inhalierte tief. Streicher löste die Manschette an ihrem anderen Arm und notierte die Blutdruckwerte. Die Tür öffnete sich, und Wiebke trat in ihr Büro.

»Hallo, Herbert«, begrüßte sie ihren Kollegen. »Wie geht es ihr?«

»Körperlich so weit okay«, antwortete er. »Dass ihr Puls erhöht ist und der Blutdruck leicht über der Norm liegt, ist angesichts der Situation wohl nachvollziehbar. Ich habe ihr Blut abgenommen. Die Proben sind schon auf dem Weg ins Labor.«

»Hast du ihr irgendetwas gegeben?«, fragte Wiebke.

Streicher schüttelte den Kopf. »Bis ich weiß, was und wie viel der Entführer ihr verpasst hat, ist das nicht zu verantworten.«

»Aber den Blutdruck bei einer gleichzeitig rauchenden Patientin messen, das ist zu verantworten, ja?«, foppte sie ihn.

»Willst du es ihr verbieten?«, antwortete er achselzuckend. Wiebke winkte ab.

»Kann ich sie vernehmen?«

»Ja, da sehe ich kein Problem.«

Nach und nach füllte sich das Büro mit den Mitgliedern der Soko. Ängstlich beobachtete Katharina Shkarupa die Menschenmassen, die sie anstarrten. Wiebke registrierte das und sagte energisch: »Alle raus hier! Die Vernehmung mache ich allein. Sobald ich fertig bin, informiere ich euch.«

Sie erwartete eigentlich, dass Bergmüller ihr widersprechen würde. Nicht weil er vielleicht anderer Meinung war, sondern weil er als Chef der Soko seine Autorität untergraben sah. Doch zu ihrer Überraschung opponierte er nicht. Im Gegenteil.

»Wiebke hat recht«, hörte sie seine durchdringende Stimme sagen. »Kollegen, solange wir warten, kann jeder an seine Arbeit gehen. Sobald der Dolmetscher da ist, befragt die Kollegin Menn die Zeugin von Frau zu Frau. Dass mir bis zum Ergebnis der Befragung keiner wagt, das Gebäude zu verlassen!«

»Wir können sofort anfangen«, sagte Wiebke und begann in fließendem Russisch, mit Katharina zu reden. Die schaute überrascht und lächelte dann entspannt.

»Woher kannst du das?«, fragte Bergmüller.

»Du müsstest doch meine Vita kennen. Es hat auch seine Vorteile, wenn man in der DDR aufgewachsen ist«, meinte Wiebke. »Und jetzt raus hier.«

Dann besann sie sich und fragte Bergmüller, ob sie Lena für das Protokoll dabehalten könne. Sie wolle sich ganz auf die Befragung konzentrieren. Bergmüller willigte ein, scheuchte die anderen aus dem Büro und schloss die Tür hinter sich.

Katharina Shkarupa erzählte atemlos, was ihr widerfahren war, und Wiebke war froh, zu dieser möglicherweise entscheidenden Zeugin in einem der wichtigsten Fälle ihrer Karriere schnell einen Draht gefunden zu haben. Sie musste sie allerdings ständig unterbrechen und übersetzen, damit Lena, die kein Russisch sprach, die Informationen notieren konnte.

»Kannst du den Täter beschreiben?«, fragte Wiebke schließlich. »So, dass wir ein Phantombild machen können?«

Katharina Shkarupa lächelte trotz der Anspannung und sagte: »Das ist nicht nötig. Ich habe ein Foto.« Sie kramte in ihrer Handtasche, holte ihr Handy hervor und präsentierte der verblüfften

Wiebke ein gestochen scharfes Foto des Mannes auf dem Display. Wiebke griff zum Telefonhörer.

»Herbert, komm sofort her«, sagte sie nur. Dann legte sie auf und wählte die Nummer von Bergmüllers Büro. »Wir haben ihn«, teilte sie ihm mit. Aus ihrer Stimme klangen Erleichterung und Triumph gleichermaßen heraus. Von wegen »Niemals kriegt uns eine Frau«!

***

Die Szene hatte fatale Ähnlichkeit mit einer Invasion. Die Straßen waren abgesperrt. Im Gebäude auf der anderen Straßenseite hatten sich Scharfschützen positioniert. Bergmüller, Zielkow und Wiebke diskutierten mit dem Einsatzleiter des Sondereinsatzkommandos.

»Haustür, Kellerausgang und Balkon sind abgesichert«, sagte der in seiner Einsatzkluft martialisch wirkende Beamte. »Die Zieleinheit liegt zwar im dritten Stock, aber man weiß ja nie. Ich schlage vor, dass wir mit einer Sprengladung die Wohnungstür öffnen, eine Blendgranate werfen und ihn dann festnehmen.«

»Klingt gut«, meinte Bergmüller.

Der SEK-Mann drückte auf die Taste seines Funkgerätes und raunte: »Zugriff!«

Immer auf Eigensicherung bedacht, stürmten acht Polizisten in das Gebäude. Behände liefen Sie die Treppen hinauf. Einer befestigte den Plastiksprengstoff an der Tür. Mit einem lauten Knall war die Tür offen, ein anderer warf die Blendgranate, und die Männer stürmten die Wohnung.

Die ganze Aktion war völlig unnötig gewesen.

Auf dem Boden lag eine leblose Person, die mit leerem Blick an die Decke starrte. Sie lag in einer riesigen Blutlache, das Blut war schon geronnen. Auf der Stirn war ein Einschussloch zu sehen. Der Mann war tot.

Wiebke ließ sich Latexhandschuhe geben. Sie drehte den Kopf des Toten ein wenig und erkannte sofort, dass es sich um den Mann auf dem Foto handelte. So sah sie also aus, die Bestie. Ein Mann Mitte fünfzig. Sein Gesicht hatte gar nichts Diabolisches. Er war durchschnittlich groß, schlank, hatte aber einen kleinen Bauchansatz. Seine Kleidung stammte, wie sie dem Etikett des Jacketts entnahm, von C&A. Mit einem Satz: Er hätte Versicherungen verkaufen können. Und doch lag vor ihr der Mann, der aller Wahrscheinlichkeit nach vier Frauen ermordet hatte und weitere drei hatte töten wollen. Wer war er? Warum war er tot?

Ihr erster Gedanke war Selbstmord, was sie aber gar nicht erst aussprach, weil er dazu die Waffe in der Hand haben oder diese zumindest in unmittelbarer Nähe der Leiche liegen müsste. Keins von beidem war der Fall. Der Mann war umgebracht worden.

Streicher erschien im Türrahmen. Er wirkte übermüdet, aber voller Tatendrang.

»Ein Schuss aus allernächster Nähe«, urteilte er, nachdem er die Leiche von Markus Höhn genauer betrachtet hatte. »Ich schätze, aufgesetzt. Welches Kaliber, kann ich noch nicht sagen. Wirkt fast wie eine Hinrichtung.«

Er prüfte die Körpertemperatur. »Todeszeitpunkt vor circa acht bis zwölf Stunden.«

Da habe ich gerade mit Katharina Shkarupa gesprochen, dachte Wiebke, behielt das aber für sich. »Wie schnell kannst du beweisen, dass dieser Mann da unser Täter ist?«, fragte sie stattdessen.

»Ich kann sofort einen Abgleich machen. Ich habe ja die Fingerabdrücke aus Köln und Philippsreut. Dauert circa eine Stunde.«

»Mach das bitte.«

Wiebke hatte sich in den letzten Tagen oft gefragt, wie sie sich wohl fühlen würde, wenn sie den Täter, der sie so bloßgestellt, so lächerlich gemacht hatte, endlich erwischt hätten. Sie hatte diesen Triumph herbeigesehnt. Doch die Situation war vollkommen anders als erwartet. Ein toter Killer konnte ihr nicht mehr erklären, warum er sie so hasste und warum er ihretwegen vier Frauen bestialisch getötet hatte. Sie fühlte sich nicht als Heldin. In ihr war Leere.

Bergmüller kam auf sie zu. »Sieh's mal so«, sagte er, als habe er ihre Gedanken erraten. »Drei Frauen haben überlebt.«

Wiebke blickte ihn überrascht an. »Damit haben wir aber leider rein gar nichts zu tun, Reinhard. Die Frauen haben überlebt, weil ein anderer, den wir nun ebenfalls suchen müssen, wollte, dass er starb. Wir haben gar nichts erreicht.«

Bergmüller schwieg.

Zwischenzeitlich waren die Kollegen der Spurensicherung eingetroffen und stellten die Beweise sicher.

»Was machen wir nun?«, wollte sie von Bergmüller wissen.

»Da fragst du den Falschen«, antwortete der überraschend. »Mein Job ist erledigt. Das ist von nun an wieder ganz allein dein Revier. Oder das vom Kollegen Franck. Je nachdem, wie du dich entscheidest.«

Eigentlich hätte sie sich freuen sollen. Aber auch die wiedergewonnene Führungsposition löste keine positiven Gefühle in Wiebke aus. Natürlich würde sie den Job zu Ende machen. Sie würde ermitteln, wer Markus Höhn warum getötet hatte. Doch dann war es erst einmal an der Zeit, ihr Privatleben zu ordnen.

Als Schleicher bald darauf die Übereinstimmung der Fingerabdrücke des Toten mit denen aus dem Golf und dem Mietwagen in Philippsreut bestätigen konnte, fuhr sie nach Hause und legte sich mit Kleidung und Schuhen auf ihr Bett. Draußen wurde es bereits hell. Sie war seit vierundzwanzig Stunden auf den Beinen, in denen sie mit ihrem Chef geschlafen, ihre Ehe endgültig zerstört und einen Serienmörder gefangen hatte. Mehr passte beim besten Willen nicht in einen Tag.

DREIZEHN

Draußen war es so drückend heiß wie selten in diesem kühlen und verregneten Sommer. Wiebke saß schwitzend in ihrem Büro. Sie las noch einmal die Untersuchungsergebnisse vom Tatort Markus Höhn, soweit diese schon vorlagen. Vier Tage waren seit dem Zugriff am Sonntag vergangen, doch bei der Menge an sichergestellten Spuren würde es noch Wochen dauern, bis alles kriminaltechnisch einwandfrei untersucht worden war.

Dass der Tote aus dem Appartement in der Husumerstraße der Serienkiller war, stand inzwischen einwandfrei fest, nicht nur wegen der Fingerabdrücke. Von dem PC in Höhns Appartement waren, wie die Spezialisten im LKA festgestellt hatten, diverse Angriffe auf Fremdrechner getätigt worden, um mittels gestohlener Identitäten über das Internetportal DateYourLove.de die Beziehung zu seinen Opfern aufzubauen. Darauf fanden sich auch diverse E-Mails, die die Geschichte von Katharina Shkarupa belegten. Außerdem war der gestrige Tag verstrichen, ohne dass eine weitere Nachricht von Max und Moritz eingegangen war. Die Frist bis zum vierten Streich, der die Ukrainerin hatte treffen sollen, war ohne Konsequenzen abgelaufen.

Nur die Feststellung der Identität des Täters erwies sich als schwierig. Weder die Fingerabdrücke noch die DNA von Markus Höhn waren im System gespeichert. In seiner Wohnung hatten sie diverse Pässe, Führerscheine und Mitgliedsausweise gefunden, darunter auch die eines gewissen »Maximilian Wilhelm Busch«. Es war unwahrscheinlich, dass einer davon die wahre Identität des Mörders preisgab. Es wäre jedoch sehr unbefriedigend, wenn die »Bestie von Rostock«, wie die Presse ihn nannte, ein namenloses Phantom bliebe.

Sie hatten, seit sie den Toten gefunden hatten, in den Medien öffentlich nach Bekannten, Freunden und Verwandten gesucht. Doch bislang hatte sich niemand gemeldet. Sie schaute auf die Uhr. Es war kurz vor zwölf, und Reinhard Bergmüller hatte zu einem kleinen Umtrunk nebst Imbiss im Konferenzzimmer geladen, da musste sie hin. Am Montag hatte er den Mitgliedern der Soko eröffnet, dass er ihnen nur noch bis heute zur Verfügung stehen würde, und tatsächlich Wiebke die Leitung der Soko übertragen. Diese sollte, wenn auch nicht mehr im selben Umfang wie bisher, bestehen bleiben, bis erstens die Leichen gefunden waren und zweitens der Mörder von Markus Höhn ermittelt war.

Sie ging in den Konferenzraum und sah in erleichtert wirkende Gesichter der Kollegen. Sie spürte förmlich, dass jetzt, wo die größte Anspannung von ihnen allen abgefallen war, einige Mitleid mit ihr hatten, weil der Täter sie unschuldig in den Mittelpunkt gerückt hatte.

Bergmüller kam zu Wiebke und drückte ihr ein Glas Sekt in die Hand.

Als um zwölf Uhr dreizehn, tausend Entschuldigungen murmelnd, schließlich auch Zielkow erschienen war, schlug Bergmüller mit einem Löffel gegen sein Glas. »Liebe Kollegen und Kolleginnen! Noch vor zwei Monaten hätte ich mir nicht träumen lassen, dass ich in dieser schönen Stadt nach zwanzig Jahren noch einmal ermitteln würde. Dazu in so einem Fall. Sie alle haben in den vergangenen Wochen Übermenschliches geleistet. Dafür möchte ich mich bei Ihnen bedanken. Ich weiß, dass ich das viel zu selten sage. Ich weiß auch, dass ich gelegentlich ein Ekel sein kann. Dafür möchte ich mich entschuldigen. Ich wünsche Ihnen allen alles Gute. Es war mir eine Ehre, mit so ausgezeichneten Ermittlern zusammengearbeitet zu haben. Zum Wohl!«

Auch Zielkow fand ein paar nette Worte. Schließlich ging die Veranstaltung in die übliche Plauderei in kleinen Grüppchen über.

Wiebke gesellte sich zu Bergmüller und Zielkow. »Gern, Eberhard«, hörte sie Bergmüller sagen. »Dann also um zwanzig Uhr zum Essen bei dir.«

»Was wirst du eigentlich als Nächstes machen?«, fragte sie Reinhard.

»Übermorgen in aller Herrgottsfrühe geht mein Flieger nach Sydney.«

»Was willst du denn in Australien?«

»Ich war noch nie dort. Und einen Urlaub habe ich mir doch schließlich verdient, oder?«

»Natürlich, das hast du.« Sie lächelte. »Apropos, Herr Zielkow?«

»Ja?«, antwortete der vorsichtig.

»Ich hatte Ihnen versprochen, die Sache hier zu Ende zu führen. Den Mörder unseres Täters und die Leichen finden. Aber ich möchte vorher ein paar Tage weg. Ich muss mal ausspannen.«

»Wie lange denn?«

»Nur über das verlängerte Wochenende«, meinte Wiebke. »Nach Paris fliegen. Da war ich schon ewig nicht mehr.«

»Genehmigt«, sagte Zielkow gönnerhaft. »Wann sind Sie wieder da?«

»Nächsten Dienstag, in alter Frische.«

»Na dann viel Spaß in der Stadt der Liebe«, erwiderte Zielkow. Gleich darauf rieb er sich verlegen das Kinn. Offenbar sah er Wiebkes sauertöpfischer Miene an, dass er sich mitten in einem riesigen Fettnapf befand.

»Wo ist eigentlich deine Kollegin, die dir bei der Identifikation der Opfer ausgeholfen hat?«, versuchte Bergmüller abzulenken.

»Lena?«

»Genau. Ich vermisse sie hier.«

»Lena ist wieder im uniformierten Dienst. Sie hat mir gesagt, dass sie die Straße vermisst. Zum Aktenwälzen sei sie auf Dauer nicht geboren.«

»Da gibt es einige Kollegen, die so denken«, warf Zielkow ein. »So mancher hat den Vorschlag, Kriminaler zu werden, mit genau diesem Argument abgelehnt.«

Gegen halb zwei verabschiedete sich Bergmüller noch einmal persönlich von jedem Einzelnen. Was Wiebke erstaunte, war, dass er jeden Namen parat hatte. Er winkte noch einmal in den Raum und verschwand. Langsam löste sich die Runde auf, und auch Wiebke ging wieder in ihr Büro.

Sie ordnete die Akten und ging ins Netz. Das mit Paris war ein spontaner Einfall gewesen. Und dass sie schon ewig lange nicht mehr da gewesen sei, eine Lüge. Sie war noch nie da gewesen. Aber sie fand, dass sie sich, genau wie Bergmüller, ein paar Tage Urlaub und ein bisschen Abstand verdient hatte. Nicht nur wegen der Anstrengung der letzten Wochen. Sondern auch, um sich in privater Hinsicht über einige Dinge klar zu werden. Sie vermisste ihren Sohn, war aber noch nicht bereit, sich mit ihrem Mann auseinanderzusetzen. Vorher musste sie überlegen, wo sie als Paar und als Familie standen. Oder wo sie wollte, dass sie standen. Sie brauchte Zeit und Ablenkung, um wieder zu sich zu kommen. Der Fall lastete wie ein Gebirge auf ihren Schultern. Schließlich war sie über Wochen die Gejagte eines Wahnsinnigen gewesen.

Sie fand tatsächlich eine Städtekurzreise. Der Flieger würde morgen, am Freitag, um sechs Uhr vierzig ab Hamburg gehen. Sie wäre am Dienstag um fünfzehn Uhr zurück und könnte daher erst Mittwoch wieder arbeiten. Wegen des einen Tages würde Zielkow sie aber sicher nicht umbringen. Kurzerhand zückte sie ihre Kreditkarte und buchte.

***

Lena saß am Steuer und fuhr, ihre Kollegin Silke Meier saß neben ihr auf dem Beifahrersitz. Die beiden waren schon vor Lenas Abstecher zur Kripo Partnerinnen gewesen, und Silke hatte sich froh gezeigt, wieder mit ihr Streife fahren zu können. Mit der anderen Kollegin sei sie überhaupt nicht zurechtgekommen.

»Na, wie war's bei der Kripo?«, fragte sie.

»Na ja, was soll ich sagen? Erst war ich stolz wie Oskar, dass Wiebke mich gefragt hat. Aber ich sage dir eins: Das Aktenfressen geht dir nach ein paar Wochen gehörig auf den Zeiger.«

»Verstehe. Und die Menn? Wie ist die denn so?«

»Wie meinst du das?«

»Na, ist die wirklich bekloppt?«

»Wer sagt denn so was?«, fragte Lena leicht gereizt.

»Komm, du weißt doch genau, was man sich erzählt. Wenn man versucht hätte, mich zu ersäufen, würde ich auch bekloppt. Sie soll einen Putzfimmel gekriegt haben.«

»Wiebke ist eine ganz tolle Kollegin, die das alles prima weggesteckt hat. Könnt ihr die Lästerei nicht einfach mal sein lassen?«

»Sonst bist du doch auch nicht so empfindlich«, wehrte sich Silke.

Lena wollte gerade etwas erwidern, als eine Stimme aus dem digitalen Funkgerät ertönte.

»Robbe 13?«

»Robbe 13 hört«, antwortete Silke.

»Spielende Kinder in der Industrieruine Petridamm. Bitte überprüfen und gegebenenfalls einschreiten.«

»Robbe 13 verstanden.«

Lena gab Gas. Schon viele Kinder hatten sich beim Spielen in der Ruine des ehemaligen VEB Kooperation Schiffbau erheblich verletzt, daher war Eile geboten.

***

Digitaler Funk ist sicher? Von wegen, dachte er und legte das Handgerät weg. Mit dem richtigen Werkzeug und technischen Know-how glaubten die beiden Hühner im Einsatzfahrzeug vor ihm ohne Zögern, die Zentrale hätte angerufen. Dabei war er das gewesen. Prima, der neue Trick. Er würde ihn ›Bullen-Trick‹ nennen. Dann gab er Gas, um vor den beiden am Gelände zu sein.

***

Sie parkten den Wagen, stiegen aus und schritten auf die verfallenen Hallen zu. Ein Mann kam ihnen entgegen.

»Was machen Sie denn hier?«, fragte Lena. Statt zu antworten, zog der Mann eine Waffe, zielte auf Silke und schoss. Lena griff zum Holster, doch er war schneller. Sie spürte einen stechenden Schmerz und sank augenblicklich zu Boden. Beide bemerkten nicht mehr, wie er ihre leblosen Körper in den Kofferraum seines Autos wuchtete und ihnen sorgfältig Sedative injizierte. Die Körper deckte er mit einer Decke ab. Dann verließ er ungesehen das Gelände.

VIERZEHN

Die Tage in Paris hatten ihr gutgetan. Nach den letzten Wochen hatte sie dringend eine Luftveränderung gebraucht. Ihr war klar geworden, dass sie es noch einmal mit Günter versuchen wollte. Er hatte sie verletzt, ohne Frage. Aber hatte sie nicht, als sich ihr die die Chance bot, ebenso einfach zugegriffen? Gelegenheit macht Diebe, sagte man. Außerdem schuldete sie es Jonas, bei der ersten ernsthaften Krise nicht einfach aufzugeben. Das konnte man mit zwanzig und kinderlos tun, fand sie, nicht als über vierzigjährige Mutter. Natürlich wusste sie nicht, ob es funktionieren würde, aber sie war entschlossen, den Versuch zu wagen. Sie erreichte die Blücherstraße um sieben Uhr fünfzig, ging in ihr Büro und machte sich einen Kaffee, nachdem sie vorher den Rechner eingeschaltet hatte. Sie wunderte auch heute wieder, dass das mit dem Hochfahren immer so lange dauern musste.

Mit dem Kaffeebecher kehrte sie an ihren Schreibtisch zurück. Sie zog es vor, zuerst die eingegangene Post zu lesen. Es war aber nichts wirklich Wichtiges dabei, sodass sie die Schreiben in das Körbchen mit der Aufschrift »Eingangspost« legte. Dann las sie quer, was die anderen Dienststellen ihr in den paar Tagen zugeschickt hatten. Auch hier gab es außer den unvermeidlichen Dienstanweisungen und einigen verspäteten Berichten der Kollegen aus der Soko nichts Besonderes. Sie beschloss, das Einsortieren in die Ablage auf später zu verschieben.

Schließlich öffnete sie das Mailprogramm. Eine Meldung nach der anderen poppte auf. Wie immer ging sie chronologisch vor und öffnete die zuletzt eingegangenen Mails zuerst. Sie ärgerte sich, wie so oft, wenn sie mal ein paar Tage nicht da war. Denn obwohl sie einen Spamfilter aktiviert hatte, waren gut die Hälfte der eingegangenen Mails Schrott. Dann huschte ein Lächeln über ihr Gesicht. Sie las eine Nachricht von Bergmüller. Er hatte ihr doch tatsächlich ein Foto geschickt, das ihn vor dem Opernhaus in Sydney zeigte. Er wünschte ihr viel Erfolg bei der Suche nach dem Mörder des Mörders, wie er sich in der Mail ausdrückte. Danach habe sicher auch sie einen ausgedehnten Urlaub verdient.

Wie rücksichtsvoll, dachte Wiebke, schloss die Nachricht und scrollte weiter nach oben. Sekunden später gefror ihr das Blut in den Adern. »Sie haben Post von Moritz!« stand in der Betreffzeile einer Mail. Die Nachricht war leer, hatte aber zwei Anhänge.

Wiebke öffnete das erste Dokument, ein PDF. Sie atmete flach, während sie das Gedicht las.

»Max und Moritz machen beide
Den Ermittlern keine Freude.
Wiebke denkt, sie sind perdu,
Doch sie freut sich viel zu früh.
Zumindest Moritz bleibt verdorben,
Denn nur Max ist just verstorben.

Er wird weiter unverdrossen
Fröhlich spielen seine Possen.
Dass die eine doch kam frei,
Ist nicht schlimm, jetzt sterben zwei.

So hab in der schönen Sommerzeit,
Wenn die fleiß'gen Mörderleut
Viele schöne Dinge machen:
Foltern, quälen und dann lachen,
Ich gleich zwei mir mit Bedacht
Durch 'ne List ins Haus gebracht.

Ich lass es nicht dabei bewenden,
Nur Lenas Leben zu beenden.
Warum die Silke ist dabei?
Wie gesagt: Ich brauchte zwei!

Wiebke, schau den Film dir an
Und denke dabei stets daran,
Dass am Tode schuld bist du,
Weil zu dumm, du blöde Kuh!
Wärst du nämlich keine Frau,
Säße ich schon längst im Bau.

Dies war nicht der letzte Streich,
Denn derselbe folgt sogleich.
Du dir wohl im Klaren bist,
Dass dies in zwei Wochen ist.«

Wiebke brachte nicht die Kraft auf, das Video zu öffnen. Zitternd nahm sie den Telefonhörer und ließ sich mit Lenas Vorgesetztem verbinden.

»Ist die Kollegin Svenson heute im Dienst?«, fragte sie mit dem letzten Rest an Hoffnung, den sie noch hatte.

»Sie haben es nicht gehört?«, fragte Lenas Chef verwundert.

»Was gehört?«, kreischte Wiebke und überspielte es mit einem Hustenanfall.

»Die Kolleginnen Lena Svenson und Silke Meier sind seit Donnerstag verschwunden. Wir haben ihren Einsatzwagen verlassen auf dem Gelände der Industrieruine Petridamm gefunden. Sie hatten sich nicht abgemeldet und auch keinen entsprechenden Einsatz gehabt. Keine von beiden hat sich seither gemeldet, weder bei uns noch bei Verwandten oder Freunden. Wir können uns keinen Reim darauf machen. Komisch, dass Sie davon nichts mitbekommen haben.«

»Ich war ein paar Tage verreist«, flüsterte Wiebke, während ihr die Tränen wie Bäche über die Wangen liefen. »Was haben Sie veranlasst?«

»Wir haben beide zur Fahndung ausgeschrieben. Bislang ergebnislos.«

»Danke«, sagte Wiebke und legte, ohne eine Antwort abzuwarten, auf. Dann tat sie etwas, von dem sie wusste, dass es sie ihr ganzes Leben belasten würde. Aber sie musste sich den Film ansehen. Sie musste den Mörder fangen.

Es folgten die schrecklichsten vierundvierzig Minuten ihres Lebens.

Der Täter hielt sich wieder penibel an den schon etablierten Ablauf. Er hielt die »Norddeutschen Neuesten Nachrichten« vom 4. August in die Kamera, legte sie weg und begann sein teuflisches Werk. Eines aber war anders als sonst: Die Gesichter seiner Opfer waren nicht unkenntlich gemacht.

Wiebke weinte nicht einmal mehr, als sie sah, wie erst Silke

Meier und dann ihre Freundin Lena gefoltert, brutal vergewaltigt und schließlich in offensichtlichem Wahn erstochen wurden. Als das Programm am Ende fragte: »Noch einmal abspielen?«, nahm sie den schweren Locher von ihrem Schreibtisch und warf ihn in den Bildschirm.

Als sie wieder denken konnte, meldete sie sich krank und fuhr nach Hause. Zielstrebig ging sie ins Badezimmer, öffnete den Medizinschrank und nahm die Packungen Valium und Schlaftabletten heraus. Die hatte man ihr damals nach dem Mordversuch an ihr verschrieben. Sie hatte sich aber geweigert, das Zeug zu nehmen. Das schaffe ich schon allein, war ihr Mantra. Von wegen.

In der Küche pulverisierte sie den Inhalt beider Packungen, füllte das Zeug in ein Glas und öffnete eine Flasche Wein. Sie goss auf und rührte um. Sie konnte einfach nicht mehr.

Auch wenn er ein Psychopath war. Oder ein psychisch kranker Soziopath, wie Bergmüller meinte. Mit einem hatte er völlig recht: Sie hatte diese Menschen auf dem Gewissen. Den ersten Mord vielleicht nicht. Aber alle weiteren wären nicht passiert, wenn sie ihn gekriegt hätte. Sie war eine Mörderin, weil sie es nicht schaffte, jemand anderen am Töten zu hindern, obwohl es ihre Aufgabe, ja ihre Pflicht war.

Für sie war nun klar, dass der Täter ein Polizist sein musste. Nur ein Kollege wäre in der Lage, Lena und Silke im Dienst in einen Hinterhalt zu locken. Aber es konnte jeder sein. Sie hatte keinen Schimmer, um wen es sich handelte. Sie konnte niemanden außer den weiblichen Kollegen wirklich ausschließen. Also war sie ganz allein. Hatte er nicht recht, dass sie zu dumm war, ihn zu fangen? Sie kannte ihn persönlich und hatte dennoch nicht die blasseste Ahnung, wer er war. Sie hatte auf ganzer Linie versagt.

Er hatte es geschafft. Sie war am Ende. Sie rührte nochmals um und setzte das bitter riechende Gebräu an den Mund. Du wirst ganz einfach einschlafen, dachte sie, um sich Mut zu machen. Ein sanfter Tod ist doch was. Dann dachte sie an Jonas und setzte wieder ab. Mit dem Glas in der Hand ging sie ins Wohnzimmer und setzte sich auf die Couch. Sollte sie sich wirklich feige aus dem Leben stehlen und ihrem Kind die Mutter nehmen? Aber wollte ein Kind denn überhaupt eine Mutter, die, wie sie es auch drehte und wendete, schuld am Tod von sechs Menschen war? Projizierte sie da nicht ihre Angst vor dem Tod auf das Leben ihres Sohnes? Was war mit Jonas' Recht, als glücklicher, behüteter Junge in einem gesunden Umfeld aufzuwachsen? Einem Umfeld, das sie ihm nicht mehr bieten konnte.

Wiebke suchte nach Gründen, die ihr erlaubten, weiterzuleben. Gründe, die nicht selbstsüchtig waren. Doch am Ende siegten die depressiven Gedanken. Sie setzte an und trank das Gebräu in großen Schlucken. Schon bald setzte eine bleierne Müdigkeit ein. Verbittert schlief sie ein.

***

Herbert Streicher überprüfte das Ergebnis lieber noch einmal. Doch auch die zweite ballistische Untersuchung der Kugel, die Markus Höhn getötet hatte, zeigte, dass das Geschoss aus einer Polizeipistole stammte. Wessen Waffe das gewesen sein könnte, wusste er nicht. Er müsste es herausfinden, aber das konnte er nicht allein. Er überlegte lange, wen er in Kenntnis setzen oder was er tun sollte, und zermarterte sich das Hirn, welcher Kollege zu einer solchen Tat in der Lage wäre, und vor allem, warum. Denn dass ein Polizist den Mord begangen hatte, war nun klar, und auch, dass Wiebke mit ihrer Vermutung, er könnte Teil der Soko sein, vielleicht recht gehabt hatte.

Streicher schloss die Akte, verstaute sie im Tresor und verließ unter einem Vorwand sein Labor. Im Präsidium ging er schnurstracks zu Wiebkes Büro und fand es leer vor. Er sah den zerstörten Monitor, konnte sich aber keinen Reim darauf machen. Als er erfuhr, dass Wiebke sich krankgemeldet hatte, überlegte er nur kurz, ließ sich Wiebkes Privatadresse geben und fuhr zu ihr. Sie sollte zuerst von seiner Entdeckung erfahren, dann könnten sie gemeinsam überlegen, was zu tun war.

Ihr Dienstwagen stand vor dem Haus. Sie war also da. Er klingelte Sturm, aber niemand öffnete. Daher ging er ums Haus, lugte vom Garten aus ins Wohnzimmer und sah sie auf dem Sofa liegen. Er klopfte laut und vernehmlich, aber Wiebke rührte sich nicht.

Streicher begann, sich Sorgen zu machen. Er entdeckte das Glas auf dem Couchtisch, und ein schlimmer Verdacht kam in ihm auf. Er hatte sich immer gefragt, wie Wiebke die Erlebnisse der letzten Jahre ohne professionelle Hilfe so gut hatte wegstecken können.

Von einer Sekunde auf die andere machte er sich heftige Vorwürfe. Er war Arzt und kannte die Gefahren, die unbehandelte traumatische Erlebnisse hervorbringen konnten. Trotzdem hatte er ihr Eheglück und ihre späte Schwangerschaft als ein Zeichen gedeutet, dass die schlimmen Erlebnisse einen Gegenpol gefunden hatten. Als hätte Wiebke das allein bewältigen können! Wieso hatte er nicht bemerkt, dass sie allen etwas vorspielte? Da schob man jahrelang zusammen Dienst. Und wenn eine Kollegin in eine existenzielle Krise geriet, tat man nichts. Außer seinen Beteuerungen, stets für sie da zu sein, hatte er doch wie all die anderen zufrieden mit den Schultern gezuckt, als sie sich zusammenriss, und einfach weitergemacht, als sei nichts geschehen. Und nun war es zu dieser Hexenjagd gekommen, die der Mann auf seinem Seziertisch veranstaltet hatte. Selbst ein Kollege ohne eine derartige Vorgeschichte würde in einer solchen Situation an die Grenze seiner psychischen Belastbarkeit gebracht. Das hätte er bemerken müssen. Der zerstörte Monitor in Wiebkes Büro fiel ihm wieder ein. Ohne weiter zu überlegen, nahm er einen der Vulkansteine, die die Terrasse des Hauses zierten, und warf die Scheibe der Balkontür ein. Er griff hindurch und öffnete sie von innen. Am Glas auf dem Tisch musste nur kurz riechen, um zu wissen, was passiert war.

Er prüfte Puls und Atmung. Sie waren beide schwach, aber noch vorhanden. In der Küche fand er die Schachteln. Streicher nahm sein Handy und erreichte einen Kollegen außerhalb des Polizeiapparates, dessen Verschwiegenheit er sich sicher sein konnte. Er schilderte die Situation, bat ihn, unauffällig zu Wiebke zu kommen, und legte auf.

Von diesem Suizidversuch durfte niemand erfahren. In ihren Reihen war ein Mörder. Der Selbstmordversuch einer Kollegin würde die Kräfte im Präsidium und den Fokus aller Beteiligten derart binden, dass er etwaige Spuren, die ihn vielleicht doch noch verraten würden, verwischen könnte.

Nur wenige Minuten später erschien Streichers Kollege mit einem Notfallkoffer und vor allem allein. Gemeinsam behandelten sie die ohnmächtige Wiebke, pumpten ihr den Magen aus und injizierten ein den Kreislauf stabilisierendes Mittel.

»Sie muss trotzdem ins Krankenhaus, Herbert«, sagte sein Kollege, ein Internist.

»Ich weiß, aber das geht im Moment nicht.«

»Ich rede dir da ungern rein, doch diese Frau hat gerade versucht, sich das Leben zu nehmen. Sie gehört in eine Behandlung.«

»Ich kümmere mich um sie, versprochen«, sagte Streicher. »Sie wird eine Therapie machen und alles, was dazugehört, dafür werde ich sorgen. Aber bitte versteh, dass hiervon keiner was erfahren darf.«

»Es ist deine Verantwortung, Herbert«, ermahnte ihn sein Kollege.

»Ich weiß.«

Sie trugen Wiebke ins Schlafzimmer und legten sie auf ihr Bett.

»Ich gehe dann mal«, sagte Streichers Kollege. »Überleg dir bitte noch mal, ob das wirklich gut ist, was du vorhast.«

Streicher nickte. Er wusste, dass er viel Verantwortung auf sich geladen hatte. Erneut prüfte er Wiebkes Vitalfunktionen und ging dann ins Wohnzimmer, wo er telefonisch einen Notdienst beauftragte, der eine Stunde später die Balkontür notdürftig reparierte. Nachdem das erledigt war, setzte er sich an Wiebkes Bett und wartete.

***

Langsam erwachte Wiebke. Sie nahm alles wie durch einen Schleier, eine dicke Nebelsuppe wahr. Es dauerte, bis sie realisierte, wo sie war und was geschehen war. Dann bemerkte sie Herbert Streicher, der auf einem Stuhl neben ihrem Bett saß.

»War wohl keine gute Idee?«, murmelte sie.

»Du bist durchgedreht. Kein Wunder«, antwortete Herbert Streicher.

»Danke, Herbert«, flüsterte sie und meinte es so. Irgendwie war sie auf einmal froh, dass er sie noch rechtzeitig gefunden hatte.

Sie brauchte noch eine gute Stunde, bis sie wieder einigermaßen klar war. Streicher half ihr beim Aufstehen. Sie wankte beim Gehen, als wäre sie völlig betrunken, schaffte es aber bis nach unten in die Küche, wo Streicher ihr ein Glas Wasser gab, das sie gierig trank.

»Du wohnst jetzt erst einmal bei uns«, sagte er.

»Kommt gar nicht in Frage«, protestierte Wiebke. »Das war ein einmaliger Ausrutscher, Herbert. Versprochen!«

»Entweder du wohnst bei uns, oder ich liefere dich in die Psychiatrie ein, wozu ich eigentlich sowieso verpflichtet bin. Deine Entscheidung.«

Das wirkte. Die Angst vor der Psychiatrie saß bei Wiebke so tief, dass sie lieber Streichers Drängen nachgab. Eine Stunde später betraten sie Streichers Haus, wo sie von dessen Frau herzlich empfangen wurde. Sie bezog das Gästezimmer und legte sich sofort hin. Es folgten vierzehn Stunden traumlosen, fast schon komatösen Schlafes.

Als Wiebke am späten Vormittag des nächsten Tages erneut wach wurde, fühlte sie sich frisch und ausgeruht. Sie duschte ausgiebig und wunderte sich, als sie das Wohnzimmer betrat, dass Herbert Streicher nicht im Dienst war, sondern dort offensichtlich auf sie gewartet hatte.

Er kam unmittelbar zur Sache. »Ich weiß, warum du dich umbringen wolltest«, sagte er. »Ich habe deinen Rechner im Büro gecheckt und das Video gesehen.«

Wiebke nickte.

»Ich verstehe auch, warum du niemandem davon erzählen wolltest. Ich habe nämlich das gleiche Problem.«

»Wieso?«, fragte sie überrascht.

Streicher erzählte, welche Kugel den Serientäter, der offenbar doch kein Einzeltäter war, wie sie bisher angenommen hatten, getötet hatte.

»Das heißt«, schlussfolgerte Wiebke, »dass wir es möglicherweise von Anfang an mit zwei Tätern zu tun gehabt haben. Wir wissen, dass Max die Entführungen organisiert hat. Die Spurenlage in zwei Fällen und eine parallele Vorgehensweise in einer ganzen Reihe weiterer Vermisstenfälle lässt den Schluss zu. Und natürlich Katharina Shkarupas Aussage. Wer die gefilmten Morde begangen hat, wissen wir dadurch aber nicht. Max? Moritz? Beide abwechselnd?«

»Ich tippe auf Moritz«, sagte Streicher. »Max ist tot, aber das Video, das du erhalten hast, gleicht in jedem Detail den vorherigen. Ich vermute, dass Moritz Angst hatte, Max könnte ihn verraten, nachdem die Ukrainerin mit einem Foto von ihm entkommen war. Also hat er ihn liquidiert.«

»Aber wie ermitteln wir gegen jemanden aus den eigenen Reihen? Bis wir einen konkreten Verdacht haben, weiß der doch über alles Bescheid, was wir tun.«

»Ich hatte an die Innere gedacht«, schlug Streicher vor.

Wiebke schüttelte den Kopf. »Die sind zwar eigentlich dafür zuständig. Nur: Wer garantiert uns, dass das Schwein nicht ausgerechnet bei der Inneren arbeitet?«

»Klingt logisch. Also sind wir zu zweit. Nicht eben gerade viel, vor allem, weil wir quasi undercover arbeiten müssen.«

»Es gibt da noch jemanden, den wir mit ins Boot holen können.«

»So? Wen denn?«

»Bergmüller. Der kann es nicht gewesen sein, weil er zur Zeit des Mordes an Lena und Silke schon auf dem Weg nach Australien war. Sein Flug ging am Samstag ganz früh, da haben die beiden den ›Norddeutschen Neuesten Nachrichten‹ im Video zufolge noch gelebt.«

»Und wenn er nicht geflogen ist?«

Wiebke erschrak. Daran hatte sie nicht gedacht.

»Wir müssen es überprüfen«, sagte sie und fragte Streicher, wo sein privater Computer stand. Streicher deutete auf die Treppe. Sie folgte ihm in ein kleines Büro im Obergeschoss. Streicher fuhr seinen PC hoch, räumte dann den Platz am Schreibtisch, und Wiebke checkte, welche Flüge von Hamburg nach Sydney am fraglichen Samstag in Betracht kamen. Dann telefonierte sie mit den Fluggesellschaften. Nach zwei Stunden hatte sie ihre Antwort.

»Er saß im Flieger«, sagte sie erleichtert zu Streicher, der die ganze Zeit über zum Nichtstun verdammt gewesen war. »Quantas hat mir soeben bestätigt, dass Reinhard um vier Uhr dreiundzwanzig eingecheckt hat. Die Maschine startete um fünf Uhr fünfzehn. Direktflug nach Sydney. Das heißt, dass er schon um vier Uhr in der Früh am Flughafen gewesen sein muss. Um diese Zeit gab es noch keine Zeitung, und den Rest des Tages saß er im Flieger nach Sydney, wohin er Lena und Silke kaum hätte mitnehmen können. Er kann es also nicht gewesen sein.«

»Dann ruf ihn an«, sagte Streicher.

Wiebke blickte auf ihre Uhr. Es war Viertel vor elf, in Sydney also bald neunzehn Uhr. Das passte. Sie nahm ihr Handy aus der Handtasche und hatte ihn tatsächlich sofort am Apparat.

Sie telefonierten sehr lange. Als das Gespräch beendet war, sagte sie zu Streicher: »Er kommt. Es dauert aber. Allein die Flugzeit beträgt fast einen Tag. Er kümmert sich jetzt sofort um das Ticket und schickt eine SMS, sobald er Genaueres weiß.«

Eine Stunde später erfuhren sie, dass Bergmüller übermorgen, am Samstag um vierzehn Uhr zwanzig, in Hamburg landen würde. Er empfahl, bis dahin nichts zu unternehmen, um den Täter nicht zu warnen. Wiebke schrieb zurück: »Geht klar. Ich hole dich ab. Danke!«

»Erzähl's ihm bitte nicht«, sagte Wiebke leise und blickte Streicher fast flehentlich an.

Er strich ihr väterlich über das Haar.

»Versprochen«, sagte er.

FÜNFZEHN

Sie hatten ihr Versprechen nicht halten können. Wiebke war wie Streicher der Meinung, dass derjenige, der »Max« getötet hatte, zwingend »Moritz« sein musste. Also hatten sie, während sie auf Bergmüllers Rückkehr warteten, eine Liste mit allen in Betracht kommenden Kollegen angefertigt und mit aller gebotenen Vorsicht überprüft, ob nicht einige von vorneherein als Täter ausschieden. Sämtliche Männer nämlich, die für den letzten Tatzeitraum von Samstagmorgen bis Dienstagabend ein wasserdichtes Alibi hatten. Dann hatten sie alle verfügbaren Informationen über die verbliebenen Kollegen zusammengesucht. Es waren einige.

»Das ist aber nur eine Hypothese«, wandte Bergmüller ein. Sie saßen zu dritt in Streichers Partykeller, der provisorisch zum Büro umgestaltet worden war.

»Du weißt so gut wie ich«, meinte Wiebke, »dass Polizeiarbeit immer mit einer Hypothese anfängt. Wir können ja schlecht vorsorglich alle männlichen Polizisten verhaften.«

Bergmüller wirkte übernächtigt. Er rieb sich die Augen, schüttelte sich, als wollte er den Jetlag wie eine lästige Fliege vertreiben. Dann riss er sich sichtbar zusammen. Kein Wunder, dachte Wiebke. Es war jetzt kurz nach sechs. Seit einer Stunde saß er, nachdem sie ihn um kurz vor drei vom Hamburger Flughafen hierherkutschiert hatte, mit ihnen in diesem Partykeller. Und sie hatten nicht mal mehr eine Woche, um wenigstens den letzten Mord zu verhindern.

»Ja, Wiebke. Du hast ja recht. Aber du weißt auch, wie leicht man mit Hypothesen danebenliegen kann. Ich gebe es ja ungern zu, aber mit der Einzeltäterthese habe ich schließlich ziemlich ins Klo gegriffen.«

»Reinhard, du musst dir nichts vorwerfen«, meinte Wiebke.

»So?«, fragte er. »Wie ist es denn bei dir? Machst du dir nicht manchmal Vorwürfe, dass einige Morde, wären wir effektiver gewesen, hätten verhindert werden können?«

Aus Wiebkes Gesicht verschwand augenblicklich jede Farbe. Sie saß bleich da und wirkte um Jahre gealtert.

»Das bringt doch nichts«, mischte sich Streicher ein. »Dadurch, dass wir uns die Versäumnisse der Vergangenheit um die Ohren hauen, fangen wir ihn auch nicht.«

Wiebke warf Streicher einen dankbaren Blick zu. Dann begannen sie zu dritt, sich durch die zusammengetragenen Aktenberge der verbliebenen Verdächtigen zu wühlen.

***

Die Tassen hüpften bedenklich, als Bergmüller am Dienstag wie aus dem Nichts mit der Faust auf den Tisch haute. Wiebke und Streicher, die beide in Akten vertieft waren, zuckten vor Schreck zusammen.

»Das ist doch scheiße, was wir hier machen«, sagte er wütend. »Das bringt doch alles nichts!«

»Was bringt nichts?«, fragten Wiebke und Streicher unisono.

»Wir fressen seit Tagen Akten. Heute ist Dienstag, und in eins, zwei, drei«, Bergmüller zählte es ihnen demonstrativ mit den Fingern vor, »vier Tagen stirbt die Nächste einen qualvollen Tod.«

»Hast du eine bessere Idee?«

»Gib mir noch mal die Hauptakte.«

Streicher kramte und reichte Bergmüller die Papiere. Der las schnell, aber offensichtlich hoch konzentriert. Dann nickte er heftig und murmelte: »Das passt.«

»Was passt?«, fragte Wiebke verwirrt.

»Ich muss etwas ausholen, um das zu erklären. Und es ist nicht gerade das Ruhmesblatt meiner Karriere.«

»Wir sind gespannt.«

»Also«, begann Bergmüller gedehnt. »Wie ihr wisst, war ich Anfang der Neunziger hier Polizist. Zielkow und ich bildeten bei mehreren Fällen ein Team. Wir waren ziemlich gut, bis auf einen Fall konnten wir alle aufklären.«

»Ich erinnere mich«, sagte Wiebke. »Es gab während deiner Zeit hier überhaupt nur einen einzigen Fall, den du nicht aufklären konntest, und Zielkows Quote war ähnlich gut.«

»Ich erinnere mich aber nicht«, sagte Streicher. »Anfang der Neunziger war ich noch Stationsarzt in Erlangen.«

»Wir ermittelten in einem Mordfall im Rotlichtmilieu. Eine

Prostituierte war von einem Freier brutal erstochen worden. Wir hatten ziemlich schnell einen Verdächtigen. Theodor Schmidt-Geerling hieß er. Er war kein unbeschriebenes Blatt. Wir nahmen ihn fest, und er kam in U-Haft. Ich holte ihn zum Verhör und nahm ihm die Handschellen ab. Etwas zu früh. Wie aus dem Nichts hatte er plötzlich eine Waffe in der Hand. Wir haben die undichte Stelle im Vollzug nie finden können. Aber ihr wisst ja, dass man im Knast für Geld wie im richtigen Leben fast alles kriegen kann. Jedenfalls entwaffnete er mich und zwang mich, ihn wegzubringen. Irgendwo in der Pampa kettete er mich an einen Baum, zog mich aus und schoss mir zum Abschied ins Bein. Wie die spätere ballistische Untersuchung ergab, handelte es sich bei seiner Waffe um eine Jahre zuvor bei einem Einsatz abhandengekommene Polizeiwaffe. Schmidt-Geerling nahm meinen Dienstwagen und verschwand. Den Wagen haben wir später am Hafen gefunden. Der Verdächtige blieb verschwunden. Ebenso die Waffe, die er benutzte.«

»Und Sie meinen, es könnte sich bei ›Moritz‹ um jenen – wie hieß er noch gleich? – handeln?«

»Schmidt-Geerling. Theodor Schmidt-Geerling. So etwas vergisst man nicht, das können Sie mir glauben. Mit unserer Suche nach einem Polizisten als Täter sind wir in den letzten Tagen nicht sehr weit gekommen. Wenn die Tatwaffe aber aus einem alten Fall stammt, muss es überhaupt kein Kollege sein.«

»Aber auch wenn die Waffe damals in Schmidt-Geerlings Besitz verblieb, kann er als Privatperson, noch dazu vorbestraft, unmöglich wissen, was unser Täter weiß«, widersprach Wiebke.

»Unterstellen wir mal«, sagte Streicher nach kurzer Überlegung, »die Waffe, mit der Sie damals verletzt wurden, Herr Bergmüller, und die Waffe, die ›Max‹ getötet hat, sind identisch. Dann spricht viel dafür, dass Schmidt-Geerling zumindest damals einen Komplizen hatte, der Polizist war. Polizeiwaffen bekommt man schließlich nicht an jeder Ecke. Vielleicht ist ›Moritz‹ ja wie angenommen Polizist und hat ›Max‹ alias Schmidt-Geerling alias Markus Höhn mit dessen eigener Waffe erschossen.« Streicher sah Wiebke und Bergmüller fragend an. Doch dann schüttelte er den Kopf und winkte ab. »Das ist nicht möglich. Wenn er, wie Sie sagen, kein unbeschriebenes Blatt war, hätten wir bei der

Suche nach Markus Höhn Schmidt-Geerlings Fingerabdrücke im System gefunden.«

»Wenn sie denn überhaupt ins System eingegeben wurden. Noch naheliegender ist, dass man sie in der Zwischenzeit entfernt hat«, antwortete Bergmüller.

»Wie meinst du das?«, fragte Wiebke mit offenem Mund.

»Nun, das Automatisierte Fingerabdruckidentifizierungssystem AFIS wurde damals gerade erst eingeführt. Die alten Abdrücke mussten manuell eingegeben werden. Und wie ihr wisst, wird es zwar zentral beim BKA geführt, aber von den LKAs bearbeitet. Wenn also ein Insider mit Zugang zum AFIS den Datensatz mit den Abdrücken Schmidt-Geerlings gelöscht hat, suchen wir uns einen Wolf.«

»Dann werden wir nie mit Sicherheit sagen können, ob die gut gekühlte Leiche in der Gerichtsmedizin mal auf den Namen Theodor Schmidt-Geerling gehört hat. Denn ohne Referenz kann ich nichts beweisen«, sagte Streicher resigniert.

»Du unterschätzt die deutsche Bürokratie«, antwortete Wiebke mit einem Lächeln. »Wir bewahren doch jeden Mist auf. Warum entlarven wir denn bis heute immer wieder informelle Mitarbeiter der Stasi, obwohl die ihre Nachbarn schon irgendwann in den Achtzigern bespitzelt haben?«

»Weil die Akten noch da sind«, sagte Bergmüller anerkennend.

»Eben. Und ich gehe jede Wette ein, dass die Akten des Falls Schmidt-Geerling ebenfalls im Archiv vor sich hin stauben. Dort befindet sich dann auch deine Referenz, Herbert.«

»Wo sind denn die Akten genau? Und wie kommen wir da ran, ohne im wahrsten Sinne des Wortes viel Staub aufzuwirbeln? Immerhin suchen wir einen Kollegen, vergesst das nicht«, merkte Streicher an.

»Die Akten werden zentral beim LKA in Rampe archiviert«, erklärte Bergmüller. »Das Beste ist, ich fahre hin. Als LKA-Kollege aus Kiel kann ich eine unverfängliche Geschichte auftischen, warum ich im Archiv stöbern muss. Ich fahre sofort los. In drei Stunden etwa kann ich wieder da sein, und wir sind hoffentlich einen …«

»Nein, du fährst nicht«, sagte Wiebke und schaute in zwei verwunderte Augenpaare. »Ich fahre dich. Du bist doch stehend k.o.«

Reinhard lächelte. »Einverstanden. Herr Dr. Streicher, wir sind gleich wieder da.«

»Herbert«, sagte Streicher und streckte seine rechte Hand aus. »Ich heiße Herbert.«

»Angenehm«, entgegnete Bergmüller und drückte ihm fest die Hand. »Ich bin Reinhard.«

»Ich kann ja in der Zwischenzeit überprüfen, ob die Kugel, die dich damals verletzt hat, aus der gleichen Waffe stammt wie die, die ›Max‹ getötet hat.«

Bergmüller nickte.

»Los, komm«, drängte ihn Wiebke. »Wir haben nicht viel Zeit.«

»Sag mal, Reinhard«, meinte Wiebke, als der Sicherheitsgurt im Peitschenschloss einrastete und sie den Dienstwagen startete. »An das AFIS kommt doch nicht jeder ran, oder?«

»Nein, dazu braucht man eine besondere Berechtigung. Warum fragst du?«

»Nun.« Sie räusperte sich, während sie den Befehlen aus dem Navigationsgerät folgte. »Wenn deine These stimmt, und dieser Schmidt-Geerling ist unser Mann, dessen Spuren im Computer verwischt wurden, dann …« Wiebke senkte ihre Stimme. Sie traute sich kaum, das auszusprechen, was sie dachte. »Dann kommen als Täter nur eine Handvoll Kollegen in Betracht.«

»Warum?«

»Es können nur männliche Kollegen sein, die in den Neunzigern die entsprechende Berechtigung hatten und jetzt in Rostock Dienst schieben.«

Bergmüller nickte bedächtig. »Da hast du allerdings recht. Aber wie du schon sagtest: *wenn* meine These stimmt.«

Wiebke spürte, dass Bergmüller bereits einen Verdacht hatte. Sie verzichtete aber darauf, ihn danach zu fragen. Sie wusste aus eigener leidvoller Erfahrung, wie schmerzhaft es war, einen Kollegen zu verdächtigen, dessen Unschuld sich im Nachhinein herausstellte. Sie gab Gas und fuhr mit hoher Geschwindigkeit. Die Wahrheit duldete keinen Aufschub mehr.

Noch am selben Abend hatten sie Gewissheit: Der tote »Max« alias Markus Höhn oder eben Maximilian Busch war tatsächlich gebürtig der Anfang der Neunziger aus der Untersuchungshaft ausgebrochene Theodor Schmidt-Geerling. Sein Kumpel »Moritz« musste damals verhindert haben, dass Schmidt-Geerling in die Datei aufgenommen wurde. Streicher konnte außerdem bestätigen, dass es sich bei der Waffe, mit der er getötet worden war, um die Polizeiwaffe handelte, die er in der Untersuchungshaft erhalten hatte.

»Moritz« lief immer noch frei rum. Er hatte einen weiteren Mord angekündigt. Und er war Polizist. Wiebke schnürte der Gedanke, dass es der sein würde, auf den alles hindeutete, förmlich die Kehle zu.

***

»Haben wir auch bestimmt nichts übersehen?«, fragte Wiebke am übernächsten Tag, als sie mit zittriger Hand die Kaffeetasse zum Mund führte. »Ich kann mir nicht vorstellen, dass er der Täter ist.«

»Wiebke«, sagte Bergmüller mit einem gewissen mahnenden Unterton, »wenn wir einen Mörder an der Nasenspitze erkennen könnten, wäre unser Job ziemlich einfach.«

»Trotzdem«, beharrte Wiebke. »Lass uns noch einmal alles durchgehen.«

Bergmüller deutete auf Streicher. »Herbert. Fass du das Ganze doch bitte noch mal zusammen.«

Streicher kratzte sich am Kopf und begann. »Wir haben festgestellt, dass der tote ›Max‹ ein vorbestrafter Krimineller ist, dessen Daten aus dem AFIS gelöscht wurden. Das kann nur bedeuten …«

»Könnte es nicht auch sein«, unterbrach Wiebke ihn, »dass die Daten aufgrund eines Versehens nicht ins System aufgenommen wurden?« Sie wollte unbedingt verhindern, dass sie irgendetwas übersahen, nur weil die Indizienlage so eindeutig erschien.

Bergmüller schüttelte den Kopf. »Es wurde damals mehrfach gecheckt, ob auch wirklich alle Kunden bearbeitet wurden. Er ist also mit an Sicherheit grenzender Wahrscheinlichkeit mal erfasst worden. Irgendwer hat dann später den Datensatz gelöscht.«

Wiebke nickte. Dennoch waren ihre Zweifel nicht völlig beseitigt.

»Fahr fort, Herbert.«

»Derjenige, der den Datensatz gelöscht hat, muss zu dieser Zeit, Anfang der Neunziger, die Berechtigung dazu gehabt haben.«

»Nein«, widersprach Wiebke, »die Berechtigung kann er auch später erhalten und erst nach … sagen wir zehn Jahren den Datensatz gelöscht haben.«

»Das ist möglich, aber unwahrscheinlich«, erwiderte Bergmüller. »Lass uns bitte den Gedanken zu Ende führen: Unsere Liste enthält drei Namen von Beamten, die damals die fragliche Berechtigung hatten. Eberhard Zielkow ist einer davon.«

»Eben, auf der Liste stehen drei, warum konzentrieren wir uns hierbei nur auf ihn?«, fragte Wiebke mehr aus Trotz, denn sie kannte die Antwort bereits.

»Zwischen Max und Moritz muss es eine Verbindung geben. Mit anderen Worten: Die Lebensläufe der beiden müssen sich irgendwann gekreuzt haben. Das ist unseren bisherigen Erkenntnissen zufolge nur bei Zielkow der Fall. Selbst wenn wir den gesamten Zeitraum zugrunde legen, haben wir niemanden in Rostock, bei dem beides zutrifft. Und es spricht gegen deine These, ›Moritz‹ könnte erst nach zehn Jahren den Datensatz gelöscht haben, Wiebke. Außerdem ist in diesem Zusammenhang noch ein anderer Fakt von Interesse«, sagte Bergmüller vieldeutig.

»Was denn?«, fragte sie.

»Es ist kein Geheimnis, dass Zielkow und ich damals befreundet waren. Als ich beim LKA in Kiel richtig Karriere machte, überlegte ich, Eberhard nachzuholen. Ich habe das meinem damaligen Chef vorgeschlagen, und wir haben wie üblich den Charaktertest gemacht.«

»Charaktertest?«, fragte Streicher. »Wie darf ich das verstehen?«

»Wisst ihr«, sagte Bergmüller gedehnt, »LKA-Beamte sind grundsätzlich sehr anfällig für Bestechung und insbesondere Erpressung. Wir haben es mit den ganz, ganz schweren Jungs zu tun. Wenn die eine offene Flanke bei einem Ermittler spüren, nutzen sie das gnadenlos aus. Einem Spieler wird so viel Geld geliehen, dass er gar nicht mehr anders kann, als Geheimnisse zu verraten. Ein Familienvater mit einem Hang zu jungen Mädchen wird gefilmt, wenn er eine Sechzehnjährige vernascht, und erpresst. Die Liste lässt sich beliebig fortsetzen. Deshalb überprüfen wir unsere Kandidaten genau.«

»Ihr spioniert sie aus«, sagte Wiebke angewidert.

»Ist das legal?«, wollte Streicher wissen.

»Nein, das ist es nicht. Aber die Kandidaten merken nichts davon, und niemandem wird Schaden zugefügt«, rechtfertigte sich Bergmüller.

»Irgendwie gibt es die Methoden der Stasi wohl immer noch. Nur die Rechtfertigungen sind andere«, sagte Wiebke.

»Mir machen solche Bespitzelungen von Kollegen aus Gründen der Staatsräson gewiss keinen Spaß. Aber ich möchte auch nicht mit jemandem an den brisantesten Fällen arbeiten, um hinterher feststellen zu müssen, dass mein Partner ein Verräter ist – aus welchen Gründen auch immer.«

»Sei's drum. Was habt ihr über Zielkow erfahren?«

»Er hat einen Hang zu Gewalt-Sex, besucht regelmäßig einschlägige Etablissements und hat dort über die Jahre ein mittleres Vermögen gelassen. Damit war er für die ihm zugedachte Position ungeeignet. Dass seine Neigung aber zum Täterprofil passt, ist wohl unbestritten. Es ist nicht auszuschließen, dass ihm die käufliche Variante irgendwann erstens zu teuer wurde und zweitens mit zu wenig … nennen wir es mal ›Kick‹ verbunden war.«

»Und warum sagst du uns das erst jetzt?«, fragte Wiebke, die spürte, dass sie langsam, aber sicher eine Abneigung gegen Bergmüller entwickelte.

»Liebe Wiebke«, antwortete er. »Grundsätzlich ist es doch wohl seine Privatsache, wie er mit seinen sexuellen Bedürfnissen umgeht. Solange er nicht verdächtig war, ging dieses Wissen wirklich keinen was an.«

Wiebke schwieg zwar. Doch ihre Augen sandten gefährliche Blitze aus.

»Können wir jetzt bitte aufhören, uns selbst zu zerfleischen?«, ermahnte Streicher die beiden. Seine Worte wirkten auf Wiebke wie ein Eimer kaltes Wasser.

»Was tun wir jetzt also mit unserem Verdacht?«, fragte sie.

»Wir informieren den Chef der Inneren«, schlug Bergmüller vor. »Wir bitten ihn her und sagen ihm, was wir wissen.«

»Oberstaatsanwalt Dr. Christian Schürmann? Oh Mann, das wird aber spaßig«, sagte Wiebke.

»Wieso, was ist mit ihm?«

Mit dieser Frage offenbarte Streicher, wie Wiebke amüsiert feststellte, dass er eben doch Mediziner und kein Polizist war. Jeder Polizist hasste in gewisser Weise die Kollegen von der Inneren, die bei Verfehlungen von Polizisten die Ermittlungen führten. Und Dr. Christian Schürmann nahm seine Aufgabe besonders genau.

»Schürmann ist eine fleischgewordene Dienstanweisung. Er kennt jede Vorschrift, ist exakt bis zum Erbrechen, und nicht wenige behaupten, dass sogar seine Unterhosen eine Bügelfalte hätten«, fasste Wiebke den Charakter des Mannes zusammen.

»Können wir ihm trauen?«, fragte Bergmüller.

Wiebke musste lächeln. »Ich denke schon. Er kann jedenfalls nicht ›Moritz‹ sein.«

»Warum nicht?«

»Schürmann war schon mit sechsundzwanzig Volljurist und Staatsanwalt. Mit neunundzwanzig wurde er Chef der Inneren. Jetzt ist er einunddreißig. Er ist somit Jahrgang 1981. Anfang der Neunziger wird er wohl kaum irgendwelche Computer beim LKA manipuliert haben.«

»Das sehe ich ein«, sagte Bergmüller lächelnd. »Ruf ihn an!«

***

Die wenigen Andeutungen, die Wiebke im Telefonat gemacht hatte, genügten vollauf. Zwanzig Minuten nach ihrem Anruf erschien der Oberstaatsanwalt im Keller der Streichers und machte seinem Ruf alle Ehre. Er wirkte wie aus dem Ei gepellt. Sein Blick war klar und kalt. Doch seine Augen verrieten, dass dahinter ein brillanter Verstand werkelte.

»Sie hätten mich früher informieren müssen, Frau Kollegin«, sagte er als Erstes in scharfem Ton. »Laut Paragraf …« Weiter kam er nicht.

»Jetzt passen Sie mal auf, Sie Oberklugscheißer«, fuhr Bergmüller ihn an. »Wir suchen einen extrem gefährlichen Serienmörder, der nach Beweislage zudem ein Polizist, und zwar ein leitender, ist. Das wissen wir selbst auch noch nicht sehr lange. Und bevor ich Leute wie Sie auf einen Kollegen loslasse, muss ich schon ziemlich sicher sein.«

Wiebke zuckte zusammen. Das würde jetzt gewaltigen Ärger

geben, da war sie sich sicher. Doch das erwartete Donnerwetter blieb aus.

»Zeigen Sie mir, was Sie haben«, sagte Schürmann. Zu viert gingen sie die Akten- und Beweislage durch.

»Es spricht in der Tat viel gegen den Kollegen Zielkow«, sagte Schürmann schließlich. »Könnte er denn die sechs Morde begangen haben?«

»Ob er für die fraglichen Zeiten ein Alibi hat, müsste natürlich noch geklärt werden«, sagte Wiebke. »Das konnten wir von hier und mit unseren bescheidenen Ressourcen nicht feststellen. Nur rennt uns langsam die Zeit davon. Die angekündigten Morde wurden bisher mit der Präzision eines Schweizer Uhrwerks umgesetzt. Deshalb stirbt vermutlich bald die nächste Frau«, sagte Wiebke. »Das sollte Grund genug sein, ihn eingehend zu vernehmen, zumal seine sexuellen Neigungen zum Täterprofil passen.«

»Woher kennen Sie die sexuellen Neigungen Ihres Vorgesetzten?«, fragte Schürmann. Wiebke war sich nicht sicher, ob sie wirklich einen ironischen Unterton in seiner Stimme bemerkte oder diesen nur hineininterpretierte.

»Reinhard!«, befahl sie. »Erzähl ihm, was du uns erzählt hast.«

»Wiebke, muss das sein?«, fragte Bergmüller.

»Oh ja, das muss es.«

Mit erheblichem Widerwillen berichtete Bergmüller von den eigenwilligen Rekrutierungsmethoden des LKA.

»Darüber wird an anderer Stelle noch zu reden sein, Herr Kollege. Aber ich muss zugeben, dass diese Information im aktuellen Zusammenhang nützlich erscheint.«

Er überlegte kurz und sagte dann: »Okay, ich informiere das SEK.«

»Muss es denn gleich das ganz große Besteck sein?«, fragte Wiebke erschrocken.

Schürmann sah sie aus zusammengekniffenen Augen abwägend an. »Einverstanden. Ohne Scharfschützen, nur zwei Kollegen zur Eigensicherung. Nach bisheriger Sachlage steht Eberhard Zielkow immerhin im dringenden Verdacht, mindestens sechs Menschen bestialisch ermordet zu haben. Ein solcher Mensch ist zu allem fähig. Außerdem besteht die Gefahr des Suizides, den wir, da ein solcher einen Verstoß gegen die öffentliche Sicherheit und

Ordnung darstellt, kraft unseres Amtes zu verhindern haben. Das sollten Sie, Frau Kollegin, mit ihrer Historie doch wohl am besten wissen.«

Nein, wirklich feinfühlig ist er nicht, dachte Wiebke betroffen und versuchte, so gut es ging, die Gespenster der Vergangenheit, die Schürmann soeben heraufbeschworen hatte, wieder zu vertreiben.

»Was hat ein Suizid denn mit der öffentlichen Sicherheit und Ordnung zu tun?«, fragte Streicher verwirrt.

Schürmann holte tief Luft, sagte dann aber nur: »Juristisch ist das so, das muss Ihnen als Erklärung reichen.«

***

Schürmann besprach sich mit den beiden Kollegen vom SEK über das taktische Vorgehen. Bergmüller, Streicher und Wiebke standen etwas abseits.

»Ist er auch sicher zu Hause?«, vergewisserte sich Schürmann noch einmal.

Der befragte Beamte nickte. »Mehrere Nachbarn sagten übereinstimmend, dass er gegen siebzehn Uhr nach Hause gekommen ist. Danach hat ihn niemand mehr das Haus verlassen sehen.«

»Dann mal los«, sagte Schürmann, und die beiden Beamten zogen ihre Waffen aus dem Holster und entsicherten sie. Sie gingen zur Haustür und schellten. Doch niemand öffnete. Schürmann drückte noch mehrmals die Klingel, aber es war keinerlei Reaktion festzustellen.

Einer der beiden SEK-Leute hechtete zurück zum Einsatzwagen und kam mit Werkzeug wieder. Binnen Sekunden hatte er es geschafft, mit wenig Lärm die Haustür zu öffnen.

Sie suchten zunächst das Erdgeschoss ab, doch erst im Schlafzimmer im Obergeschoss wurden sie fündig. Dort lagen Zielkow und seine Frau schlafend im Ehebett.

Schürmann machte das Licht an. Dann rief er laut: »Herr Zielkow!«

Langsam erwachte er. Er wirkte benommen.

»Ja?« Er griff neben sich, öffnete die Schublade seines Nachtschränkchens und hatte gleich darauf eine Waffe in der Hand.

»Wer sind Sie, und was wollen Sie?«, fragte er und blinzelte gegen das Licht.

Nun erwachte auch Frau Zielkow, die sofort hysterisch anfing zu schreien.

»Waffe weg!«, befahl einer der SEK-Beamten.

»Wer sind Sie?«, wiederholte Zielkow an Schürmann gerichtet.

»Ich bin Oberstaatsanwalt Dr. Schürmann und hier, um Sie zu verhaften«, erklärte der.

»Was?«, fragte Zielkow baff und vollkommen verwirrt. Dies nutzten die beiden Polizisten aus, um ihn zu entwaffnen und ihm Handschellen anzulegen.

»Wir hatten geklingelt«, sagte Schürmann. »Aber es hat uns niemand geöffnet.«

»Meine Frau und ich hatten jeder eine Schlaftablette genommen«, antwortete Zielkow. Er erblickte aus müden Augen Bergmüller und Wiebke. »Reinhold, Frau Menn! Was soll das? Seid ihr verrückt geworden?«

»Es besteht der dringende Verdacht«, sagte Schürmann, bevor Bergmüller und Wiebke auch nur Luft holen konnten, »dass Sie zusammen mit einer vorverstorbenen, inzwischen als Theodor Schmidt-Geerling identifizierten weiteren Person vier Frauen sowie als Alleintäter zwei Polizistinnen ermordet haben. Ferner stehen Sie im dringenden Tatverdacht, Ihren Komplizen zur Verdeckung der genannten Morde erschossen zu haben.«

Zielkow nahm wegen der Handschellen beide Arme hoch und tippte sich vielsagend an die Stirn. »Sie spinnen ja völlig! Reinhard, was soll der Unsinn?«

Wiebke bemerkte, dass nun auch die Kollegen von der Spurensicherung eingetroffen waren und bereits begannen, das Haus systematisch auf den Kopf zu stellen. Sie hatte eine unbeschreibliche Panik, dass sie mit ihrem Verdacht gegen Zielkow doch danebenliegen könnten. Denn eines war sicher: Sein Leben würde niemals wieder das sein, was es bis vor einer guten halben Stunde gewesen war.

»Ich darf Sie bitten, dieses Verhör nur mit mir zu führen«, beschied Schürmann Zielkow schroff. »Ab sofort leite ich die Ermittlungen. Ich habe die Kollegen Bergmüller und Menn von diesem Fall abgezogen.«

Gut, dass wir das auch erfahren, dachte Wiebke, hielt es aber für schlauer, diese Bemerkung für sich zu behalten.

»Wie kann ich der Täter sein?«, fragte Zielkow. »Ich hatte weder Zeit noch Gelegenheit!«

»Das bleibt zu prüfen«, fuhr Schürmann äußerlich unberührt fort. »Angesichts des derzeit nicht genauer bestimmbaren Tatzeitraums von jeweils vier Tagen hatten Sie reichlich Gelegenheit, diese Morde zu begehen, sogar während der Dienstzeit. Als Leiter einer Behörde sind Sie in der Gestaltung ihrer Arbeitszeit frei und niemandem zur Rechenschaft verpflichtet.«

»Dann verhaften Sie mir bitte auch jeden Richter in dieser Stadt. Bei denen ist das nämlich auch so!«, blaffte Zielkow.

»Denen fehlt aber jede Beziehung zum Mittäter«, entgegnete Schürmann sachlich. Wiebke war beeindruckt, mit welcher Rationalität dieser Mann das Verhör führte. »Theodor Schmidt-Geerling wurde seinerzeit durch Sie verhaftet und entkam unter skandalösen Umständen aus der Untersuchungshaft. Sie hätten die Gelegenheit gehabt, dem Mann die fragliche Schusswaffe in den Vollzug zu schmuggeln.«

»Dann verhaften Sie bitte auch Reinhard Bergmüller, der war nämlich mein Partner und hätte dem Schmidt-Geerling ebenso gut die Waffe geben können.«

Es folgte ein kurzes Schweigen. Bergmüller holte Luft, doch Schürmann bedeutete ihm zu schweigen.

»Darüber habe ich in der Tat nachgedacht«, antwortete Schürmann. Guter Mann, dachte Wiebke. Er lässt keine Möglichkeit aus. »Zwei Aspekte sprechen aber entscheidend dagegen. Einmal wurde Ihr Kollege bei der Flucht von Schmidt-Geerling als Geisel genommen und erheblich verletzt.«

»Aber …«, setzte Zielkow an. Doch er wurde von der Wucht von Schürmanns Rede überrollt.

»Entscheidend ist jedoch, dass Kollege Bergmüller die Morde an den beiden Kolleginnen Lena Svenson und Silke Meier nicht begangen haben kann. Er war zur Tatzeit in Australien. Ein weiteres Indiz ist Ihre aktenkundige sexuelle Neigung.«

»Meine was?«, fragte Zielkow mit offenem Mund.

»Bestreiten Sie, zwecks des Auslebens gewalttätiger Sexualpraktiken regelmäßig einschlägige Etablissements aufgesucht zu haben?«

»Natürlich bin ich ab und zu im Puff«, brüllte Zielkow. »Aber nur zum Vögeln, wie es alle tun – außer Ihnen vielleicht.«

»Du gehst ins Bordell?«, schrie auf einmal Zielkows Frau, die der Vernehmung bislang bleich, aber schweigend zugehört hatte. »Du Schwein! Egal, ob du's nun warst oder nicht. Wir sind geschiedene Leute!«

Super, dachte Wiebke und wollte sich gar nicht ausmalen, wie sie sich jetzt an Frau Zielkows Stelle fühlen würde. Sie ließ kraftlos die Schultern hängen.

»Herr Dr. Schürmann?«, fragte ein Beamter der Spurensicherung.

»Ja?«

»Würden Sie bitte mal kommen?«

Schürmann nickte und folgte dem Beamten. Wiebke, Streicher und Bergmüller gingen mit, auch wenn sie ja offiziell von dem Fall entbunden waren. Keiner von ihnen wollte allein bei dem wütenden Zielkow im Schlafzimmer bleiben. In Wiebke fochten widersprüchliche Gefühle einen erbitterten Kampf. Einerseits traute sie Zielkow, den sie zwar nicht privat, aber immerhin doch schon seit Jahren beruflich gut kannte, derartig bestialische Taten einfach nicht zu. Es war aber wohl richtig, wie Schürmann vorging. Emotionslos einfach den Fakten folgen, die sie immerhin selbst maßgeblich recherchiert hatte. So simpel konnte erfolgreiche Polizeiarbeit sein.

Im Badezimmer hatten die Beamten den Spülkasten des WC geöffnet. Darin befand sich, in Plastik wasserdicht verpackt, eine Schusswaffe. Schürmann warf einen Blick darauf und konstatierte: »Das ist eine Polizeiwaffe. Mit einem solchen Modell ist Theodor Schmidt-Geerling getötet worden. Bringen Sie die Waffe in die KTU. Ich will noch heute wissen, ob es die Tatwaffe ist.«

»Er war's wirklich«, raunte Wiebke Bergmüller zu. »Unglaublich.«

»Ja, unglaublich.« Nach einer kurzen Pause ergänzte er: »Ich kann mir vorstellen, was du jetzt denkst. Er war dein Chef, aber du hast nichts bemerkt. Vielleicht ist es für dich ein kleiner Trost, dass es mir kaum anders geht. Er war immerhin mal mein Partner und hat nicht nur dich, sondern auch mich vorgeführt.«

Sie standen auf der Straße vor Zielkows Haus. Wiebke betrachtete Bergmüllers und Streichers Mienen. Ob sie auch das Versagen spürten? Ob sie sich auch Vorwürfe machten, dass sie nicht wirklich jede Möglichkeit konsequent verfolgt und damit eine Mitschuld am Tod mehrerer Menschen auf sich geladen hatten? Was hatten sie falsch gemacht? Wiebke wusste es, wagte aber nicht, es auszusprechen. Hatte sie nicht frühzeitig die These aufgestellt, dass die Streiche logistisch unmöglich von einem Einzeltäter begangen worden sein konnten? Sie war es auch, die den Gedanken gehabt hatte, es müsse einen Spitzel in ihren Reihen geben. Doch sie hatte gezögert, diese Thesen mit der Konsequenz zu verfolgen, die notwendig gewesen wäre, um dem Täter früher auf die Spur zu kommen. Konnte sie Bergmüller einen Vorwurf machen? Er hatte einen Fehler gemacht. Auch Starprofiler waren nicht unfehlbar. Sie hätte eben mehr insistieren müssen.

Streicher hatte sich eine Zigarette geschnorrt und rauchte bedächtig. Schürmann trat zu ihnen.

»Ist die erste seit acht Jahren«, entschuldigte sich Streicher in vorauseilendem Gehorsam. Schürmann reagierte demonstrativ desinteressiert.

»Gibt es irgendwas Neues?«, wollte Bergmüller wissen.

»Auf dem Dachboden haben wir einen relativ neuen Laptop gefunden. Die Kollegen haben ihn eingepackt und arbeiten wohl gerade daran, das Passwort zu knacken. Zielkow hat nach der Entdeckung auf stur geschaltet und verweigert jede weitere Aussage. Ich denke aber, dass wir ihn angesichts der erdrückenden Indizien bald entweder überführt oder zu einem Geständnis bewegt haben«, fasste Schürmann zusammen.

»Was muss in einem Menschen vorgehen, der einerseits eine frauenhassende Bestie ist, andererseits aber ein völlig unauffälliges Leben führt? Ein Leben, das vor Spießigkeit nur so strotzt?«, fragte Wiebke unter Aufbringung ihrer letzten Kräfte. »Und was habe ich ihm bloß getan?«

Schürmann zuckte nur mit den Schultern. Bergmüller blickte sie an und sagte: »Du hast es doch schon einmal erlebt. Ich gehe davon aus, dass in Zielkows Vergangenheit, wenn wir nur lange genug graben, prägende Erfahrungen zutage gefördert werden, die denen ähneln, mit denen du es in dem Fall vor zwei Jahren zu tun hattest. Ich tippe auf eine dominante Mutter. Wenn dann eine Konfliktbearbeitung fehlt und noch einige weitere psychische Anomalien hinzukommen, kann so ein Mensch verrückt werden. Er tötet genau genommen nicht seine Opfer. Sie sind Stellvertreter für die Mutter. Sein Frauenhass wird ihn auch dazu gebracht haben, dich vorzuführen, um sein angeschlagenes Selbstwertgefühl aufzupolieren.«

Bergmüller holte Luft. Schürmann warf ein: »Danke für die Spekulation, Herr Kollege. Aber das ist nun definitiv mein Fall und meine Sorge. Ich danke Ihnen allen für Ihren Einsatz und möchte Sie die nächsten vier Wochen im Dienst nicht sehen. Für Sie, Herr Bergmüller, gilt das nur eingeschränkt. Sie müssten sich das Okay von Ihrem Dienstvorgesetzten holen. Ich habe dazu keine Kompetenz.«

»Wie Sie wissen, bin ich eigentlich in Australien«, maulte Bergmüller, dem Schürmanns autoritäre Art offensichtlich überhaupt nicht passte.

»Dann gute Erholung und einen schönen Abend«, sagte der und verabschiedete sich von den dreien mit einem kurzen, unverbindlichen Händedruck.

Ja, dachte Wiebke. Genau so muss man es machen. Sachlich, kühl und ohne jede Emotion.

Nachdem Schürmann gegangen war, bat Bergmüller: »Kannst du mir morgen einen Gefallen tun, Wiebke?«

»Welchen?«

»Ich muss erst noch zurück ins Hotel, im Netz die Flugverbindungen nach Australien checken. Ich bin aber sicher, dass ich irgendeine Maschine finden werde, die mich morgen von Hamburg wieder nach Sydney bringt. Kannst du mich zum Flughafen fahren?«

»Das kann ja ich machen«, bot Streicher an.

»Nein«, sagte Wiebke bestimmt. »Danke für das Angebot, Herbert. Man muss mich nicht mit Samthandschuhen anfassen. Natürlich fahre ich dich, Reinhard. Schick mir eine SMS, wann ich dich abholen soll.«

»Danke dir. Ich hau jetzt ab. Ich bin platt wie eine Briefmarke«, antwortete Bergmüller und verabschiedete sich.

»Sollen wir auch los, Wiebke?«, fragte Streicher.

Wiebke seufzte. Sie wusste, dass Streicher es gut mit ihr meinte. »Herbert, vielen Dank. Aber ich muss zu mir selbst finden. Das kann ich am besten allein zu Hause. Glaube mir, ich bin nicht mehr selbstmordgefährdet. Es war eine Ausnahmesituation, mehr nicht. Lass mich bitte nach Hause fahren, bitte!«

»Einverstanden«, antwortete Streicher. Wiebke spürte, dass ihn diese Entscheidung Kraft gekostet hatte und er sich sehr unsicher war, ob er das Richtige tat. »Aber unter zwei Bedingungen.«

»Welche?«

»Erstens rufst du morgens um acht, um zwölf, um sechzehn und um zwanzig Uhr bei mir an. Bleibt ein Anruf aus, komme ich vorbei und hole dich.«

Wiebke nickte. »Einverstanden. Und zweitens?«

»Zweitens wirst du eine Therapie bei einem Psychologen meiner Wahl machen.«

»Und wenn ich ablehne?«

»Dann lasse ich dich wegen akuter Suizidgefahr ins nächste Landeskrankenhaus einliefern.«

»Das ist Erpressung«, sagte sie, weil sie spürte, dass Streicher das nicht einfach so dahingesagt hatte.

»Nenn es, wie du willst. So und nicht anders.«

»Einverstanden.«

Sie drückten sich zum Abschied. Wiebke fuhr in ihr Haus, trank einen Schluck Wein und machte sich bettfertig. Bergmüller informierte sie darüber, dass sie ihn morgen früh um halb neun abholen sollte. Sein Flieger würde um zwölf Uhr zehn starten.

Es wurde Zeit zu schlafen. Sie legte sich hin, und die bleierne Müdigkeit war stärker als die vielen Gedanken.

SECHZEHN

Wiebke saß mit einer Schüssel Cornflakes mit Milch in der Hand auf dem Sofa und ließ sich durch sinnentleertes Trash-TV berieseln.

Es war halb zehn. Sie hatte Streicher pünktlich um acht angerufen, wie an jedem der vergangenen fünf Tage. Der nächste Kontrollanruf musste erst in zweieinhalb Stunden erfolgen.

Sie war ausgeruht, hatte Abstand gewonnen, konnte aber den inneren Druck einfach nicht abschütteln. Sie hatte Angst. Angst vor dem heutigen Tag, für den Moritz den siebten Streich angekündigt hatte. Diese Angst war jedoch irrational. Zielkow war fraglos ihr Täter, hatte Schürmann ihr in seiner knappen, sachlichen Art mitgeteilt. Die Indizien seien eindeutig: Der bei Zielkow sichergestellte Laptop beinhaltete die fraglichen Filme, die Dateien mit den Gedichten und noch weitere belastende Informationen. Der Laptop verfügte auch über ein Programm, mit dem Zielkow andere Rechner manipulieren konnte.

Da die sichergestellte Waffe ebenfalls zweifelsfrei diejenige war, mit der man Schmidt-Geerling getötet hatte, gab es keinen vernünftigen Zweifel mehr an Zielkows Täterschaft. Schürmann war sich mehr als sicher, dass die Beweislage auch ohne ein Geständnis für eine Verurteilung reichen würde. Derzeit sei einer der renommiertesten Psychiater damit beauftragt, ein Schuldfähigkeitsgutachten zu erstellen.

Es würde keinen siebten Streich geben. Trotzdem hatte Wiebke Angst.

Letzten Freitag hatte sie Bergmüller nach Hamburg zum Flughafen gebracht. Sie hatten während der Fahrt kaum gesprochen. Zu tief saß wohl auch bei ihm die Enttäuschung darüber, dass sie im Ergebnis nichts hatten bewegen können: Täter gestellt, Opfer tot.

Am Tag darauf hatte sie dann auch noch einen weiteren Rückschlag wegstecken müssen. Sie hatte allen Mut zusammengenommen und Randolph angerufen. Sie wollte Jonas wiedersehen und versuchen, mit Günter zu sprechen. Doch die drei waren in ein

Nordseebad in der Nähe von Cuxhaven gefahren. Was bildete sie sich auch ein? Warum sollten die beiden Väter wider Willen däumchendrehend darauf warten, dass es ihr endlich gelang, den Fall zu lösen, der ihr aufs Auge gedrückt worden war? Randolph, Günter und Jonas würden am kommenden Wochenende zurück sein. Sobald sie angekommen wären, würde er sich melden, hatte Randolph versprochen.

Wiebke hörte den Briefkasten klappern, stand auf, öffnete die Haustür, grüßte den Postboten und entnahm die Post. Es war das Übliche. Die Rechnung vom Heizungsbauer für die Abgasüberprüfung, eine Mitteilung des Kreises, dass für Jonas bald eine Vorsorgeuntersuchung anstand, ein paar Werbebriefe und – Wiebke lächelte – eine Postkarte.

»Liebe Wiebke«, las sie. »Der Flug hat gut geklappt. Hier in Sydney angekommen, hoffe ich, wieder die Kräfte zu sammeln, die ich in den letzten Wochen verloren habe. Ich wünsche dir dasselbe und freue mich, dich irgendwann wiederzusehen. Dein Reinhard.«

Sie legte die Karte auf den Wohnzimmertisch.

Dann schellte es. Wiebke öffnete die Haustür und sah einen DHL-Mitarbeiter. Sein Wagen parkte direkt vor dem Haus. Direkt dahinter sah sie den Mercedes-Vito-Kastenwagen eines Hausgerätehändlers.

»Ich habe eine Dokumentensendung für Sie«, sagte der Mann, überreichte Wiebke einen Umschlag und bat sie, den Erhalt der Sendung zu quittieren. Ohne ein weiteres Wort unterschrieb sie das elektronische Formular, drehte sich um und ging zurück ins Haus. Sie öffnete den Umschlag. Er enthielt nur eine DVD. Ihr Herz raste, ihr Blutdruck stieg.

Zitternd legte sie den Datenträger in das Abspielgerät. Es ertönte ein hämisches Lachen. Ihr Blut gefror. Dann spielte der Fernseher in einer Endlosschleife einen Text. Schon bei der Überschrift waren ihr schlagartig drei Dinge sonnenklar: Zielkow war erstens nicht »Moritz«, zweitens würde es einen siebten Streich geben, und drittens sollte sie das Opfer sein.

Sie konnte keine weiteren Schlüsse ziehen, sondern schrie kurz, aber laut auf, weil wie aus dem Nichts ein Mann, den sie nicht kannte, im Zimmer stand. Wie ein Panther sprang er sie an und hielt ihr etwas vor die Nase. Chloroform, dachte Wiebke noch, dann wurde ihr schwarz vor Augen.

***

»Wie das Kaninchen vor der Schlange«, murmelte der Mann, bugsierte Wiebkes leblosen Körper auf das Sofa und verabreichte ihr ein Sedativum. Nicht viel, aber doch so viel, dass sie bis zur Ostsee tief und fest schlafen würde.

Dann zog er sich um und war binnen zehn Minuten als Servicemitarbeiter einer Firma namens »Geräteprofi Wismar – Ihr Partner für Hausgerätetechnik« verkleidet. Es gab kein solches Unternehmen in Wismar. Aber auch die Polizei arbeitete gelegentlich mit gefakten Namen auf Lkws. Ein guter Gedanke.

Er ging aus dem Haus, öffnete den Vito und wuchtete einen großen Karton für eine Spülmaschine von der Ladefläche. Mit Hilfe einer Sackkarre rollte er ihn vorsichtig zur Haustür. Als er den Karton im Wohnzimmer abgestellt hatte, schloss er die Haustür und öffnete das Behältnis. Er nahm zwei gefüllte Zementsäcke aus dem Karton und warf sie achtlos auf den Teppich. Er begann zu schwitzen.

Er hob Wiebke an und fädelte ihren Körper und die Extremitäten so in den Karton, dass er ihn wieder verschließen konnte. Seine Alltagskleidung packte er dazu. Dann klebte er den Karton mit Klebeband zu. Er rollte seine kostbare Fracht zurück zum Vito, wuchtete den Karton mit dem Altgerät, wie die Nachbarn glauben sollten, in den Wagen, verstaute die Sackkarre und verschloss die Ladefläche. Dann ging er noch einmal in das Haus, damit etwaige Beobachter annahmen, er würde sich den Lieferschein unterschreiben lassen. Stattdessen suchte er Wiebkes Handy, schaltete es aus und steckte es ein. Als er wieder draußen stand, drehte er sich noch einmal um und winkte zum Abschied in das leere Haus hinein, auf dessen Wohnzimmerboden Zementstaub verteilt war und dessen Fernseher immer wieder denselben Text präsentierte.

Er startete den Wagen und fuhr zu der abgelegenen Stelle, an der er seinen privaten Wagen geparkt hatte. Er lud Wiebke um und deckte sie mit Decken sorgfältig zu. Dann riss er sich die Latexmaske vom Gesicht, zog die Verkleidung aus und seine eigenen

Sachen wieder an. Er tränkte die Sitze des unter falschem Namen gemieteten Transporters mit Benzin, öffnete das Seitenfenster und entzündete ein Sturmfeuerzeug, das er auf den Fahrersitz warf. Es gab das typische verpuffende Geräusch, wenn Benzin sich entzündete, und kurz darauf leckten rote Flammen aus dem Fahrerhaus des Wagens.

Er stieg in sein Auto und fuhr los. Niemand hatte ihn gesehen. Die Tricks, von denen Max immer so stolz erzählt hatte, waren so schlecht nicht, stellte er fest.

Als er die Autobahn erreichte, fuhr er den nächsten Rastplatz an. Dort entsorgte er Wiebkes Handy. Max hatte es angemacht, dass er die Frauen besitzen konnte. Er liebte die Vorstellung, dass sie sein Eigentum waren, wenn es auch immer nur für wenige Tage war. Ihm dagegen gefiel es, dass er sich an ihnen rächen konnte – für alles, was sie ihm angetan hatten.

***

»Todesursache war somit ein schwerer Hinterwandinfarkt. Fremdverschulden kann definitiv ausgeschlossen werden«, diktierte Streicher. Vor ihm lag der Leichnam des achtundsechzig Jahre alt gewordenen, schwerreichen Unternehmers Sigmund Belitz. Er war tot auf der Veranda seiner Villa aufgefunden worden. Der Umstand, dass die Alleinerbin seines auf knappe siebzig Millionen Euro geschätzten Vermögens eine erst vierundzwanzigjährige, langbeinige Blondine mit atemberaubender Oberweite und fragwürdigem Vorleben war, hatte bei Belitz' Kindern aus erster Ehe und beim Staatsanwalt den Verdacht aufkommen lassen, die junge Witwe könnte nachgeholfen haben.

Dafür, dass dem nicht so war, sprachen die Beteuerungen der beiden im »Bunte«-Exklusivinterview von vor sechs Wochen, wonach es für beide die große Liebe sei. Soll es ja geben, dachte Streicher. Oder auch nicht. Umgebracht hatte sie ihn jedenfalls definitiv nicht, und das war ja auch schon mal was.

Er blickte auf die Uhr. Zwölf Uhr zehn. Wiebkes Anruf war überfällig. Das beunruhigte ihn, denn seine Drohung mit der Psychiatrie hatte offensichtlich gewirkt. Bis jetzt war sie eher überpünktlich gewesen.

Er rief Wiebke auf dem Handy an, erreichte aber nur die Mailbox. Er probierte es mehrfach auf der Festnetznummer. Auch dort hörte er nur den Text des Anrufbeantworters.

Von Selbstvorwürfen geplagt, rannte er aus seinem Institut, schwang sich in seinen Wagen und raste zu Wiebkes Haus. Nachdem auf sein Sturmklingeln niemand reagierte, ging er, unter einem qualvollen Déjà-vu-Erlebnis leidend, um das Haus herum. Er blickte durch das Glas der Terrassentür, sah die Zementsäcke, auf die er sich keinen Reim machen konnte, und verschaffte sich wie schon einmal gewaltsam Zutritt zum Wohnzimmer.

Als er eintrat, sah er den Text auf dem Fernseher. Alles in ihm verkrampfte sich, als er verstand, was er da las.

»Hallo Wiebke, dumme Maid,
Wundert's dich? Ich wusst Bescheid,
Dass der Falsche sitzt im Bau,
Weil du bist nur eine Frau!

Wirst vor Scham nun wohl erröten,
weil ich konnte sechse töten.
Und trotz der Mühen, mich zu jagen,
Nutzlos war'n all deine Plagen.

Damit komme ich zum Schluss,
Dass ich dich bestrafen muss.
Wer im Dienste nichts bewirkt,
Hat sein Leben bald verwirkt.

Dieses wird der letzte Streich.
Und ihr merkt doch sicher gleich,
Dass anders als in der Geschicht'
Diesmal siegt der Bösewicht.

Lest ihr heute diese Zeilen,
Müsst ihr euch gar sehr beeilen.
Kürzer wird die letzte Frist,
sie nur noch drei Tage ist.«

Es dauerte eine ganze Weile, bis Streicher wieder einen klaren Gedanken fassen konnte. Er blickte auf seine Uhr. Es war zwölf Uhr vierunddreißig. Sie hatten also neunundfünfzig Stunden und sechsundzwanzig Minuten brutto, um Wiebke zu finden. Dann würde der Samstag beginnen, an dem Moritz den finalen Streich inszenierte.

Wehe, wehe, wenn ich auf das Ende sehe, kamen ihm Wilhelm Buschs Worte in den Sinn.

Wie Streicher es auch drehte und wendete, Wiebke war so gut wie tot, wenn er sie nicht bis Samstag fände. Doch wie standen seine Chancen? Allein? Er war ja nicht einmal Polizist. Aber wem konnte er jetzt noch trauen? Der Polizeiapparat erschien ihm viel zu gefährlich. Es gab immer eine undichte Stelle. Und ihr Täter saß nach wie vor mittendrin.

Er musste es auf eigene Faust versuchen. Doch wie sollte das gehen? Da fiel ihm ein, an wen er sich wenden konnte. Er schämte sich, dass er für diesen Gedanken so lange gebraucht hatte. Er musste Günter informieren. Und Wiebkes Onkel. Dann wären sie zu dritt. Zwei, wie man so schön sagte, »Best Ager«, die man wohl deswegen so nannte, weil sie ihre besten Zeiten hinter sich hatten, und ein Rentner. Herzlich wenig, wenn man es genau betrachtete. Aber sie waren Wiebkes letzte Chance.

»Bitte lass ihn rangehen«, murmelte er mantramäßig vor sich hin, als er sein Smartphone in der Hand hielt und durch die Kontakte scrollte. Er tippte auf »Günter Menn« und atmete auf, als die Verbindung hergestellt wurde.

Nach dem dritten Klingeln nahm Günter ab. Obwohl Streicher kurz vor der Hyperventilation stand, versuchte er in knappen Worten, ihm die Situation präzise und so sachlich, wie das in dieser Situation eben ging, zu schildern. Günter sagte erst gar nichts, dann schrie er ihn an, beleidigte die Polizei, den ganzen Apparat und schien schließlich zusammenzubrechen.

»Hallo?«, brüllte Streicher ins Mikro. »Günter, melde dich! Wir haben keine Zeit!«

»Wozu haben wir keine Zeit?«, hörte er auf einmal eine andere männliche Stimme fragen. »Ich finde hier Günter in sich zusammengesunken vor, und Sie brüllen ihn durchs Telefon an! Was ist passiert?«

Noch einmal erzählte Streicher die Geschichte. Randolph hörte aufmerksam zu, stellte Fragen, schien sich sogar Dinge zu notieren. Auch wenn Streicher das Gefühl nicht loswurde, dass der Onkel, der ja schließlich so etwas wie Wiebkes Vater war, vielleicht zu sachlich reagierte. Aber immer noch besser, als einen zweiten Ohnmächtigen zu haben.

»Wir sind in circa zwei, drei Stunden da. Je nach Verkehrslage«, sagte Randolph.

»Warum so lange?«, fragte Streicher.

»Weil wir im Urlaub sind, Sie Nachtwächter«, antwortete Randolph grob und legte auf.

Streicher wusste nicht, wie er die Zeit bis dahin überstehen sollte, aber er war auch irgendwie erleichtert. Jedenfalls schien dieser Mann kein Warmduscher zu sein. Vielleicht würde das sein greises Alter etwas ausgleichen.

Es wurden die längsten einhundertvierundvierzig Minuten seines Lebens.

Zur Untätigkeit verdammt, während die Sandkörner in der Uhr unbarmherzig herabrieselten, hatte sich Streicher eine Schachtel Zigaretten besorgt und rauchte inzwischen die siebte oder achte. Dass »die erste seit acht Jahren« bei der Verhaftung auch die letzte Zigarette sein würde, hatte er sich selbst eingeredet.

Endlich sah er durch Wiebkes Küchenfenster den silbergrauen Ford Mondeo vorfahren. Randolph verließ den Fahrersitz, öffnete die Fondtür und nahm den kleinen Jonas auf den Arm. Günter stieg ebenfalls aus. Er ging gebeugt, schien um Jahre gealtert zu sein und wirkte wesentlich älter als Randolph.

Streicher öffnete die Haustür, und sie gaben sich wortlos die Hand.

»Entschuldigung«, sagte Günter tonlos.

»Wofür?«, fragte Streicher.

»Dass ich zusammengebrochen bin.«

»Unsinn.«

Randolph kam unmittelbar zur Sache. »Wo ist das Gedicht?«, fragte er.

Streicher deutete auf das TV-Gerät. Randolph drückte ihm Jonas in den Arm. Dann starrten er und Günter wie gebannt auf den durchlaufenden Text. Günter liefen die Tränen über die

Wangen, und aus Randolphs Physiognomie konnte Streicher förmlich ablesen, dass der Mann, der Wiebke in seiner Gewalt hatte, nicht mehr lange leben würde.

»Wir haben kaum eine Chance, also müssen wir sie nutzen«, meinte Randolph schließlich kühl. »Er hat bisher zugeschlagen, ohne dass die Polizei auch nur den Hauch einer Chance hatte. Nach dem, was Sie mir erzählt haben, Herr Dr. Streicher, muss er selbst Polizist sein. Also müssen wir ihn jagen.«

»Das sehe ich genauso«, antwortete Streicher. »Aber wir zu dritt? Gegen ihn, der eine siebzehnköpfige Soko bis zur Lächerlichkeit vorgeführt hat?«

»Wo können wir die Zentrale aufbauen?«, fragte Randolph, ohne auf Streichers Bemerkung einzugehen.

»Die Akten befinden sich schon bei mir zu Hause im Keller. Dort ist auch noch Platz. Warum fragen Sie das?«

»Es wird nicht mehr gefragt, sondern nur noch das getan, was ich sage«, bellte Randolph in militärischem Ton.

»Jawoll«, entfuhr es Streicher. Er fühlte sich wieder wie damals, in den Achtzigern, beim Bund.

»Wo ist das, Ihr Haus?«

»Akazienweg 12.«

Randolph nickte und begann zu telefonieren. Er führte insgesamt acht Gespräche. Keines dauerte länger als zwei Minuten. Alle begannen mit der Begrüßung und dem Satz: »Ich müsste bei mir die Wände streichen, kannst du mir helfen?« Danach gab Randolph meist nur noch die Adresse durch, es folgten ein paar Höflichkeitsfloskeln, und das Gespräch war zu Ende.

»Ich habe sechs Mann rekrutiert«, meldete er am Ende. »Zwei sind leider unheilbar krank und keine Hilfe.«

»Beim Wändestreichen?«, fragte Streicher unbeholfen.

Randolph wandte sich Günter zu. »Ist er vertrauenswürdig?«, fragte er.

Günter nickte. »Sonst hätte er uns wohl kaum informiert.«

»Um es kurz zu machen: Ich war früher Agent der DDR. Außer Günter und jetzt Ihnen weiß das niemand, und ich möchte darum bitten, dass das so bleibt. Die Akten über mich hat Wiebke damals in den Wirren der Wiedervereinigung an sich gebracht und vernichtet. Ich habe eben mit einem alten Notfallcode meine

Kollegen im Ruhestand reaktiviert. Sechs kommen, zwei haben leider Krebs und wären uns alles, nur keine Hilfe.«

Na prima, dachte Streicher. Wir jagen mit einer Rentnergang einen sechsfachen Serienmörder.

»Auf geht's«, befahl Randolph.

»Ein Problem haben wir allerdings noch«, sagte Streicher und deutete mit einem Kopfnicken auf den kleinen Jungen auf seinem Arm.

»Günter«, murmelte Randolph. »Du bist doch ohnehin emotional viel zu aufgewühlt, würdest du …«

»Oh nein«, widersprach Günter. »Meine Frau ist in der Hand eines Irren, der angekündigt hat, sie auf grausame Weise zu töten. Ausgeschlossen, dass ich nicht dabei bin.«

Randolph nickte verständnisvoll. »Streicher, gibt es in eurem Verein irgendein vertrauenswürdiges Weichei?«

Streicher musste trotz der Ernsthaftigkeit der Situation lächeln. Der Mann machte seinen Job richtig gut. Er überlegte. Dann sagte er: »Carsten Franck. Der ist neu in Rostock und erst achtundzwanzig.«

»Was hat das Alter damit zu tun?«, fragte Randolph verärgert. Er wurde in dieser Hinsicht von Jahr zu Jahr sensibler.

»Der Täter muss jenseits der fünfzig sein.«

»Wieso denn das?«, brüllte Randolph. Streicher und Günter zuckten zusammen.

»Weil sein Komplize so alt war und wir davon ausgehen müssen, dass die beiden sich Anfang der Neunziger kennengelernt haben …«

»Das ist der Grund, warum ihr ihn bislang nicht gekriegt habt! Ihr glaubt nur das Naheliegende.«

»Na ja, da gibt es noch einen anderen Grund«, murmelte Streicher.

»Der wäre?«

»Franck ist schwul wie zehn Friseure.«

»Hmmm«, brummte Randolph. »Tunte oder Dominus?«

»Eher Tunte«, antwortete Streicher.

»Lasse ich gelten«, meinte Randolph nach kurzem Überlegen. »Trotzdem. Günter, du prüfst, ob dieser Franck für den Zeitpunkt von Wiebkes Entführung, also heute Vormittag zwischen acht

Uhr bis zwölf Uhr dreißig, ein wasserdichtes Alibi hat. Sobald das geklärt ist, bringt Ihr den Kleinen zu ihm. Danach kommt ihr in die Zentrale.«

»Der hat aber vermutlich Dienst«, wandte Günter ein.

»Dann soll er Urlaub nehmen, krankmachen oder so was.«

»Jawohl! Und was machst du in der Zeit?«

»Ich fahre schon mal vor, lese die Akten und empfange die Kollegen. Herr Dr. Streicher, könnten Sie mir bitte einen Schlüssel geben und gegebenenfalls Ihre Frau informieren? Ich möchte nicht erschossen werden, weil sie mich für einen Einbrecher hält.«

Streicher holte seinen Schlüsselbund hervor, entfernte den Haustürschlüssel und gab ihn Randolph. Der nahm die DVD aus dem Player und sagte im Gehen: »Beeilt euch. Wir haben nicht viel Zeit.«

Sie hörten, wie er dem Mondeo die Sporen gab und sich rasch entfernte.

»Ist der eigentlich immer so?«, wollte Streicher von Günter wissen.

»Wie meinst du das?«

»Ich meine, so überlegt, kühl und berechnend.«

»Er ist der liebste Mensch, den ich kenne«, sagte Günter. »Es ist halt seine Art, mit der Situation umzugehen. Schau mich an. Mit meiner Emotionalität bin ich Wiebke keine Hilfe. Randolph verdrängt die Gefühle, damit er tun kann, was Wiebke hilft.«

Streicher wollte Günter noch fragen, wie er denn ihre Chancen einschätzte, Wiebke rechtzeitig zu finden, biss sich aber gerade noch rechtzeitig auf die Zunge. Dann machten sie sich an die Arbeit und überprüften, was die Nanny in spe, Carsten Franck, heute den Tag über gemacht hatte. Vorher rief Streicher noch seine Frau an, um den Besuch anzukündigen.

Der Countdown lief.

***

Wiebke lag nackt auf dem kalten Betonboden. Aber sie schien friedlich zu schlafen. Um ihren rechten Fuß hatte er eine massive Eisenschelle geschraubt, die mit einer Stahlkette verbunden war. Das andere Ende der Kette war mit der Betonwand des Kellers verdübelt. Ohne schweres Gerät wäre diese Verschraubung nicht lösbar. Ihre Hände waren auf dem Rücken mit Handschellen gefesselt.

Zwischen ihm und ihr befanden sich diverse zwei Zentimeter dicke Stahlstangen, die im Boden und in der Decke verankert waren. Die kleine Tür des Verlieses war mit Sicherheitsschlössern aus V2-Stahl gesichert. Ein Entkommen war unmöglich.

Zufrieden betrachtete er sein Werk. Ein paar Stunden würde sie dort noch bewusstlos auf dem Boden liegen. Morgen früh würde er sie wecken und ihr Frühstück machen. Dann würden sie reden. Er würde ihr erklären, dass und warum sie sterben musste. Immer wieder würde er es ihr erklären, bis sie es verstand. Dass sie kein Recht mehr hatte zu leben. Sie hatte es doch verwirkt. Wegen damals. Und weil sie ihn nicht kriegen konnte. So jemand durfte nicht leben. Es war doch selbstverständlich, dass sie sterben musste. Diese unfähige Schlampe.

Vielleicht verstand sie es ja. Alle anderen hatten es nur behauptet und laut gerufen: »Ich verstehe Sie! Ich habe kein Recht mehr zu leben.« Aber er hatte an ihren Augen gesehen, dass sie ihn anlogen. Sie waren alle verlogen. Er würde diese Verlogenheit rächen. Und wenn es vorbei war, würde auch dieser Druck in seinem Kopf nachlassen.

Er atmete schnell. Eigentlich wollte er sofort anfangen, aber Spiel war Spiel. Er hatte eine Frist gegeben, und diese Frist musste eingehalten werden. Solange würde er den Druck in seinem Kopf auch noch aushalten. Würde er es ertragen, sie zu haben und nicht zu töten.

Es wäre besser, zu gehen und sie nicht mehr anzustarren. Sonst könnte er sich vielleicht doch nicht mehr zurückhalten. Dann wäre sie tot und hätte davon nichts gespürt. Sie musste doch leiden! Und die, die ihn jagten, mussten lernen, dass er besser war als sie.

Der Impuls wurde immer stärker. Er musste verhindern, dass er sie jetzt schon tötete. Früher war es einfacher gewesen. Da hatte er Max die Gefangenen bewachen lassen und ihm erlaubt, seinen Spaß mit ihnen zu haben. Er durfte alles machen, nur töten durfte er sie nicht. So führten die Frauen ihn nicht in Versuchung, bis er an der Reihe war. Doch jetzt lag Eva mit dem Apfel in der

Hand vor ihm. »Töte sie«, sagte sein hämmernder Kopf. »Nimm das Messer! Lass das Blut spritzen!«

Nein, er musste stark sein. Er bot alle Kraft auf und beschloss, stattdessen die Folterkammer zu inspizieren. Dort musste schließlich auch alles perfekt sein für Samstag. Schwer atmend vor Anstrengung schloss er die wuchtige Tür zum »Lager«, wie er und Max den Raum immer genannt hatten. Früher hatten sie einen alten Kuhstall für diese Zwecke gehabt. Aber der neue Raum war auch nicht schlecht. Vor allem kannte ihn niemand. Das war noch besser. Nein, sie würden ihn nie kriegen.

»Niemals!«, brüllte er in der schalldicht isolierten Folterkammer. »Niemals wird mich einer fangen. Versucht es doch!«

Das Hämmern in seinem Kopf wurde langsam erträglich. Er ging zu Bett. Morgen war ja auch noch ein Tag.

***

»Lagebesprechung!«, brüllte Randolph in Streichers Partykeller. Eiligst hatten die inzwischen vollzählig eingetroffenen sechs Kollegen im Ruhestand und er aus dem, was sie dort und in der übrigen Wohnung vorfanden, Arbeitsplätze geschaffen. Frau Streicher hatte nicht einmal Einwände erhoben, als auch der Wohnzimmertisch zweckentfremdet und in den Partykeller gebracht worden war. Im Gegenteil, sie versorgte die Männer mit Essen, Kaffee und Getränken. Offensichtlich war sie über die Brisanz der Operation informiert.

Wolken blauen Dunstes waberten im Raum. Die Männer waren zu alt, um noch zu verstehen, dass sich das Rauchen in fremden Häusern heute eigentlich nicht mehr geziemte. Sie versammelten sich um Randolph.

»Wie ich euch schon gesagt habe, geht es um das Leben meiner Nichte. Sie ist entführt worden. Wir wissen nicht, von wem, und wir wissen nicht, wohin. Der Entführer, der bereits sechsmal in den letzten Wochen Frauen entführt und ermordet hat, kündigt deren Tod zu einem bestimmten Zeitpunkt an. Diesmal ist es der kommende Samstag. Wir haben also heute Nacht, morgen und Freitag, um das zu verhindern. Ich zähle auf euch!«

Günter und Streicher betraten den Raum und nickten Randolph zu. Jonas hatten sie bei Carsten Franck gelassen. Sie hatten ihm erklärt, eine polizeiliche Aufsicht für den Kleinen und absolutes Stillschweigen darüber seien unbedingt notwendig. Er war natürlich neugierig, hatte aber akzeptiert, dass die Erklärung später nachfolgen würde. Es machte den Eindruck, dass Jonas bei ihm in guten Händen war.

»Wie immer gehen wir wie folgt vor: Niemand ist unverdächtig. Nichts ist so, wie es scheint. Jeder kann es sein. Wir alle beschäftigen uns jetzt bis morgen, zwölfhundert, mit den Akten. Ich will, dass ihr die Details aufsaugt. Geschlafen wird maximal vier Stunden. Wir sind ja jetzt alte Knacker, da fällt uns das doch leicht.«

Allgemeines Gemurmel war die Antwort.

»Männer! Ans Werk.«

Günter ging zu Randolph und fragte ihn besorgt: »Meinst du nicht, dass wir mit dem Aktenstudium zu viel Zeit verplempern? Wir tun doch gar nichts.«

»Günter«, sagte Randolph mit einem auf einmal väterlichen Tonfall. »Ich verstehe dich ja. Aber jetzt einfach irgendetwas zu tun, wäre so, als würden wir im dichten Nebel schießen. Wir verplempern unser Pulver und treffen doch nichts. Ohne detaillierte Fallkenntnis ist jeder Aktionismus ein großer Fehler.«

»Ich meine ja nur, dass nach allem, was wir wissen, Bergmüller der Hauptverdächtige ist. Er kannte wie Zielkow diesen Schmidt-Geerling. Er hatte wie Zielkow Zugriff auf das AFIS. Seinen Tagesablauf kontrolliert ebenfalls niemand.«

»Da hast du recht«, erwiderte Randolph. »Und was machen wir mit der Tatsache, dass er den Doppelmord an den Polizistinnen nicht begangen haben kann, weil er nachweislich in Australien war?«

»Das weiß ich nicht. Vielleicht ist er aber *jetzt* nicht dort«, beharrte Günter.

»Wie ich von Streicher gehört habe, hat Wiebke ihn selbst zum Flughafen gebracht und gesehen, wie er durch die Passkontrolle durch ist«, wehrte Randolph ab. Doch halt!, dachte er. Was wäre, wenn Max und Moritz zu dritt agierten? Wenn sich hinter Moritz sozusagen zwei Personen, nämlich Zielkow und Bergmüller, zwei alte Kameraden, verbargen?

»Vielleicht ist er ja nach der Passkontrolle noch mal umgekehrt?«, mutmaßte Günter.

Randolph besann sich auf die Fakten. Diese neue Hypothese jetzt zu äußern, wäre falsch. Diverse Umstände sprachen *für* Bergmüller. »Erinnerst du dich an die Postkarte bei euch auf dem Wohnzimmertisch?«, fragte er Günter.

»Ja, wieso?«

»Sie ist von Bergmüller. Sie stammt aus seinem Hotel. Ich habe dort unter einem Vorwand angerufen, und man hat mir bestätigt, dass Bergmüller am Sonntag wie geplant dort eingecheckt hat.«

»Scheiße«, sagte Günter. »Und wer soll es dann gewesen sein?«

»Wir finden es raus. Vertrau mir.«

»Was bleibt mir übrig?«, seufzte Günter verzweifelt.

***

Wiebke versuchte, dem Strahl aus dem Wasserschlauch auszuweichen, der sie aufgeweckt hatte. Mit diebischer Freude und hämischem Lachen zielte er immer wieder auf sie. Sie fror erbärmlich, denn in dem Raum war es kühl, sie war nackt, und das Wasser auf ihrer Haut entzog ihr immer mehr Wärme.

»Wir wollen uns doch frisch machen«, sagte er und traf sie wieder.

Mit scharfem Strahle abgebraust / Die Peitsche auf sie niedersaust, dachte sie. So stand es in einem der Gedichte, die er ihr geschickt hatte. Sie versuchte zu erkennen, wer er war. Doch er trug eine Maske. Wieder versuchte sie, dem Wasser auszuweichen, und stolperte über die Kette. Sie fiel hin.

»Pass doch auf«, sagte der Mann. »Du könntest dir wehtun!«

»Arschloch!«, brüllte sie. Es war ja sowieso egal. Was sie erwartete, hatte sie schließlich schon sechs Mal mit eigenen Augen gesehen. Da konnte sie ruhig deutlich werden.

Der Mann stellte das Wasser ab.

»Du wagst es, mich Arschloch zu nennen?«, fragte er mit einem gefährlichen Zittern in der Stimme. »Ist dir überhaupt klar, in was für einer Situation du dich befindest?«

»Du bist nicht nur ein Arschloch, sondern auch noch eine feige Sau«, provozierte Wiebke ihn und hoffte, durch Zusammenkauern wenigstens ein bisschen Körperwärme bei sich behalten zu können. »Nicht mal einer gefangenen Frau zeigst du dein wahres Gesicht.«

Mit einem Ruck riss sich der Mann die Kapuze vom Kopf.

Wiebke riss die Augen auf. »Ich … Reinhard … du?«, stammelte sie. »Ich denke, ich meine … du bist …«

»In Australien? Das ist richtig. Wahrscheinlich haben deine lieben Kollegen schon im Hotel angerufen und die Bestätigung erhalten, dass ich eingecheckt habe. Sie suchen also einen anderen. Einen, den es gar nicht gibt.«

»Das wird herauskommen.«

»Das bezweifle ich«, sagte Bergmüller. »Es ist seit fast dreißig Jahren nie was herausgekommen.«

»Du tötest seit dreißig Jahren?«, fragte Wiebke und fror nicht mehr nur wegen der Kälte.

»Ich töte nicht, ich räche. Es ist gerecht, was ich tue.«

Wiebke erschauderte, denn es klang so, als wenn er von dem Schwachsinn, den er gerade erzählte, wirklich überzeugt war.

»Ich habe Durst«, sagte sie. Sie erinnerte sich daran, dass man ihr beigebracht hatte, dass ein zum Mord Entschlossener am ehesten davon abzubringen war, wenn man eine persönliche Beziehung aufbaute. Vielleicht war das ihre letzte Chance. Denn dass man sie finden würde, hielt sie für wenig wahrscheinlich. Sie hatte es ja schließlich auch nicht geschafft, die anderen Frauen zu finden. Und auch jetzt nicht einmal den Hauch einer Ahnung, wo sie sich befinden könnte.

»Entschuldigung«, sagte Bergmüller in süffisant gekünstelter Höflichkeit. »Ich bin ein schlechter Gastgeber.« Er ging eine Treppe, mehr eine Stiege, hinauf, die wohin auch immer führte, und kam mit zwei Hundenäpfen aus Edelstahl zurück, die er durch die Gitterstäbe schob. »Wir wünschen einen guten Appetit.«

Wiebke sah in die Näpfe. Ihr wurde schlecht. In einem befand sich Wasser, in dem anderen ein undefinierbarer Brei.

»Wenn du glaubst, dass ich hier auf Knien wie ein Köter aus diesen Näpfen fressen und saufen werde, hast du dich geschnitten«, sagte sie.

»Du wirst«, sagte er. »Das haben bisher alle getan. Selbst wenn der Mensch genau weiß, dass er sterben wird, isst und trinkt er. Der Überlebensinstinkt ist einfach zu stark.«

»Ich werde die Ausnahme sein«, sagte Wiebke.

»Du kannst es ruhig tun, wenn ich hier bin. Ich sehe es sowieso«, meinte Bergmüller ungerührt und deutete auf die Kamera an der Decke.

Da kannst du lange warten, dachte sie.

»Wo sind die Leichen?«, platzte es aus ihr heraus. »Wo hast du dreißig Jahre lang die Leichen verscharrt?«

»Das möchtest du wohl gern wissen?«

»Ja.«

»Ich sag's dir aber nicht. Sei unbesorgt, auch deine Leiche wird man nicht finden.«

Verwickel ihn in ein Gespräch, Wiebke. Los, reiß dich zusammen, dachte sie. Komisch, was für Kräfte man entwickelte, wenn es hart auf hart kam.

»Warum ich? Was habe ich getan? Wir verstehen uns doch.«

»Du bist schon zwanzig Jahre tot«, sagte Bergmüller.

»Wie bitte?«

»Als du mich vor zwanzig Jahren abgewiesen hast, warst du schon gestorben.«

»Das hatte doch nichts mit dir zu tun.«

»Nicht? Womit dann?«

»Ich hatte es dir doch erklärt.«

»Erklärt hast du mir, dass du keinen Wessi wolltest.«

»Ja, und?«

»Eine verlogene Schlampe bist du, wie alle.« Sein Atem wurde beunruhigend schnell. Sein Blick war kalt, und er wirkte richtiggehend wütend. »Du bist jetzt schon das zweite Mal verheiratet. Und wo kamen die beiden Glücklichen her? Hmm?«

Wiebke schwieg.

»Eben. Beides Wessis. Also war das eine Lüge. Und für diese Lüge bestrafe ich dich!«

»Reinhard, das ist zwanzig Jahre her.«

»Das Urteil wurde damals gefällt. Ich wusste nämlich immer schon, dass das nur ein Vorwand war. Jetzt wird es vollstreckt. Ich kam damals einfach nicht mehr dazu. Der Wechsel zum LKA in Kiel. Die stressige Einarbeitungszeit. Aber ich vergesse nichts. Außerdem hattest du ja deine Chance.«

»Welche Chance?«, fragte Wiebke.

»Ich habe dir ein Spiel angeboten. Fang mich oder stirb. Du hast verloren.«

»Du bist verrückt!«, schrie Wiebke auf. »Völlig bekloppt!«

»Das mag sein«, sagte Bergmüller ungerührt. »Aber ich bin ein lebendiger Bekloppter, während du bald eine tote Normale bist.« Er lachte laut.

»Wann ist es denn so weit?«, fragte sie nach einer Weile beklommenen Schweigens.

»Samstag, wie bei allen anderen. Ich spiele mit offenen Karten. Samstag um exakt fünf Uhr morgens.«

»Das kann nicht stimmen«, sagte sie und war überrascht, dass ihr kriminalistisches Gehirn offensichtlich noch funktionierte.

»Was kann nicht stimmen?«

»Dass alle Morde am Samstag um fünf Uhr begangen wurden.«

»Warum nicht?«

»Um fünf Uhr kannst du noch kein Exemplar der ›Norddeutschen Neuesten Nachrichten‹ von diesem Tag gehabt haben. Die kommt erst später in den Handel. Und bei den Morden an Lena und Silke warst du definitiv in Australien.«

Bergmüller grinste. »Kluger Einwand, für eine Frau, meine ich. Bis zu unserem nächsten Treffen gebe ich dir ein Rätsel auf: Wie kann es sein, dass die Morde passierten, als ich die Zeitung noch gar nicht haben konnte? Wie habe ich von Australien aus die Tat begangen? Denk nach! Bis später.« Er verließ den Raum.

Wiebke zermarterte sich das Hirn. Wenn sie schon sterben musste, wollte sie wenigstens wissen, wie er das hinbekommen hatte. Aber sie kam zu keiner vernünftigen Lösung. Sie ärgerte sich darüber, vor allem deswegen, weil er wieder recht behielt. Und schließlich, nach einigen Stunden, war ihr Durst so überwältigend, dass sie aus dem Napf soff. Sie meinte, sein feistes Grinsen durch die dicken Mauern ihres Gefängnisses sehen zu können.

***

Randolph und seine Kollegen hatten die Nacht zum Tag gemacht. Schlafen konnten sie später. Wie ein trockener Schwamm das Wasser hatten sie alle Informationen über die Mordserie »Max und Moritz« aufgesaugt.

Dennoch dauerte es bis fast fünfzehn Uhr am Donnerstagnachmittag, bis alle sechs den etwa gleichen Informationsstand hatten. Randolph leitete die nachfolgende Einsatzbesprechung. Bedächtig hörte er zu, was seine Kollegen zu sagen hatten, welche Ideen, Hypothesen, ja, bloße Vermutungen sie hegten. In einem Punkt waren sich alle einig: Wenn Bergmüller nicht so wasserdichte Alibis hätte, würde alles auf ihn hindeuten.

»Das sehe ich genauso«, sagte Günter, der wie Streicher selbstverständlich ebenfalls an dem Gespräch teilnahm. »Wir müssen etwas übersehen haben.«

»Oder wir übersehen den wahren Täter.«

»Eine andere heiße Spur haben wir aber nicht.«

Randolph zündete sich eine Zigarette an, blies den Rauch aus und verfolgte den zur Decke aufsteigenden Qualm mit seinem Blick.

»Okay«, sagte er dann. »Fahren wir also zweigleisig. Felix, du durchleuchtest Bergmüller. Ich will wissen, welche Farbe seine Unterhosen haben. Hast du verstanden?«

»Klar, Chef«, sagte Felix Baumgartner, der schon zu DDR-Zeiten zu Randolphs engsten Mitarbeitern gezählt hatte.

Danach verteilte Randolph weitere Aufgaben an die die anderen fünf Kollegen. Unter anderem die, Bergmüllers Australien-Alibi genau zu überprüfen.

»Und ich?«, protestierte Günter. »Was ist mit mir? Ich will auch was tun. Das Herumstehen raubt mir den letzten Nerv.«

»Du kommst mit mir«, sagte Randolph. Er ging zu Felix und flüsterte ihm was ins Ohr. Baumgartner nickte. »Peter, hast du das Werkzeug mitgebracht?«, fragte Randolph einen der anderen Exagenten.

Peter nickte, griff hinter sich und gab Randolph eine Tasche, die entfernte Ähnlichkeit mit einer Tennisbag hatte.

»Danke, Männer. Bis später«, rief Randolph und verließ mit Günter den Keller.

Sie gingen nach draußen und setzten sich ins Auto. Als Randolph den Wagen gestartet hatte, fragte Günter: »Was machen wir eigentlich?«

»Ich will ehrlich zu dir sein. Auch ich habe den Verdacht, dass Bergmüller was mit der Sache zu tun hat. Aber solange wir das

Geheimnis um seine Alibis nicht gelöst haben, verfolgen wir alle Spuren.«

»Und was hast du dem Baumgartner zugeflüstert, kurz bevor wir gegangen sind?«

»Ich habe ihm gesagt, dass er den Beweis finden soll. Und dass er vor allem rauskriegen muss, wo um alles in der Welt er meine Wiebke gefangen hält. Peter hat nur genickt. Ein gutes Zeichen. Er hat immer nur genickt, wenn ich ihn um so was gebeten habe.«

»Ist er ein guter Mann?«

»Er war der, der uns schon damals den entscheidenden Hinweis gab, als Wiebke in der Hand dieses Psychopathen war. Erinnerst du dich?«

»Leider«, meinte Günter. »Sie übt irgendwie eine magische Anziehungskraft auf Irre aus, oder?«

»Spricht nicht gerade für dich.«

»Wo fahren wir eigentlich hin?«, fragte Günter, die schnippische Bemerkung ignorierend.

»Wir wissen nicht viel über Bergmüller«, erläuterte Randolph. »Aber wir wissen, dass sein Vater ein gewisser Dr. Norbert Bergmüller, ein Chemiker im Ruhestand, ist. Früher hat er in der Nähe von Kiel außerdem einen Resthof bewirtschaftet. Als eine Art Hobbybauer. Seit einigen Jahren lebt er hier in der Gegend in einem Alten- und Pflegeheim. Dem statten wir jetzt einen Besuch ab. Vielleicht erfahren wir dort was.«

»Was ist das für ›Werkzeug‹ dahinten?«, fragte Günter mit einem vorsichtigen Blick auf den Rücksitz.

»Das willst du nicht wissen. Und ich bete zu Gott, dass wir es nicht benutzen müssen.«

Günter schwieg, weil Randolphs Miene sehr deutlich machte, dass er nicht gewillt war, weitere Auskünfte zu erteilen.

Nach etwa zwanzig Minuten Fahrt erreichten sie das Seniorenstift »St. Georg«. Die automatische Tür zur Eingangshalle schloss sich hinter ihnen, und der typische Geruch des Alters stieg ihnen in die Nase. Nach abgestandenem Schweiß, Bohnerwachs und Desinfektionsmittel mit einem Hauch Urin in der Kopfnote.

Nachdem sie erfahren hatten, dass Dr. Bergmüller im Appartement 503 »residierte«, wie sich die Dame an der Rezeption ausdrückte, gingen sie zum Aufzug. Auf dem Weg dorthin schob ein junger Mann im sozialen Jahr, wie Randolph vermutete, einen etwa Achtzigjährigen im Rollstuhl vor ihnen her. Der junge Mann stoppte, um dem Alten den Sabber um den Mund abzuwischen. Der trug die typische Kleidung, die alten Menschen angezogen wird, die sich nicht mehr wehren können. Ein Ausbund an Geschmacklosigkeit in einem undefinierbaren Graubeigebraun. Randolph überlegte unwillkürlich, was dieser Mann wohl vor dreißig Jahren dazu gesagt hätte, wenn man ihn wie eine lebendige Leiche in geschmackloser Kleidung desinteressiert durch die Gegend geschoben hätte. Was würde er selbst sagen, wenn es so weit war? Hätte er noch die Kraft zu sagen: »Wissen Sie was, Sie können mich mal kreuzweise. Ich gehe jetzt. Das hält doch kein Mensch aus. Und verbrennen Sie sofort diese Klamotten«? Würde er das schaffen, in fünf, sechs, sieben Jahren? Denn viel älter als er war der Mann im Rollstuhl nicht.

Was war er wohl mal von Beruf?, fragte sich Randolph. Hatte er vielleicht einst auf seine Breitling geblickt, dem Co zugenickt und mit einem befreienden »Here we go!« dem Jet die Sporen gegeben, um urlaubshungrige Touristen von München nach Palma zu fliegen? Oder war er Arzt oder Lehrer gewesen? Maurer oder Mechaniker?

»So, jetzt schnappen wir ein bisschen frische Luft«, sagte der junge Mann. »Und dann gucken wir noch bei den Enten am Teich vorbei.« Er setzte sich wieder in Bewegung.

Endlich öffnete sich der Aufzug. Sie gingen hinein, und wie ein Vorhang schlossen sich die Türen zu der Realtragödie, die sich ihnen da geboten hatte. Der Eisenring um Randolphs Brust lockerte sich ein wenig, und er atmete tief ein und aus.

»Günter«, sagte Randolph leise.

»Ja?«

»Versprichst du mir was?«

»Alles, was du willst.«

»Wenn es bei mir so weit ist wie mit dem Alten da unten im Rolli, erschieß mich bitte.«

Günter nickte nur betroffen, denn so, wie Randolph es gesagt hatte, klang es nicht nach Koketterie.

Sie klopften an die Tür mit der Nummer 503. Kein Namensschild, keine Individualisierung. Wenn der Mensch hier starb, brauchten sie nur die Schränke ausräumen und das Bett frisch beziehen.

Sie hörten Schritte, die Tür öffnete sich einen Spalt, und sie erahnten einen gebückten Mann dahinter.

»Ja, bitte?«

»Herr Dr. Bergmüller? Wir würden uns gern mit Ihnen unterhalten«, sagte Randolph. »Es geht um Ihren Sohn.«

Der Mann öffnete die Tür ganz, gab Randolph und Günter die Hand und bot ihnen einen Platz an.

»Sind Sie von der Presse?«, fragte er.

»Wie kommen Sie darauf?«

»Vielleicht hat mein Sohn ja mal wieder einen vertrackten Fall aufgeklärt. Dann kommen schon mal Reporter und wollen wissen, wie der Superbulle so als Kind war«, erklärte der Mann stolz.

»Nein, wir sind nicht von der Presse, mein Name ist Randolph Sollich, und das hier neben mir ist Oberstaatsanwalt Günter Menn. Aber wir wollen tatsächlich wissen, was für ein Mensch Ihr Sohn ist.«

»Verzeihen Sie, darf ich Ihnen was anbieten? Ich bin ein wenig aus der Übung, was Gäste angeht. Kommt ja kaum einer.«

Randolph blickte sich um. Das Appartement hatte kaum den Namen verdient. Lieblos zusammengestellte Möbel. Kein Kühlschrank weit und breit.

»Ich hätte einen Cognac. Machen Sie mir die Freude, mit mir einen zu trinken.«

Randolph nickte, und auch Günter stimmte wortlos zu. Bergmüller senior kramte im Schrank, schob Bücher zur Seite und holte eine Flasche Rémy Martin hervor.

»Das Schicksal der Männer sind die Frauen«, sinnierte er, als er den Weinbrand in dafür eigentlich völlig ungeeignete Wassergläser einschenkte. »Erst verbietet es dir deine Mutter, dann deine Frau und jetzt deine Pflegerin. Zum Wohl!«

Sie stießen an und tranken.

»Was wollen Sie über Reinhard wissen und vor allem, warum?«

***

»Peter«, sagte Felix. »Komm mal bitte und schau dir das an.«

Peter speicherte die Datei, die er gerade offen hatte, und ging zu seinem Kollegen.

»Was gibt's?«

»Schau doch.«

Er blickte auf die Liste mit Namen, die Felix zusammengetragen hatte. »Woher hast du die?«

»Ich habe den Buchungscomputer der Airlines gehackt, mit denen Bergmüller geflogen ist«, sagte Felix nicht ohne Stolz. »Das, was die Firewall nennen, überwindet jeder Informatikstudent im zweiten Semester.«

»Was schließen wir aus diesen Informationen?«, fragte Peter. »Bergmüller wurde von Wiebke zum Flughafen Hamburg-Fuhlsbüttel gebracht. In der Tasche hatte er ein Ticket nach Sydney via Amsterdam. Laut Passagierliste saß er auch im Lufthansaflieger nach Amsterdam. Beim Anschlussflug mit Quantas von dort nach Sydney war er aber ein No-Show.«

»Ein was?«, fragte einer dazwischen.

»Ein Fluggast, der nicht erscheint, du Englisch-Legastheniker.«

»Das heißt aber nicht, dass er nicht weitergereist ist.«

»Wieso?«

»Er könnte kurzfristig umdisponiert haben und mit einer anderen Gesellschaft geflogen sein.«

»Das ist richtig. Was tun wir also jetzt?«

»Wir müssen es wasserdicht machen. Peter, du überprüfst alle Flüge von Amsterdam und sämtlichen internationalen Flughäfen in der Nähe nach Australien.«

Peter begann, konzentriert und schnell auf seinem Computer zu arbeiten.

»Außerdem wäre es gut«, ergänzte Felix, »wenn wir überprüfen könnten, ob derjenige, der in das Hotel eingecheckt hat, tatsächlich Bergmüller ist. Aber die Zeit, dorthin zu fliegen, haben wir nicht.«

»Da könnte ich vielleicht helfen«, sagte Friedhelm, der ehemalige Verhörspezialist. »Ich kenne da einen ehemaligen BND-Mann, der nach seiner Verrentung dorthin ausgewandert ist. Er schuldet mir noch einen Gefallen.«

»Wieso?«, wollte Felix wissen.

»Der Mann war Doppelagent, und ich habe ihn nach der Wiedervereinigung nicht hochgehen lassen. Das verbindet.«

»Schick ihm per Mail ein Bild von Bergmüller und lass ihn überprüfen, ob er wirklich dort im Hotel wohnt.«

***

»Mein Sohn soll *was* getan haben?«, regte sich der Rentner auf. »Er soll eine Frau entführt und damit gedroht haben, sie umzubringen? Sie spinnen ja! Mein Sohn ist mehrfach ausgezeichneter Polizist. Er *fängt* Mörder. Er ist keiner. Und jetzt darf ich Sie bitten zu gehen.«

»Ist das die Wahrheit?«, fragte Randolph ruhig.

»Es ist *ganz sicher* die Wahrheit. Mein Sohn fängt keine Frauen, quält sie und bringt sie dann um. *Mein* Sohn nicht«, sagte Dr. Bergmüller. Randolph war alles andere als überzeugt. Der alte Mann hatte sich bereits verraten. Doch wie sollte er ihn dazu bringen, die Wahrheit zu sagen?

»Na, wenn das so ist«, lenkte er zum Schein ein. »Dann wollen wir Sie nicht weiter stören. Darf ich bitte, bevor wir gehen, noch Ihre Toilette benutzen? Sie wissen schon, das Alter und die Prostata …«

»Natürlich«, antwortete Dr. Bergmüller und deutete auf die entsprechende Tür. Er wirkte erleichtert. Randolph nahm die Sporttasche und ging ins Badezimmer. Nach kurzer Zeit hörte man die Toilettenspülung und das Wasser des Waschbeckens laufen.

Randolph kehrte zurück, die linke Hand auf dem Rücken, und streckte die Rechte zum Abschied aus. Dr. Bergmüller ergriff sie. Randolph drückte so fest zu, dass der Alte förmlich aufheulte. Mit einem Ruck warf er den Mann auf den Boden und fesselte seine Hände mit Handschellen auf dem Rücken.

Fassungslos betrachtete Günter die Szene.

»Was soll das, Randolph, was hast du vor?«

»Keine Fragen!«, bellte Randolph. Er bugsierte den perplexen Dr. Bergmüller auf das Sofa, legte ihn auf den Rücken, den Hals auf der Armlehne positioniert, und drückte seinen Kopf nach hinten. »Hol mir das Handtuch aus dem Bad. Das nasse von der Kante der Badewanne.«

Günter tat, was er verlangte. Randolph drückte das nasse Handtuch auf Mund und Nase des Alten.

»Du sagst jetzt die Wahrheit, oder ich ersäufe dich wie eine räudige Katze! Hast du verstanden?«

Er ließ den Mann kurz Luft holen, um ihm dann wieder das Gefühl zu geben, zu ertrinken. Waterboarding nannte man das.

Günter erschauderte. Randolph beherrschte Foltermethoden.

Nach nicht einmal einer Minute war der Wille des alten Mannes gebrochen. Wie ein Häufchen Elend saß er schluchzend vor ihnen, trank einen großen Schluck Cognac und legte seine Beichte ab.

»1982, vor gut dreißig Jahren, kam Reinhard zu mir. Seine Hände waren blutverschmiert. Er war völlig außer sich und erzählte mir, dass er Maria, seine Mutter, umgebracht hätte. Sie war ein Miststück, ich wusste das, und er wusste das. Ich musste ihm doch helfen, oder? Das verstehen Sie doch, oder?«

»Reden Sie weiter«, sagte Randolph ungerührt.

»Ich fuhr mit ihm zum Tatort. Es war die Winterfutterstelle in einem einsamen Waldgebiet. Wir schafften die Leiche in mein Auto, und ich brachte sie zu mir nach Hause. Seit der Trennung von meiner Frau lebte ich auf einem kleinen Bauernhof. Ich besorgte dann einen kleinen Grill, Holzkohle, Bier und so weiter, eben das, was man damals für einen Grillabend brauchte, und fuhr zurück zu der Wildfutterstation. Es war ein kleines Wunder, dass mich keiner gesehen hat. Ich habe es so aussehen lassen, als ob Jugendliche dort wild gegrillt hätten und das Feuer außer Kontrolle geraten wäre. Die Spuren am Tatort waren damit beseitigt.«

»Haben Sie Ihrem Sohn erzählt, was Sie gemacht haben?«

»Natürlich.«

»Weiter. Wo haben Sie die Leiche gelassen?«

»Ich sag nichts mehr.«

Randolph stand auf und packte den Mann am Kragen. »Hör zu. Ich bring's aus dir raus, glaube es mir. Sag jetzt alles, was du weißt, oder du wirst dir wünschen, nie geboren worden zu sein.«

Der Alte wand sich, setzte mehrfach an und platzte dann mit der schrecklichen Wahrheit heraus: »Wir haben sie aufgelöst.«

»Was haben Sie getan?«, schrie Günter.

Auf einmal wurde Dr. Bergmüller sachlich. »Konzentrierte

Schwefelsäure«, sagte er. »Die Säure entzieht dem Körper sofort das Wasser, den Hauptbestandteil. Übrig bleiben circa fünfzehn bis zwanzig Kilo reiner Kohlenstoff. Der Rest wird in der Säure gelöst.«

»Und wo haben Sie Säure und Kohle gelassen?«, fragte Randolph mit offenem Mund.

»Die Kohle wurde verbrannt, und die Säure haben wir verdünnt und dann auf die Felder aufgebracht. Schwefelsäure ist einer der Hauptbestandteile von Kunstdünger.«

Günter war bleich. Randolph sah ihm an, dass ihm speiübel war.

»Sie haben Ihre eigene Frau in Säure aufgelöst, die Überreste verbrannt und auf Ihren eigenen Feldern als Dünger verwendet? Sie kotzen mich an«, sagte Randolph.

»Sie hat es nicht anders verdient. Sie war eine männerhassende Furie, die den armen Reinhard immer nur gequält hat. Ich hatte kein Mitleid.«

»Zwei Verrückte in der Familie! Günter, lass uns gehen. Wir wissen genug, und mit diesem Abschaum will ich nichts mehr zu tun haben.«

»Aber ich«, widersprach Günter. »Wir werden miteinander zu tun haben, verlassen Sie sich drauf. Das wird ein Nachspiel haben.«

»Das glaube ich kaum. Was mich betrifft, ist alles verjährt. Und Reinhard war zur Tatzeit knapp über zwanzig, sodass das Jugendstrafrecht Anwendung findet. Seine Tat ist somit auch verjährt. Sie können uns gar nichts.«

Statt einer Antwort verpasste Günter dem Mann zwei kräftige Ohrfeigen. »Wir sehen uns wieder!«

Dann verließen sie schnell das Seniorenheim.

Im Auto sitzend schwiegen sie zunächst einmal.

»Er ist es, nicht wahr?«, fragte Günter.

»Sieht ganz so aus«, erwiderte Randolph. »Trotzdem müssen wir noch das Rätsel lösen, wie er in Australien sein kann und gleichzeitig hier, um sicher zu sein. Und wie er die beiden Polizistinnen töten konnte. Vor allem aber müssen wir herausfinden, wo er sich aufhält. Mal sehen, ob die Kollegen schon was herausgefunden haben.«

»Randolph«, sagte Günter vorsichtig. »Ich, äh …«

»Ich weiß, was du sagen willst. Meine Methoden. Das Agentendasein hat wenig mit Romantik zu tun. Aber soweit ich weiß, haben die Amerikaner festgestellt, dass Waterboarding gar keine Foltermethode ist, nicht wahr? Dennoch ist sie sehr effektiv. Durchschnittlich ist der Wille nach dreißig Sekunden gebrochen. Insofern hat er ziemlich lange durchgehalten.«

»Wieso hast du dem Alten eigentlich nicht geglaubt, als er steif und fest behauptete, das sei die Wahrheit?«

»Was haben wir ihm erzählt?«

»Dass Wiebke entführt wurde, der Entführer mit ihrer Ermordung droht und wir Hinweise darauf haben, dass sein Sohn der Täter sein könnte«, fasste Günter zusammen.

»Eben. Was hat er darauf geantwortet?«

»*Sein* Sohn würde keine Frauen fangen, sie quälen und dann umbringen«, wiederholte Günter und schlug sich gleich darauf mit der Hand gegen die Stirn. »Quälen. Randolph, du bist ein Genie.«

»Nein, das hättest du auch gemerkt, wenn du nicht so aufgewühlt wärst«, sagte Randolph, und doch bemerkte Günter einen Anflug von Stolz auf seinem Gesicht.

***

Um neunzehn Uhr sieben waren sie wieder vollständig versammelt. Der BND-Mann in Australien hatte sich noch nicht gemeldet, aber versprochen, die Sache »asap«, wie er es nannte, zu überprüfen. *As soon as possible.*

»Wir haben zwar noch nicht alles geklärt«, sagte Randolph. »Unterstellen wir aber mal, dass Bergmüller hier ist. Dann ist immer noch fraglich …«

Die Tür zu Streichers Partykeller flog auf.

»Was soll das? Was tun Sie hier?«, herrschte ihn ein fuchsteufelswilder Oberstaatsanwalt Dr. Schürmann an.

»Ach du Scheiße«, entfuhr es Günter.

»Er ließ sich nicht aufhalten«, sagte Frau Streicher, die offenbar versucht hatte, den Mann am Betreten des Raumes zu hindern, entschuldigend.

»Ist schon gut, Schatz«, erwiderte Streicher und bedeutete ihr, dass sie ruhig wieder nach oben gehen könne.

»Herr Kollege Menn, Herr Dr. Streicher, ich verlange sofortige Aufklärung über diese Eigenmächtigkeiten. Nachbarn berichteten mir von einem Einbruch bei Frau Menn. Die Terrassentür war mit Gewalt geöffnet worden, und die Streife fand in der Wohnung zwei Zementsäcke. Ansonsten konnte nichts festgestellt werden. Die Kollegin Menn ist jedoch nicht auffindbar, und Sie, Herr Dr. Streicher, sind ebenfalls seit zwei Tagen nicht im Dienst erschienen. Ich hatte doch ausdrücklich gesagt, dass der Fall nun zur Inneren gehört! Was bilden Sie sich eigentlich ein? Das wird Konsequenzen haben. Das kann Sie ihren Job und die Pension kosten.«

Er musste Luft holen. Randolph nutzte die Pause, um ihn am Weiterreden zu hindern.

»Nun schweigen Sie mal stille«, sagte er. Zur Überraschung aller Anwesenden wirkte der Befehl. »Und schauen Sie sich das einmal an.« Er legte die DVD mit dem Gedicht, das sie bei Wiebke gefunden hatten, in den Computer.

Schürmann las und wurde merklich bleich.

»Sehen Sie«, bemerkte Randolph. »So ging es uns auch. Wir können bei der Polizei niemandem mehr trauen.«

»Wer sind Sie?«, wollte Schürmann wissen.

»Randolph Sollich, Wiebkes Onkel, geboren am 8. April 1935 in Weimar. Mit fünf zogen meine Eltern nach Rostock. Seither lebe ich hier. Von Beruf Rentner. Das sind Freunde, für deren Qualifikation ich die Hand ins Feuer lege. Wir haben uns des Falls angenommen. Das muss Ihnen reichen.«

»Ich weiß nicht«, sagte Schürmann, der hin und her gerissen zu sein schien, irritiert.

Günter nahm das zum Anlass, sich einzumischen. »Herr Kollege, unser gemeinsamer Vorgesetzter, der Innenminister, hat mich kürzlich gegen jede, aber auch wirklich jede Vorschrift des Beamtenrechts beurlaubt. Wissen Sie, was er in dem Zusammenhang gesagt hat?«

»Nein.«

»Besondere Situationen erfordern besondere Maßnahmen.«

»Ich muss nachdenken«, sagte Schürmann und verschwand.

»Und nun?«, fragte Streicher, als er außer Hörweite war.

Randolph zuckte mit den Schultern. »Weitermachen und hoffen, dass er Vernunft walten lässt.«

Es verging etwa eine Viertelstunde, ehe Dr. Schürmann wieder im Partykeller auftauchte. Das Gemurmel erstarb augenblicklich. Sämtliche Augenpaare fixierten ihn.

»Also gut, einverstanden«, sagte er zur Erleichterung aller Anwesenden. »Aber unter einer Bedingung.«

»Die wäre?«

»Ich bin ab sofort dabei. Nur ich. Sonst niemand.«

»Einverstanden«, sagte Randolph. »Aber stehen Sie nicht im Weg rum. Also, wo war ich? Ach ja: Wir vermuten inzwischen, dass Bergmüller überhaupt nicht in Australien ist und möglicherweise nie war. Die Bestätigung unseres Mannes vor Ort steht zwar noch aus, aber als Arbeitshypothese müssen wir das bis auf Weiteres unterstellen.«

»Sie haben einen Mann in Australien?«, fragte Schürmann beeindruckt.

»Sie sollen doch nicht im Weg stehen«, wies ihn Randolph freundlich zurecht und fuhr fort: »Ferner haben Günter und ich von Bergmüller senior erfahren, dass Reinhard Bergmüller 1982 seine Mutter getötet hat. Sie haben gemeinsam die Leiche entsorgt, indem sie sie in Schwefelsäure aufgelöst und die Reste, Kohle und Säure, verbrannt und auf Felder ausgebracht haben. Wenn es sich bei Bergmüller um unseren Täter handelt und er diese Praxis beibehalten hat, würde das erklären, warum wir in keinem Fall die Leichen gefunden haben.«

»Dann ist Zielkow also unschuldig?«, fragte Schürmann.

»Nicht zwingend.« Randolph fand es an der Zeit, den anderen seine jüngste Hypothese mitzuteilen. »Max und Moritz können auch drei Personen gewesen sein. Die Verhaftung könnte zwischen Bergmüller und Zielkow abgesprochen sein. Sie könnten damit rechnen, dass er nach Wiebkes Ermordung als fälschlich beschuldigt aus der Haft entlassen wird und die Justiz eine weitere Blamage hinnehmen muss.«

»Drei Verrückte auf einmal, das halte ich für unwahrscheinlich«, sagte Schürmann. Seine Skepsis war deutlich von seinem Gesicht abzulesen.

Randolph haute mit der Faust auf den Tisch. »Nur weil ihr bei euren Ermittlungen bisher das Unwahrscheinliche nicht durchdacht habt, ist Wiebke jetzt da, wo sie ist.«

»Ist ja gut«, lenkte Schürmann ein und hob beschwichtigend beide Hände.

»Wenn sich der Verdacht gegen Bergmüller bestätigt, bleibt unser Hauptproblem aber weiterhin der Ort. Wir haben nur noch etwas mehr als einen Tag. Wir müssen herausfinden, wo er Wiebke hingebracht hat. Wir müssen!«

Die Männer nickten und konzentrierten sich wieder darauf, Bergmüllers Leben wie mit einem Röntgengerät zu durchleuchten.

SIEBZEHN

»Es freut mich zu sehen, dass es dir so gut geht«, sagte Bergmüller zu Wiebke. Seit einer Ewigkeit war er nicht mehr hier unten gewesen, es mochten zwei ganze Tage und Nächte vergangen sein oder mehr, sie wusste es nicht. Sie war fast verzweifelt, halb verhungert und fror, doch sie würde sich keine Blöße geben.

Sie schwieg.

»Hast du mein kleines Rätsel lösen können? Wie kann ich morgens um fünf schon töten, wenn ich die Zeitung noch nicht habe? Und wie kann ich hier töten, wenn ich mich nachweislich in Australien aufhalte?«

Wiebke hustete. Eine Erkältung bahnte sich an. Dass das ihr derzeit kleinstes Problem war, war ihr allerdings mehr als bewusst.

»Rätsel eins habe ich nicht gelöst«, sagte sie schließlich. »Rätsel zwei ist ganz einfach. Zielkow war dein Komplize. Er hat es getan.«

Bergmüller lachte aus vollem Hals. Er schien sich förmlich ausschütten zu wollen. »Ich hab's ja immer gesagt: Du bist zu dumm. Zielkow, das Weichei. Der krümmt doch nicht einmal einer Fliege ein Bein. Nun, dann wirst du wohl dumm sterben müssen. Apropos: Ich habe ein kleines Geschenk für dich.«

Er platzierte ein Gerät vor sie, das einem Wecker ähnelte, und stellte irgendwas ein. Die roten Leuchtziffern zeigten »10:00:00« an. Dann liefen die Sekunden rückwärts.

»Das ist deine noch verbleibende Lebenszeit. Teil sie dir gut ein. Bis dann!« Er drehte sich um, stieg die Leiter hinauf und ward nicht mehr gesehen. Wiebke weinte leise vor sich hin.

***

»Verdammt noch mal«, sagte Randolph mit Verzweiflung in der Stimme. »Es ist jetzt gleich zwanzig nach elf. In vierzig Minuten beginnt der Samstag, und wir haben noch immer keinen blassen Schimmer, wo dieser Wahnsinnige Wiebke gefangen hält.«

»Wenigstens ist inzwischen sicher, dass es Bergmüller ist«, meinte Friedhelm. Die Überprüfung sämtlicher Flüge ab Amsterdam hatte gezeigt, dass Bergmüller nicht weitergeflogen war, sondern noch am Freitag nach Rostock zurückgekehrt sein konnte. Und Friedhelms Kontakt in Sydney hatte vor einigen Stunden bestätigt, dass sich ein Reinhard Bergmüller in dem angegebenen Hotel aufhielt, der so gut wie gar keine Ähnlichkeit mit dem Mann hatte, dessen Foto sie ihm geschickt hatten. Dieser Mann hatte vermutlich auch Bergmüllers Postkarte an Wiebke abgeschickt.

»Das bringt mir meine Wiebke aber auch nicht wieder.«

Peter, den Randolph losgeschickt hatte, um den Bauernhof bei Kiel zu inspizieren, von dem der alte Bergmüller gesprochen hatte, trat ein. Auf Randolphs fragenden Blick schüttelte er bedauernd den Kopf. »Die Leute, die den Hof derzeit bewirtschaften, haben ihn vor gut zehn Jahren gekauft. Ich habe denen das Foto von Reinhard Bergmüller gezeigt. Den Mann haben sie noch nie gesehen.«

»Ich hab's«, brüllte auf einmal Felix.

»Was hast du?«, fragten Randolph und Günter unisono.

»Er hat einen Fehler gemacht!«

»Erzähl«, forderte Randolph ihn enttäuscht auf. Er hatte auf eine Information zu Wiebkes Aufenthaltsort gehofft.

»Also: In den Videos hält er ja bekanntlich als Erstes immer die Samstagsausgabe der ›Norddeutschen Neuesten Nachrichten‹ in die Kamera und legt die Zeitung dann weg.«

»Ja, und?«

»Der Todestag der Polizistinnen sollte der 4. August sein. Der Beweis: die entsprechende Zeitung. Ich habe mir die Titelseite dieser Ausgabe zukommen lassen. Hier ist sie.« Felix hielt den Ausdruck hoch. »Und hier ist die Vergrößerung aus dem Video.« Er hielt die beiden Seiten nebeneinander.

»Die stimmen nicht überein«, stellte Randolph fest.

»Eben!«, triumphierte Felix. »Meine Recherchen haben ergeben, und es wurde mir gerade per Mail bestätigt, dass in der Nacht auf den 4. August auf der A 20 ein lebensmüder Autofahrer als Geisterfahrer eine ganze Familie in den Tod gerissen hat. Das sollte noch auf die Titelseite, weswegen sie kurzfristig geändert wurde. Die schon gedruckten Exemplare sind nie in den Handel gekommen.«

»Und wie ist Bergmüller dann an das Exemplar gekommen?«

»Die Abonnenten müssen vor dem Handel bedient werden, weil ansonsten die Zeitungen zu spät ankommen. Und jetzt ratet mal, wer auf der Liste der Abonnenten für diese Zeitung steht!«

»Reinhard Bergmüller, Lieferadresse Rostock!«, sagte Randolph.

»Genau.«

»Das kann trotzdem nicht hinkommen«, sagte Randolph, »solange wir keinen Beleg dafür finden, dass er auch zur Zeit der Ermordung der beiden Polizistinnen definitiv nicht im Flugzeug nach Sydney saß. Und wenn ich nichts verpasst habe, ist der Stand der Dinge bei dieser ersten Australienreise nach wie vor, dass Bergmüller in Hamburg eingecheckt hat und auch an Bord des Fliegers gegangen ist.«

Felix nickte, hatte aber ein schelmisches Grinsen im Gesicht. »Ja, aber auch da habe ich was. Er könnte das Flugzeug verlassen haben«, sagte er.

»Ich bin noch nicht senil. Es handelte sich um einen Direktflug. Flugzeug verlassen? Ha! Mit dem Fallschirm, oder wie?«

»Direktflug bedeutet aber nicht ›Nonstop‹. Da bin ich auch erst beim zweiten Nachdenken drauf gekommen. Dass Bergmüller jetzt hier ist, verdanken wir der Erkenntnis, dass er in Amsterdam umsteigen musste und dies nicht getan hat. Doch auch die Maschine, die ›direkt‹ nach Sydney fliegt, landet in Amsterdam zwischen. Er befand sich zwar im Flugzeug, ist, wie ich auf Nachfrage herausbekam, in Amsterdam aber unter dem Vorwand gesundheitlicher Probleme wieder aus der Maschine raus. Dann ist er zurück zu seinem Versteck und hat seinen teuflischen Plan umgesetzt.«

Randolph klopfte ihm auf die Schulter. »Gut gemacht! Jetzt müssen wir nur noch das vermaledeite Versteck finden.«

Es vergingen weitere zwei Stunden, bis endlich eine Spur sichtbar wurde. Diesmal war es Peter, der den entscheidenden Einfall hatte.

»Scheiße noch eins, vielleicht haben wir uns doch zu sehr auf Bergmüller konzentriert!«, rief er aufgebracht. »Ich habe gerade die diversen Pseudonyme, die die Bullen bei dem toten Schmidt-Geerling gefunden haben, überprüft. Ihr wisst schon: Vermögensverhältnisse, Grundbucheintragungen und so was. Und siehe da:

Ein gewisser Markus Höhn ist Eigentümer eines Nurdachhauses im Ostseebad Damp. Jetzt ratet mal, welches er gekauft hat.«

»Doch nicht etwa unseres?«, fragte Randolph alarmiert. Wie elektrisiert stand er da.

»Doch, genau das!«

»Wie dafür gemacht.« Randolph löste sich aus seiner Erstarrung, suchte hektisch seine Waffe und sagte zu Günter: »Ich weiß, wo sie ist. Details später im Auto. Wir haben nicht mehr viel Zeit.«

»Ich komme mit«, sagte Schürmann.

Randolph hatte keine Zeit und schon gar keine Lust auf Diskussionen. »Meinetwegen«, sagte er.

Auf der Straße sagte Schürmann: »Nehmen Sie meinen«, warf dem verdutzten Randolph einen Wagenschlüssel zu und deutete auf einen schwarzen Porsche. Eilig bestiegen sie den Sportwagen.

»Ist schneller und hat ein Blaulicht«, sagte Schürmann, während er sich anschnallte. »Los, geben Sie Gas, Herr Oberstleutnant der Reserve.«

Randolph startete den Wagen und fragte stammelnd: »Woher wissen Sie? Äh … Ich meine, das war streng geheim. Das weiß niemand …«

»Doch«, erwiderte Schürmann lächelnd. »Unsere Jungs vom BND kennen Sie. Was die über Sie gesagt haben, hat mich beruhigt. Ich lass doch keine Laien ermitteln. Aber keine Sorge. Ich habe auch die Geheimhaltungsstufe. Das bleibt unter uns.«

Günter schüttelte auf der Rückbank nur ergeben den Kopf, während Randolph den Wagen durch das nächtliche Rostock in Richtung Autobahn prügelte.

***

»Wieso bist du so sicher, dass Wiebke in Damp ist?«, fragte Günter, als sie die Autobahn erreicht hatten und er nicht mehr in jeder Kurve an die Seitenwand des Wagens gepresst wurde.

»Damp ist eine dieser typischen Ferienanlagen, die in den Siebzigern errichtet wurden. Neben gigantischen Hotelburgen aus Beton baute man dort auch eine Ferienhausanlage mit sogenannten Nurdachhäusern«, erzählte Randolph.

»Und?«

»Es begab sich just zu dieser Zeit, dass unsere sowjetischen Brüder bei der Mannesmann AG Röhren für Erdgas bestellten. Was sie natürlich nicht hatten, war das erforderliche Geld. Also halfen wir als braves sozialistisches Brudervolk aus. Wir bauten die Nurdachhäuser. Die Rechnungen beglichen die Investoren bei Mannesmann in Düsseldorf.«

»Nette Geschichte. Nur was hat das mit Wiebke zu tun?«, fragte Günter ungeduldig.

»Gemach! Damp ist ein Seebad in der Eckernförder Bucht. Vis-à-vis lag zu der Zeit praktisch die gesamte Ostseeflotte der Bundesmarine vor Anker. Was wäre also naheliegender, als eines dieser Nurdachhäuser für unsere Zwecke auszustatten? Die Häuser wurden auf Betonplatten ohne Keller errichtet. Nur eines nicht. Es bekam einen zweistöckigen Keller verpasst.«

»Das fällt aber doch auf, wenn auf einmal ein Haus einen Keller bekommt.«

»Nicht wenn man aushandelt, dass die Baustelle wegen einer möglichen Republikflucht der dort tätigen sozialistischen Bauarbeiter mit Stacheldraht abgesichert wird. Wir hatten sogar das Recht, Wachen aufzustellen. In mehr oder weniger einer Nacht-und-Nebel-Aktion wurde der Keller ausgehoben, betoniert und mit der üblichen Platte versehen. Das war eine so große Baustelle damals, dass das gar nicht auffiel.«

»Gut, und weiter?«

»Ein Strohmann mietete dieses Haus zunächst auf Dauer an. Als die Dinger zum Verkauf standen, hat er es erworben. In den Achtzigern schließlich wurde die Abhörtechnik immer besser, sodass die Anlage ihren Nutzen verlor und wir das Interesse. Wir haben uns immer köstlich darüber amüsiert, dass der Westen so doof war, den Klassenfeind auf seinem eigenen Gebiet eine Abhöranlage installieren zu lassen und ihn dafür auch noch zu bezahlen. Dieser Keller ist für Bergmüllers Zwecke wie gemacht. Schalldicht, abhörsicher und unbekannt.«

»Und da fahren wir jetzt hin«, sagte Günter. »Was, wenn sie nicht da ist?«

»Sie ist da. Das spüre ich.«

»Mal eine ganz andere Frage«, sagte Schürmann. »Wenn ich das richtig verstanden habe, konnten die Russen die Rechnung bei

Mannesmann nicht bezahlen, was dann die DDR übernommen hat.«

»So in etwa.«

»Und woher hatte die DDR das Geld?«

»Von den Krediten, die Westdeutschland immer wieder zur Verfügung gestellt hat«, erzählte Randolph.

»Dann hat im Ergebnis der westdeutsche Steuerzahler die Erdgasröhren der Russen bezahlt?«

»Wenn Sie so wollen.«

»Politik ist Scheiße.«

»Na, na, Herr Oberstaatsanwalt.«

***

Wiebke konnte kein Auge zumachen. Wie gebannt starrte sie auf den Countdown, der gnadenlos herunterzählte. Es war schrecklich. Auf die Sekunde genau zu wissen, wann sie sterben würde, war eine Folter, die sie immens quälte.

Als die Uhr noch fünf Minuten anzeigte, hörte sie das knarrende Geräusch der Falltür über der Stiege. Um 00:04:25 sagte Bergmüller: »Es wird Zeit. Hast du noch einen letzten Wunsch?«

»Fick dich!«, sagte sie.

»Ganz im Gegenteil«, antwortete er. Dann schwieg er und holte aus einem Schrank an der Wand eine Flinte.

Gott sei Dank, dachte sie. Er erschießt mich nur. Mann, wie tief bin ich gesunken. Ich bin schon froh, dass er mich nur erschießt.

Bergmüller legte auf sie an und zählte die letzten zehn Sekunden laut mit: »Zehn, neun, acht, sieben, sechs, fünf, vier, drei, zwei, eins. Ciao, Bella!«

Wie in Zeitlupe beobachtete Wiebke, dass er den Abzugshahn durchzog. Sie sah das Mündungsfeuer, spürte einen heftigen Schmerz, dachte an Günter und Jonas und wünschte ihnen alles Gute. Dann verlor sie das Bewusstsein.

***

Um kurz vor fünf erreichten Sie die Hans-Damp-Straße und lösten an der Schranke das Einfahrticket. Randolph hatte sich über Handy noch mal den genauen Standort des fraglichen Hauses durchgeben lassen. Nichts würde Wiebkes Leben mehr gefährden, als wenn sie aus Versehen unschuldige Urlauber mit vorgehaltener Pistole aus dem Schlaf rissen.

Das Blaulicht, das ihnen die wenigen Autos, die in der Nacht ebenfalls noch unterwegs waren, aus dem Weg geräumt hatte, hatten sie bereits auf der Landstraße wieder ins Auto geholt. Die letzten Meter fuhren sie langsam und extrem untertourig.

Als sie vor dem Haus standen, sagte Randolph: »Also, wenn hier die Folterkammer ist, dann gibt es zwei Möglichkeiten. Wir müssen damit rechnen, dass er sich in der ersten Kellerebene aufhält. Die ist über einen verschiebbaren Schrank, der eine Falltür verdeckt, erreichbar. Sie dürfte offen sein, denn sonst käme er selbst ja nicht mehr zurück. Ich werde vorgehen. Sollte der Raum sauber sein, sind sie in der Ebene darunter. Diese Falltür befindet sich in der vorderen linken Ecke. Da sie von beiden Seiten zu öffnen ist beziehungsweise es damals war, könnte er sie verschlossen haben. Ich werde dann versuchen, sie leise zu öffnen. Wir müssen ihn überraschen. Also möglichst wenig Lärm! Noch Fragen?«

Günter und Schürmann schüttelten den Kopf.

»Hat jeder eine Waffe?«

»Ich nicht«, sagte Günter. »Ich kann die Dinger nicht bedienen.«

»Ich schon«, sagte Schürmann.

»Dann los.«

***

Sie erwachte. Sie lag, auf einem großen Brett gekreuzigt, auf dem Rücken. Oh, wie sie diese Szene kannte. Links von ihr stand eine Kamera auf einem Stativ. Das rote Licht zeigte, dass sie im Aufnahmemodus war. In dem Raum roch es eigenartig. Ein stechender Geruch, den Wiebke noch nie zuvor wahrgenommen hatte.

»Du hast geglaubt, ich würde dich nur erschießen«, sagte Bergmüller, während er mit dem Daumen die Schärfe der Messer prüfte, die er neben anderen Folterwerkzeugen auf einer Art Werkbank säuberlich aufgereiht hatte. »Wie dumm von dir. Nein, du wirst all die Qualen erleben, die auch die erleiden mussten, die du nicht retten konntest. Sonst wäre es ja keine Strafe.«

Verzweifelt unternahm Wiebke einen letzten Versuch. »Hau doch einfach ab. Tauch irgendwo unter«, sagte sie. »Du weißt, wie das geht. Und so genial, wie du bist, wird dich auch keiner finden. Lass mich einfach so zurück, wie ich jetzt hier liege. Bis man mich entdeckt hat, bist du doch über alle Berge.«

»Ganz genau«, sagte er. »So mache ich es. Aber erst, wenn der Job erledigt ist.«

Er wollte wohl noch etwas hinzufügen, doch stattdessen wandte er sich ruckartig um und spitzte die Ohren. Er legte demonstrativ den Finger auf die Lippen. Auch Wiebke hatte etwas gehört, und plötzlich war alles wieder da: ihr Verstand, ihre Lebensgeister und ihr Überlebenswille.

»Was ist?«, fragte sie laut.

»Du sollst still sein!«, zischte Bergmüller.

»Ich?«, rief sie. »Warum soll ich still sein? Warum soll ich irgendetwas tun, was du willst? Du tötest mich ja ohnedies, also kann ich auch reden, wie es mir beliebt.«

Vielleicht gab es ja doch eine Rettung.

Wütend drehte sich Bergmüller zu ihr um. Er hielt noch immer eines der Messer in der Hand. »Dann eben ohne Folter sofort«, sagte er, beugte sich über sie und holte aus.

Es fiel ein Schuss. Scheppernd landete das Messer auf dem Betonboden, und Bergmüller hielt sich mit schmerzverzerrtem Gesicht die angeschossene Hand. Randolph stand breitbeinig, die Armeepistole der NVA im Anschlag, ihm gegenüber.

Günter und Schürmann hatten den Raum inzwischen ebenfalls erreicht. Ohne seine eigene auf Bergmüller gerichtete Waffe auch nur einen Millimeter zu senken, ging Schürmann auf Randolph zu und nahm ihm die Pistole ab. »Machen Sie sich wegen dieses Abschaums nicht unglücklich.« Er ahnte wohl, dass Randolph den Mann töten würde, wenn man ihn ließ.

In der Ecke hinter Bergmüller war eine etwa badewannengroße Vertiefung in den Boden eingelassen. Darin befand sich eine Flüssigkeit, von der nicht nur er wusste, wozu sie diente.

Bergmüller schien gänzlich unbeeindruckt von der Bedrohung durch Schürmann. Er ging schnurstracks mit dem Messer auf Randolph zu, sodass Schürmann sich gezwungen sah, einen Warnschuss in die Decke abzugeben. Betonteilchen und Staub rieselten zu Boden.

Doch Bergmüller machte einen weiteren Schritt vorwärts. Ein zweiter Schuss direkt vor seine Füße ließ ihn kurz zurückschrecken. Dann holte er aus, um auf den unbewaffneten Randolph einzustechen. Der stand wie angewachsen und wich keinen Millimeter zurück.

Schürmann zielte auf Bergmüllers Beine und drückte ab. Der Schuss traf das Knie. Bergmüller jaulte auf, begann zu taumeln – und stürzte wie in Zeitlupe mit weit aufgerissenen Augen rückwärts in das mit Säure gefüllte Becken.

Sekundenlang erfüllten unmenschlich klingende Schmerzschreie den Raum. Randolph hatte sich in Richtung der Tür zu Boden geworfen, um nicht von der aufspritzenden Schwefelsäure verletzt zu werden. Auch Günter und Schürmann waren in Deckung gegangen.

»Sechzehn Kilo Kohlenstoff«, sagte Randolph schließlich. »Ich werde es nachwiegen.«

Brodelnd und zischend verrichtete die Säure ihr Werk.

»Er hat es verdient«, sagte Günter. Er ging zur Kamera, öffnete den Schacht, in dem sich die Speicherkarte befand, und nahm sie heraus. »Es ist wahrhaft selten, dass wir einen Fall von Nothilfe auch noch durch ein Video dokumentieren können. Danke, Herr Kollege.«

»Sie hätten ihn getötet«, sagte Schürmann zu Randolph. »Das musste ich verhindern.«

»Sie haben ihn getötet«, erwiderte der und rappelte sich auf. »Das ist jetzt was anderes?«

»Ja, das ist es.«

»Das verstehe ich nicht.«

»Dazu muss man wohl Jurist sein.«

»Könnten die Herren der Schöpfung mal in Betracht ziehen, mich zu befreien?«, sagte Wiebke und zerrte an ihren Schellen.

»Entschuldigung, Schatz«, erwiderte Günter. »Aber wir mussten erst mal einiges klären.«

»Schon klar.« Trotz ihrer misslichen Lage musste sie lächeln. »Nur fühle ich mich hier etwas sehr auf dem Präsentierteller.«

Während Günter mit Bergmüllers Folterwerkzeug die Schellen an Wiebkes Fuß- und Handgelenken löste, suchte Randolph irgendwas zum Anziehen für sie. Danach sah Wiebke zwar aus wie ein Harlekin auf Wanderschaft, aber das trübte ihre Erleichterung in keiner Weise.

***

Günter konnte sein Glück kaum fassen.

»Schatz«, sagte er zu Wiebke, die sich auf dem Sofa im Erdgeschoss ganz eng an ihn kuschelte, während Dutzende von Polizisten durch das Haus liefen, um Beweise zu sichern. »Kannst du dir bitte abgewöhnen, dich andauernd aus der Hand irgendwelcher Psychopathen befreien zu lassen, mit denen du schläfst und die dich danach umbringen wollen?«

»Versprochen«, sagte sie und hauchte ihm ein »Ich liebe dich«, ins Ohr.

»Ich dich auch«, antwortete er. Dann küssten sie sich leidenschaftlich.

***

Noch in den frühen Morgenstunden hatten Wiebke, Günter, Randolph und Schürmann im Ostseehotel drei Zimmer bezogen und sich erst einmal richtig ausgeschlafen.

Der Marketingchef hatte zwar so seine Zweifel, ob ein Serienmord wirklich eine gute Werbung für ein Ostseebad war, zeigte sich aber beruhigt, als ihm die Mitarbeiterin an der Rezeption gegen Mittag mitteilte, dass Damp »jetzt wirklich« ausgebucht war. Immerhin passierte es nicht jeden Tag, dass ein Urlaubsort die Topmeldung in allen Medien war.

Der Wettergott meinte es gut mit ihnen, und sie genossen den Brunch auf der Terrasse des Ostseerestaurants mit Blick auf den Hafen. Randolph ging zu Schürmann und stieß ihn an. »Hätten Sie einen Augenblick Zeit?«, bat er.

»Natürlich.« Schürmann stand auf. »Worum geht es?«

»Ich wollte mich bei Ihnen bedanken. Sie hatten recht, mich aufzuhalten. Es wäre reine Rache gewesen.«

»Keine Ursache.«

Randolph lächelte. Sie klopften sich auf die Schulter.

Als Randolph an den Tisch zurückkehrte, bemerkte er Günters und Wiebkes unsicheren Blick. »Was habt ihr?«, fragte er geradeheraus.

»Wir beide«, druckste Günter herum, »Wiebke und ich, bitten dich um einen Gefallen.«

»Welchen?«

»Wir würden gern ein bisschen Zeit allein miteinander verbringen. Könntest du …«

»Ich soll mich derweil um Jonas kümmern? Kein Problem«, sagte Randolph und dachte: Scheiße.

ACHTZEHN

Für Wiebke war es wie der berühmte Gang nach Canossa. Auch wenn sie es nicht allein zu verantworten hatte, war es auch ihre Entscheidung gewesen, die dazu geführt hatte, dass das Leben und die Karriere eines Mannes zerstört wurden. Mit pochendem Herz schellte sie an der Tür, an der »Zielkow« stand. Der automatische Türöffner summte, und sie betrat das Haus.

»Da bin ich«, sagte sie ungelenk.

»Frau Kollegin, ich freue mich, Sie zu sehen. Es war knapp, wie ich gehört habe.«

»Ja, das war es. Aber deswegen bin ich nicht hier.«

»Sondern? Verzeihung, nehmen Sie doch Platz. Darf ich Ihnen was anbieten?«

Wiebke versank in dem Plüschsofa. »Nein, danke. Ich brauche nichts. Ich wollte mich bei Ihnen entschuldigen.«

»Bei mir?«, fragte Zielkow fröhlich. »Wofür denn?«

»Na ja.« Sie suchte nach den richtigen Worten. »Immerhin hat meine Fehleinschätzung Ihre Karriere und Ihre Ehe zerstört.«

»Es ehrt Sie, dass Sie gekommen sind, um mir das zu sagen«, erwiderte er. »Aber machen Sie sich mal keine Gedanken. Bergmüller war schließlich meine und nicht Ihre Idee. Ich bin genauso auf ihn reingefallen wie Sie, obwohl ich ihn besser hätte kennen müssen. Was meine Ehe betrifft, hat dieser Taifun nur noch die Reste dessen weggeblasen, was ohnehin nur noch als Torso bestand. Und meine Karriere? Soll ich Ihnen mal ein Geheimnis verraten?«

»Ich bitte darum.«

»Ich bin bis zur Pensionierung bei vollen Bezügen freigestellt. Ist das nicht klasse? Volles Gehalt, null Arbeit. Sie haben mir nicht mein Leben genommen, sondern mir zehn Jahre, die ich noch mindestens hätte arbeiten müssen, geschenkt.«

Wiebke musste lachen. »Ich danke Ihnen, dass Sie es mir so einfach machen«, sagte sie.

»Es ist so einfach«, gab er lächelnd zurück. Er schien wirklich zufrieden.

Wiebke verabschiedete sich, froh darüber, dass er es so positiv aufgenommen hatte, und dankbar für das Füllhorn, das das Glück über ihr ausschüttete.

***

»Ja, wir passen gut auf ihn auf«, sagte Randolph zwei Wochen später. Carsten Franck blickte prüfend in den Kinderwagen und rückte Jonas' Decke zurecht. Dann sahen Wiebke und Günter, wie der Achtundzwanzigjährige dem hart auf die achtzig zusteuernden Randolph einen Kuss auf die Wange gab.

»Du musst was sagen«, raunte Wiebke.

»Meinst du?«, fragte Günter unsicher.

»Ja!«, zischte sie.

Mit sichtlich schlechtem Gewissen nahm Günter Randolph zur Seite.

»Es geht mich, äh, uns ja nichts an, aber meinst du nicht, dass …«

Randolph nahm Günter väterlich in den Arm. »Ich weiß. Ihr seid um mein moralisches Wohl besorgt. Ein alter Sack hat eine Beziehung mit einem fünfzig Jahre Jüngeren. Ich will euch mal was sagen: Du vergnügst dich mit Bekanntschaften, die du nur aus dem Netz kennst. Meine Nichte gibt sich ihrem Vorgesetzten hin, von dessen zweiter Identität als Serienmörder mal ganz abgesehen. Und ihr gönnt einem alten Mann nicht mal ein bisschen Spaß.«

»Weißt du was«, sagte Günter, »ich wünsch euch viel Glück. Vielleicht wirst du ja auch hundertacht, so wie Jopie. Dann ist der Unterschied gar nicht mehr spürbar.«

»Eben.«

Sie checkten im Ostseehotel ein, verabschiedeten sich von dem ungleichen Paar und bezogen das Luxusapartment in der dreizehnten Etage.

»Was hat Randolph gesagt?«, fragte Wiebke.

»Dass es uns nichts angeht«, antwortete Günter. »Und da hat er, verdammt noch mal, recht.«

Am Abend standen sie auf dem Balkon und blickten auf die Ostsee. Es war stürmisches Wetter, und der Wind machte aus dem ansonsten braven Teich eine raue See. Arm in Arm hörten sie der Symphonie der Möwen zu. Sie fühlten sich geborgen. Sie wussten wieder, dass sie füreinander geschaffen waren.

»Schatz«, sagte Wiebke.

»Ja?«

»Ich möchte mit dir alt werden.«

Statt einer Antwort küsste er sie zärtlich.

Danksagung

Dieses Buch ist mein zweiter Roman. Ich hoffe natürlich, dass er genauso freundliche Aufnahme findet wie der erste.

An dieser Stelle möchte ich nicht versäumen, Danke zu sagen und einiges zu versprechen:

Ich danke dem Team des Emons Verlages für die ausgezeichnete Verlagsarbeit. Besonders gilt dies für *Dr. Christel Steinmetz*, der ich verspreche, beim nächsten Buch nicht ausgerechnet während der »heißen« Phase umzuziehen.

Meine Lektorin, *Marit Obsen*, hat einen bewundernswerten Blick fürs Detail. Ich danke ihr für ihre hervorragende Arbeit und verspreche, in Zukunft noch mehr an die Perspektive zu denken.

Dem Bürgermeister der Gemeinde Damp, *Horst Böttcher*, schulde ich Dank für viele Stunden bereitwilliger Auskunft über die Geschichte und Hintergründe des Ostseebades. Wichtige Informationen und historische Anekdoten aus diesen Gesprächen sind in diesem Buch verarbeitet. Ihm verspreche ich, auch in Zukunft regelmäßig Gast im Ostseebad zu sein.

Gewidmet ist dieses Buch meinen Kindern *Famara* und *Maximilian*, denen ich dafür danke, durch sie den Blick für das wirklich Wichtige im Leben gewonnen zu haben. Ihnen verspreche ich, dass ich versuche, ein guter Vater zu sein.

Dattenberg, im Januar 2013